永遠の夏をあとに

雪乃紗衣

田舎町に住む小学六年生の拓人は、幼い頃に神隠しに遭い、その間の記憶を失っている。そんな彼の前に、弓月小夜子と名乗る年上の少女が現れた。以前、拓人の母とともに三人で暮らしたことがあるというが、拓人はどうしても思いだせない。母の入院のため、夏休みを小夜子（サヤ）と過ごすことになった拓人。だが、サヤはなぜか自分について話そうとしない。拓人の記憶に時折よぎるのは、降りしきる花びらと、深山で鳴りつづけるバイオリンの音、月が狂ったように輝く海——なぜ俺はサヤを忘れてる？　少年時代のきらめきと切なさに満ちた傑作。

登場人物

羽矢拓人……………小学六年生の少年
弓月小夜子（サヤ）……拓人に会いに来た年上の少女
羽矢花蓮……………拓人の母
葉越彰……………拓人の親友
水無瀬すず花……………拓人の幼馴染み
渡会数馬……………拓人のクラスメイト
唯式鷹一郎……………拓人親子の旧知の横笛奏者
九条玲司……………サヤの小学生時代のクラスメイト
村井義森……………拓人のご近所。すず花の祖父
折口先生……………拓人たちの担任教師
橘宮司……………鴗鳥神社の宮司

永遠の夏をあとに

雪　乃　紗　衣

創元文芸文庫

LEAVING THE ETERNAL SUMMER

by

Sai Yukino

2020

目次

永遠の夏をあとに

神社へ

山の風に散らされてきたものか、不意に一つ二つ、花がそばを流れ過ぎた。

自転車で畦道《あぜみち》を飛ばしながら、拓人《たくと》は行き違った白と青の花を肩越しに見送った。花を追ってきた風が、道沿いの麦畑をいっせいにさざめかせた。

青い穂が次々波打ち、日が乱反射して波飛沫《なみしぶき》をふりまく。津波は農道も、脇に停めたトラクターも、木の電信柱も、紫陽花《あじさい》も、田畑のどこかで遊んでる下級生の声とランドセルの鈴音ものみこんでいく。波濤《はとう》は拓人をものみこんだ。帽子をもってかれないよう深くおろす。

――夏の波音だった。

ハンドルを切って山道に入る。古代からあるという峠道はカーブを描いて山の向こうへ消えていく。この道をたどり、幾つもの山や峠の難所を越え、どこまでも自転車でゆけば、いずれは波の轟《とどろ》く日本海の断崖に出るという。本当かどうかは、行ってみないとわからない。拓人はチラッと道の先を見た。そろそろやってみてもいい頃なのだが、その気になれずにいる。

石垣沿いを行き、神社の石段の下で自転車を停めた。ポケットのウォークマンをオフにする。

trf の『BOY MEETS GIRL《ボーイ・ミーツ・ガール》』が耳の中で途切れた。

世界の音が大きくなる。六月終わりの緑陰《りょくいん》は、なんとなく雨のにおいがする。

石段の前には、山道を挟んでバス停がぽつりとある。時刻表付きの標識はすっかり赤錆《あかさ》びている。他は古ぼけた自販機が一台と、屋根付きの木のベンチが一つ。それだけ。自販機はランプ切れ、木のベンチは明治時代からありそうで、屋根の覆いに色褪《あ》せた牛乳の宣伝がかろうじて残ってる。

山から風が吹き下ろし、石垣の上の木々をざわりと鳴らす。

風は拓人のパーカーをはためかせて、道端の青い矢車草《ヤグルマソウ》をなびかせ、麓《ふもと》へ下りていく。風の行き先には果樹園や田畑が広がり、オモチャのような家々と月ケ瀬川《つきがせがわ》へと渡っていく。石垣の上から拓人の足もとに散り落ちてきた白い花は雪よりも白く、遙《はる》か遠くの雑木林は影よりも黒くわだかまって見える。

腕時計のG－SHOCKのデジタル表示は、午後四時四分。

拓人は白や紫の紫陽花を追い越しながら、苔《こけ》むした神社の石段をのぼっていった。頭上で折り重なる枝から木漏《こも》れ日が落ち、長い石段に葉陰《はかげ》のさざ波を濃く薄くたてていく。

てっぺんの鳥居には、『鳰鳥《そにどり》神社』の文字。

境内《けいだい》はささやかで、社《やしろ》と手水場《ちょうずば》と掲示板と古池があるきり。社の裏には井戸と子供用のブランコや鉄棒があるが、どれも雨《あま》ざらしで錆びついている。掲示板には最新の町内会報（一九九九年六月号）が画鋲《がびょう》で留められていたが、永遠に同じ号が飾ってあると思っている拓人は目もくれず、参道を通り抜ける。

拓人はいつものように木の賽銭箱《さいせんばこ》の隣に寝っ転がった。帽子を枕に目を瞑《つむ》る。風がたわむれに拓人の髪や頬を撫でて去る。山鳥の鳴く声と、山の葉音に埋《うず》もれるうちに、日が傾いていく。

誰かが、神社の長い石段をのぼってくる。

控えめな靴音だった。

拓人は目を開けた。境内は夕焼けの海だった。夏至が終わったばかりで暮れるには早い気もする。山鳥の声は途絶え、ひどく静かで、時間が静止したかのようだった。夢か現《うつつ》か、曖昧になる。いつもの夢かもしれないと思う。拓人は石段の方に目をやった。

苔むした石段を踏む靴音は、ひどく優しかった。

拓人はその足音に耳をそばだてた。谺《こだま》のように聞こえてくる。わけもなくやるせなく、懐かしく、胸が苦しくなった。行かないとならない。今すぐ、走って。なのに身じろぎ一つできない。

靴音は夕焼けの波にさらわれて海の底へ沈んだように、不意に途絶える。

境内には落日の最後の光が静かに射すばかり。誰の影も現れない。

……石段の下で、おんぼろバスが今日もガタゴトと音を立ててやってくる。

時刻表通り、午後五時二十四分の最終バス。

バスは停留所に停まることなく、石段のそばを通り過ぎていく。今日もまた。

拓人の視界を白い何かの花びらがひらとよぎった。

あの最終バスの音を聞くたび。
……ずっと。
拓人は何かを忘れているように思うのだった。
バスが遠ざかる。
山際に夕日が吸いこまれていき、東の尾根の上で一番星が光った。

第一章

一九九九年七月二十一日

開けた窓から、風というより熱波が吹きこんでくる。

教室の窓際のいちばん後ろの席で、拓人は一学期の通信簿を団扇《うちわ》代わりにしながら、もう片手でふきでる汗をぬぐった。外を見れば校庭の遊具も、土も、プールの水も、正午の太陽に炙《あぶ》られて白っぽく光っている。頭がたわみそうな蟬時雨《せみしぐれ》のせいで、折口《おりぐち》先生の寂声《さびごえ》の「夏休みの諸注意」もぼやけて耳を素通りしていく。黒板には今日の日付と、日直の名前。掃除のときに誰かが書いた『一九九九年！』が『七月』の上に添えられてる。ノストラダムスの予言する一九九九年七月がきたのであるが、今のところ世界は滅んでない。まだ。

七月で世界が終わるなら、折口先生の話してる二学期もこないわけなのだが、元気でまた会いましょうとほのぼのと言って微笑《ほほえ》んだ折口先生の言葉が、拓人は気に入った。

チャイムが鳴って、一学期最後の帰りの会が終わる。

「じゃな羽矢《はや》〜」と声をかけてくるクラスメイトに適当に返事しながら、拓人は通信簿や夏休みのプリントをランドセルに放りこんだ。通信簿は見なくても予想がつく。算数5、体育5。

ほかは2か3。毎度の通り。

　窓の下から、下校する下級生の話し声や、どこかの学年が図工でつくったのか、風鈴の音色が聞こえてくる。拓人も去年までは朝顔だのミニトマトの鉢だの絵だの木工作品だのを抱えて帰るハメになったが、六年は身軽でいい。向日葵《ひまわり》の観察日記をつけに八月に何度か学校にくればすむ。

「拓人、ほら」と、彰《あきら》が机に拓人のウォークマンをぽんと置いた。「ったく、お前のウォークマンを上山《かみ》先生《セン》からとり返しに、年に三百回職員室に行ってる気がするわ」

「さすが児童会長。さんきゅー」

「で、おばさんの具合はどうだった？」

　彰が真顔になると、より児童会長っぽく見える。真面目《まじめ》というより知的に見える貴重な小六男子だ。彰の通信簿も見なくても予想がつく。国算理社はオール5、他は3から4。

「おばさん、駅の階段から落ちたって？」

「そぉ。骨にヒビが入ってるってことで、しばらく入院。着替えもってこいっつーから、今日は先帰るわ。仕事で徹夜明けだったからな。ふ〜らふら駅の階段下りてたんだろ」

　一昨日《おととい》の授業中に学校へ連絡がきて、急いで折口先生と扇谷《おうぎだに》病院に向かったら、母花蓮《かれん》はザルツブルク音楽祭の取材がパアになったと足を吊られながら放心していた。「うう、痛い。足も痛けりゃ懐《ふところ》も痛い。もうふて寝するから！」と病室でやけっぱちに叫んだ。

「じゃ、羽矢、夏休みは家で一人ってこと？」

斜め前の席から水無瀬《みなせ》すず花《か》が訊いてきた。裾《すそ》のちょっとすぼまったマリン柄のスカートからすんなりした両脚を投げだすようにして、拓人の方を向く。

拓人が一人親なのは片田舎《かたいなか》の小学校に六年間もいればすっかり知れている。十二年前、花蓮がこの町に一人で移り住んできた時、すでに拓人がお腹《なか》にいたことや、死別したわけでも離婚したわけでもなく、「父親が不明らしい」という情報も、全部。どれも「羽矢拓人に関するニュース番付」第一位ではなかったけども。

「そうなりそうだな」

「夏休みずっと?」

「さあ。いつまで入院するかはまだ聞いてない」

「ご飯とか洗濯《せんたく》とか、買い物とか、どうするの。一人で」

「そりゃ、拓人は問題ないだろ」

と言ったのは彰だ。羽矢花蓮が取材で家を空《あ》けまくることがPTAにばれて問題視され、花蓮が学校へ呼び出しをくらったのは、拓人が小四のことである。その時花蓮が「息子は身の回りのことはもうやれます。料理も洗濯も戸締まりも。そちらのご亭主、一つでもまともにできます?」とPTAの恐怖のおばはん会長に言い放ったのは、扇谷小学校の伝説である。

「八月の林間学校は? 行けるの?」

「欠席って先生に言っといた」

拓人はランドセルを閉じた。ご多分にもれず拓人のランドセルもぺしゃんこで傷だらけである。いい感じに艶《つや》の消えた黒と金具の風合い、ぺしゃんこになめせたランドセルが高学年男子のステータスだ。もうカバーを放れば勝手に金具にはまる。

「さすがに二泊三日、オカン放置して林間学校には行けねーわ」

すず花は何か言いたげにした。「小学校最後なのに」とか、そういう言葉かもしれない。彰も黙っている。彰も林間学校は欠席のはずだ。塾の夏期講習で。

焼けつくような風が吹きこみ、教室の後ろの壁に並んだ三十二人ぶんの習字の紙がリズミカルにめくれていく。中学校には書道の授業はもうないらしい。どんなことも小学校最後なのだと、四月の始業式で、体育館の渡り廊下から桜を見た時に思ったけれど、そういった感傷は結構あっさりと日常にとりまぎれていく。

教室に残る女子たちがすず花の方を見て囁《ささや》き合っている。拓人はランドセルを左の肩に引っかけた。

「じゃな、彰、水無瀬」

が、彰が廊下までついてきた。

彰は拓人に目配せして、校舎三階中央の児童会室に向かった。

児童会室は薄暗く、がらんとして誰もいない。彰は窓を一つ開けて、窓敷居にもたれた。拓人もランドセルをパイプ椅子に放り、隣に並んだ。それはもうすっかり二人に染みついた位置取りだった。校舎をさがせば、教室や、屋上や、図書室や、校庭のそこここに、同じ影が残ってる。きっと。

彰は肩越しに校庭を見おろしている。

グラウンドに野球部のかけ声が響く。校庭のフェンスの向こうは青い空と田畑がつづき、石《いし》切山《きりやま》は白い雲を帽子みたいにぽかんとのっけてる。水の張ってある田んぼを白い鳥が一羽、哲学者のように歩いてる。農道の電柱はいまだに木製で、細く斜めっていて、旅荷をしょったじいさんが、山向こうの町への目印のためだけに立ってるみたいだった。蟬、蟬、蟬の声。——暑い。

遊具で遊んでる下級生のはしゃぎ声も、遠い。

去年の今頃は拓人と彰も、あの夏の額縁の中にいた。体育行事をうけもつ上《かみ》センが陸上の地区大会用の白線を引き忘れ、児童に押しつけてきたので（諸悪の根源の上山《かみやま》は用事があるといって先に帰った）。炎天下、二人で校庭中白線を引きまくったあと、彰と二人で桜の根元にそろってへたりこんだ。風が熱かった。運動部も遊具で遊ぶ下級生も誰も残っておらず、葉擦れだけがさわさわと校庭に響いていた。時雨《しぐ》れるほどの蟬たちはどこで死んで、世界のどこへ消えていくんだろうと思った。折口先生が職員室で待っていてくれたらしく、校庭をつっきってきてお礼を言い、「内緒ですよ」とポカリとグレープフルーツ味のＩＣＥＢＯＸ《アイスボックス》と、カニクリームコロッケパンをくれた。木の下でむしゃむしゃ平らげながら、……空の雲行きが怪しいぞ、嫌な予感がする、とぶつぶつ二人で言い合ったことも、思いだした。

（……あのあと夕立がきて、白線が全部消えたっていうね……）

せっかく用具置き場の後ろに白線で『ミステリーサークルか、はたまた上山のヅラの下か⁉』と『ナスカの地上絵風』を上出来に描けたのに、夕立で消えてしまったのは残念であった。

六年間、教室の窓に当たり前にあった夏の絵。

来年、この額縁の中に、自分と彰はいない。

隣で、彰も似たような感傷にひたっていたらしい——と思ったら、全然違った。

「夏になると、お前の霊感ゼロ体質を思いだすよなー」

「なんじゃそりゃ」

「『羽矢拓人がいると心霊スポットでもなんも起こらねー』ってさ。心霊写真もお前が見た途端幽霊が消えてるとか。あの魔の二見《ふたみ》霊園すら、お前登下校の抜け道にしてたろ。あそこ抜けた先の二見トンネルの死亡事故数も異様だよ。絶対なんかあるわ」

「もうしてねーよ。あの時期、渡会《わたらい》たちの待ち伏せが面倒だったからさ」

彰が真顔になったので、拓人は話題をずらした。

「なんか話があんだろ?」

「一昨日さ、お前早退して花蓮おばさんの病院いったろ。折口先生と」

「うん」

「その日、下校の時に正門で、男に声かけられた。お前のことで」

今度は拓人が「ああ」と言う番だった。「記者かなんか?」

「羽矢拓人に関するニュース番付」第一位は県内で三位に入る俊足——でもない。

『六つの時に〝扇谷〟で神隠しに遭って、二ヶ月後に記憶喪失で帰ってきたやつ』だ。低学年の頃はオカルト雑誌の記者や心霊サークルの学生、怪しい宗教関係者に校門で待ち伏せされもしたが、近年中学生が犯人の猟奇殺人事件や宗教団体の犯罪やらが起きて、神隠しなんて人界じゃ全然たいしたことじゃなくなった。が、ノストラダムスと世紀末でオカルトブームが再燃したせいか、去年から一、二度またぞろ声をかけられていた。

「確かに、お前のこと訊かれた。記者なら記者証見せろっていったら、記者じゃないってよ。……今までのやつらとは感じが違った。理路整然としてて、刑事かもって思ったけど……。ハンサムでクールで、多分二十代。でも大学生には見えなかった」

「そりゃ、きっと俺の謎の親父だ」

「クールで理路整然とした男って俺は言ったように思う。……お前が六年一組って、知ってた。真っ先に俺の体操服のクラス確認したから。『羽矢拓人はまだ学校にいるか』って訊かれたから『知らない』って答えといたけど。用件さぐれるかと思ったけど、ダメだった」

「案外、最近噂の『黒い顔の男が水をしたたらせて追いかけてきて、沼に引きずりこむ』怪奇話のアンケート調査員かも」

ふと拓人は彰の視線に気がついた。

彰のその眼差《まなざ》しに気がついたのは、いつだったろう。他の同級生みたいな好奇心とも、本当は神隠しの間のことを覚えているのではないかという勘ぐりとも違う。小六になっても、彰が何を心配しているのか、拓人にはわからない。彰に訊かれたことがある。

『拓人、お前はさ、思いだしたいって、思うの？』

彰でなかったら、拓人は「さあ」と流したろう。あるいは「いや、別に」と。たまに、拓人はあの会話を思い返す。なぜか「……わかんねぇ」と答えた自分の呟《つぶや》きのことを。霧がかった頭の底で響く、無音の谺のことを。

何か大事なことを忘れているようなもどかしさが微《かす》かに蠢《うごめ》き、腕の辺りを這った。

「彰、知ってるだろ。俺が神隠しのこと、なんにも覚えてないってこと。記者がきたら、俺のほうが何があったか訊きたいくらいだ。だいたい六つか七つのときの出来事を思いだせる記憶力がありゃ、算数以外が2なわけあるか」

「算数だけは俺よりお前のができる、ってのが『扇谷小学校七不思議』の一位なのは確かだ。お前の『音楽』が六年間万年2ってことより衝撃だ」

「なにぃ？　今度は違うかもしれないだろ」

「音楽の学期末テストで学年中、下から三番目の点数とって3もらえるかっつーの」

「……俺、三番目だったの？　下から？　なんでお前知ってんの」

「『羽矢くん、悩みない？　葉越《はごし》くん、何か知ってる？』って音楽の河合《かわい》先生に訊かれた。『テスト前日、羽矢くんは徹夜で「ファイナルファンタジーⅦ」を攻略してまして』とは言えなかった。お前、音楽の曲かけ問題で、速攻寝たろ。感想書くだけのボーナス問題だったのに」

「しょっぱなからまさかのギル・シャハムと江口玲《えぐちあきら》伴奏だったからさ……ＦＦⅦで完徹してなくたって、しょせん俺は寝る運命だったんだ。マラカスで起きた」

「『マラカス奏者のマラカスは替え時だと思う』って謎の感想書いたお前が全然わからねぇ」

会話が途切れた。グラウンドから運動部のかけ声がする。

拓人はさわさわと校庭に梢《こずえ》が鳴り響くのを彰と聞いていた去年の、あのまったき静けさに吹かれている気がした。光に自分がとけていきそうだった。

彰が不意に言った。

「拓人。お前、夏休みはずっと家にいるっつったよな」

「うん?」

「じゃ、泊まりに行くわ」

彰の夏休みは夏期講習で埋めつくされてるはずだった。町から電車で小一時間かかる大手進学塾の、難関中学受験コース。その予定表を用意した彰の母親が外泊を許すとも思えなかったが。そんなことは拓人は言わなかった。

「いつでも、好きにくれば」

隣で彰が笑う気配がした。

「まあ、お前が霊感ゼロっつーのは、ちょお違うと思うけど」

「ん?」

「一緒に『音楽室のコイケ先生』見たじゃん。他にも、色々あったよな」

「そうだな」

小学校の六年間には、大人に言わないことが色々ある。自分らには、渡会数馬《かずま》らのことと、放課後の七不思議と、通信簿や夏休みの話に、大差はない。

大人になったら、違うらしい。骨折より仕事のことで頭がいっぱいらしい母花蓮が思い浮かんだ。昨日彰の家に電話した時、彰のお母さんに「拓人君、うちの彰、今年は塾の夏期講習で忙しくて」とやんわり釘を刺されたことも。

いつから、自分たちはあんな風に変わっていくのだろう？　何歳から？

彰が窓を閉める。額縁から聞こえる夏のメロディがガラスで遮《さえぎ》られる。拓人が鍵をかけた。

ミンミン蝉の声がとけるように遠くなっていった。


拓人は帰る前に、音楽室に足を向けた。渡り廊下を抜けて、特別棟に入る。

塵埃《ちりぼこり》が音楽室の光の中にうっすら舞っていた。グラウンドの声もここまでは聞こえない。向かいの校舎が日を遮るせいで夏でも薄暗く、ひんやりしている。窓を開けると暑気がなだれこみそうだったので、そのままにした。校舎裏の窓には大銀杏《おおいちょう》と、六年の向日葵畑が広がる。窓越しの銀杏が投げかける葉の光で、床も、パイプ椅子や譜面台も、緑に揺らめくようだった。

扇谷小学校の『学校の七不思議』。その一つが『特別棟二階の、音楽室のコイケ先生』だった。大銀杏の木で、十年前、学級崩壊を苦にして教師が首を吊った。音楽室をのぞきこむみたいに木で揺れていたという。自殺したのは金曜日の放課後で、以後、金曜日の放課後は音楽室にコイケ先生が出る。今日は水曜日だからコイケ先生も出ないだろう。

拓人はグランドピアノの足もとにランドセルを放り、楽器室から鍵をとってきて、ピアノの蓋《ふた》をあけた。大屋根のほうもあける。

立ったまま、人差し指で鍵《キイ》を一つ、とーん、と鳴らす。別の鍵《キイ》。とーん……。

一つ一つ鍵盤を押し、音を聞く。たまにペダルも踏む。拓人が人差し指で黒鍵や白鍵を押すごとに、空気はそれぞれの鍵《キイ》の色になり、前の色とやんわり混ざって音楽室を染めてゆく。思いがけず青くて透明でもろい音がした。鍵《キイ》から指を離した。最後の、青くて壊れやすい音が足もとに落ちてひび割れて、明滅していた。

ズボンのポケットで、不意にウォークマンの電源がカチリと入った。さわった覚えはなかったが。Mr.Children の『innocent world《イノセント・ワールド》』が小さく音漏れする。

——夏休みの途中で世界が終わるのも、儚くて悪くないな。

六月の雨の放課後、彰がそう言った。

彰は児童会室にいた。一人で。電灯もつけず、椅子も黒板消しの輪郭も、薄ぼんやりと沈んでいた。拓人は中に入り、声をかけるかわりに、二人でウォークマンを聞いた。拓人は右耳、彰は左耳にイヤホンをつけて。外の世界は暗い雨でかすんでいた。彰が独り言のように呟いた時、この曲が流れていた。

拓人はテープを止め、ピアノの黒い椅子に座って片足を抱えた。緑の光と影の海底に沈んでいく。溜息《つ》を吐けば深海魚みたいにコポリと気泡が見えそうだった。

拓人がたまに音楽室にいることを知ってるのは、彰くらいだ。彰が一人になりたがる時、放課後の児童会室に行くのを拓人が知っているように。

自分の鼓動が聞こえた。

春、校庭の桜吹雪《ふぶき》を渡り廊下で見ながら、来年この桜を見ることはないのだと思った。小学校の中に永遠に置き去っていく。このもどかしさがなんなのか、いつもわからない。鼓動だけがずっと鳴っていた。拓人に何かを伝えるように。


音楽室の円《まる》い時計が、コチリとやけに大きな音で長針を刻んだ。

拓人はピアノの蓋を閉じた。

家に帰って、昼ご飯を適当に食べて、入院に当面必要なものをボストンバッグに詰めて母親のところへ届けないとならない。それと病院に行く前に羽矢家の軒下《のきした》に居着いているノラネコに忘れずにミルクをやること。時計を見れば、もう午後一時を回っていた。

ピアノの鍵を鍵棚に戻し、床のランドセルを拾った。

いやに寒い。音楽室は相変わらず薄暗く、埃が静かに舞っている。床に落ちる譜面台やパイプ椅子の影が、さっきより濃い。黒いピアノの色と影の境目がどこにあるのかよくわからない。影を踏めば、とぷんと足首まで闇に沈みこみそうだった。さらに寒くなる。うしろからひとすじの冷気が流れこんできた。拓人は銀杏の木がある方の窓を振り返った。

大銀杏の枝に、ネクタイで首を吊ったスーツの男が揺れていた。血の気の失せた青い顔と、どんよりしたまなこで、十年前に死んだコイケ先生が窓越しに拓人を見つめていた。

拓人は窓の向こうのコイケ先生を見返した。珍しいな、と思った。霊感ゼロの俺が、彰もいないのに見えるなんて。

死んだコイケ先生が、ニヤニヤと拓人に笑いかけた。大きな方の鵼鳥神社の橘宮司《たちばなぐうじ》に、幽霊を見ても、見えないふりをしなさいと忠告されたが、拓人はコイケ先生に手を振って、音楽室を後にした。それで一人ぼっちの寂しさが薄らぐなら、いいだろ？

†

下駄箱には拓人の靴だけだった。黒のナイキ——ではなく、ロゴはよく見ればＭで、母が「ナイキじゃなくってマイキーだって」と大笑いして買ってきたパチモンの外国土産《みやげ》だ。が、マイキーにしちゃ軽くて丈夫で気に入っている。

昇降口を出るなり熱波で息が詰まった。誰もいない職員室の窓でカーテンがはためいている。デスクでは開いたままの日誌や赤ペンが残るだけ。グラウンドにも人っ子一人いない。なんだか世界から人が消えたみたいだった。校庭の蟬時雨がいっそう世界を白く静かにする。

一台も車のこない正門前の道に、用水路の水音がサーッと響く。蟬の声がたわむ……。

校門でその男に呼び止められたのも、奇妙に現実感がなかった。

炎天下にいながら、汗もかいてなさそうな、白皙《はくせき》の青年だった。黒っぽいシャツとジーンズに均整のとれた長身を包んで、ガードレールの横に停めた青い車に寄りかかっている。拓人を見下ろす眼差しは水のように涼しい。オカルトサークルの大学生とは似ても似つかない。車の中に登山道具や地図っぽいものが見えた。その上に無造作に放られた一冊の薄い文庫本に、拓人はなんとなく目を惹《ひ》かれた。

男は扇谷や天狗《てんぐ》岳《だけ》への登山道をたずねることはなく、短く名乗ったあと、「君が羽矢拓人だな？」と言った。拓人の返事を待たずとも本人と知ってる口ぶりだった。

「六年前のことで、訊きたいことがある」

あの正体不明のもどかしさが影法師から自分を見ている気がした。不意に拓人は苛立《いらだ》った。覚えてない、と言う気をなくした。もうどれだけそう言ったかしれない。太陽がそのモヤモヤ以外焼きつくしたような、強い怒りだった。

拓人は何も答えず男の前を通り過ぎた。

ひび割れた古い国道を、砂利《じゃり》を盛り上げて積んだ大型トラックがやってくる。地響きが近づいてくる。うしろの男の声も、大型トラックの地響きがぶつ切りにした。

「――のことを、本当に何も思いだせないか？」

いやに車体の長いダンプカーが、ひどい音を立ててのろのろと拓人の脇を通過する。

ぶつ切りにされた言葉がわかったとき、拓人は足を止めた。

――弓月《ゆづき》小夜子《さよこ》のことを、本当に何も思いだせないか。

振り返った。

校門前には男も車もなかった。トラックが消しゴムになって消していったみたいに。

頭の中の暗い部屋で、わんと蟬の声が反響した。

花蓮

拓人が病院に着いたのは午後四時だった。

四一五号室――羽矢花蓮。病室の入り口でネームプレートを確かめてから、中に入った。

病室は六人部屋だが、ネームプレートは三つしか埋まってない。花蓮のベッドは窓際で、前と隣は空きベッド。他の二人のベッドカーテンは閉じきられ、花蓮のところだけ開いている。クーラーもなければ、テレビもない。

「どしたの拓人、その顔」

ベッドでノートパソコンを打っていた花蓮は、拓人を一目見るなりそう言った。

拓人は帽子を脱いで、ボストンバッグを母親のベッドの足もとに置いた。病室は四階にあり、窓枠で切りとられた扇谷の山々はまるで夏の絵葉書だ。

「言われてたやつ、もってきた」

「ありがと。で？　骨折と打ち身で入院のあたしより、あんたのが重傷に見えるわよ。それ、自分で手当てしたの？」

「んにゃ、ここにくる前、看護婦さんにとっつかまって、やられた。ぜんぶ。……なんか白衣の天使っつーより、白衣の猛獣使いみたいなナースだった……」

「そら婦長さんだわ。凄腕にあたったわね。道理でプロ仕様の包帯の巻き方だと思ったわよ。

診察券も待ち時間もなしに、ラッキーね。で、その顔、どうしたの？」

「なんでもない」

婦長さんには「自転車で転んだ」と言っといたが、その婦長さんも今の母親と同じ目つきをした。婦長さんには正直に言いなさいと睨《にら》まれたが、母親はこう言った。

「わかった。言うほどのことになったら、ちゃんと言ってね」

「へいへい」

「昼ご飯、食べた？」

「食べたよ。冷やし中華つくって。母さんのぶんの豚しゃぶ、食っちまったからな」

拓人は備えつけのミニ冷蔵庫から缶のポカリを二本だして一本を母に渡し、もう一本を一気飲みした。やっと生き返る。ナースステーションはクーラーが効いていたが、体の中にまだ熱がこもってる。うだるような夏日の中を汗だくで自転車をこいできたのだ。

「一学期、今日で終わり。通信簿、見る？」

「見る」

一昨日、拓人が病室で担当の医者と会った時、「弟さん？」と訊かれた。息子の拓人は母親を若いとは思わないが、たいてい違うらしい。茶髪にピアスというだけで、ＰＴＡから「不良の母親」扱いされる田舎である。ピアスは一粒だけだし、イヤリングと何が違うのか拓人には不明だが「子供がいるのに茶髪でピアスつけてる」のが「不良母」らしい。ストライプシャツにロングカーディガン、スラックスという普通の恰好で授業参観にきても、肩パッド入りツーピース、胸もとにブローチという母親がゾロゾロいる中ではなんでか目立つ。まあ、十八歳で拓人を産んだことほどじゃない。そんなわけで母花蓮は現在三十歳だ。

花蓮は六年間そうしたように今度も楽しげに通信簿を眺めて、ケラケラ笑った。「また音楽2かあ。音楽室のピアノの調律、俺がしてますっていえば、3になるんじゃないの？」「なんで知ってんの？」「授業参観の時さ、聞こえてくるわけよ。音楽室のピアノ。あんた暇な時にいじくってんでしょ。うちにある調律セット、たまに消えてるし」花蓮が息子の成績やテストの点数を気にしたことはない。拓人の喧嘩《けんか》の傷や、音楽室のピアノの音にはすぐ気づくのに。拓人としては県内学力テストで算数一位をとったときはもっと褒《ほ》めろ！と思ったが。

取材だの記事の編集だので毎度多忙な母親だが、最近は明け方まで作業をしていた。駅の階段から落ちたのも、そのせいじゃないかと思う。

「あーあ。いつ退院できるんだろ？　ネットに繋《つな》げないのが困るわ。メールも見られないし、テレビCMのオンエアの結果、知りたかったのに。綺麗にCM音楽流れてるかなあ」

「しばらく仕事から離れて、病院でゆっくり休めって、お告げじゃないの？」

「いや、ザルツブルク以外は仕事入れてなかったの。扇谷に登るつもりだったからさ」

「毎年行ってんじゃん。今年はその足じゃもうむりだろ。松葉杖はストックじゃねーんだから」

花蓮はしゅんとした。

（そーいや、いつから母さん、登ってたっけ？　昔からだっけ？）

花蓮は山好きでもないし、休日は日がな寝ているインドア派なのに、夏はなんでか決まって扇谷に一人で行く。

「拓人だって、小学校最後の夏休みじゃない。彰君とさ、どっか遊びに行きたいでしょ?」

「別に」

「なにかっこつけてんの」

「つけてねーよ。彰は夏期講習だし。だいたい、しょっちゅう俺置いて取材旅行してんじゃん」

「さすがにひと夏、息子を放置したこたないわよ。いくらあたしでも」

実のところ「拓人を置いて」も正しくない。拓人が「行きたい」といえば、花蓮は学校を休ませてメキシコでもロシアでも連れて行く。

「三週間は、病院にいろっつーのよ、婦長さん」

「俺にもそういってた。この隙に検査受けさして徹底的に生活指導するって。住民健診すっぽかしてるのもバレてんぞ。いれば? むしろ俺は気楽でいい」

『おじいさんやおばあさんや親戚の人がいるわよね。お母さんが入院してても大丈夫ね?』という婦長さんに反論はしなかったが、そんなものは羽矢家にはいない。いるのかもしれないが、拓人は見たこともない。母花蓮がどこで生まれ育ったのか、祖父母の名すら、拓人は知らない。母が頑として言わないので。知ってるのは、母がどこからか一人でこの山裾の町に移り住んだらしい、ということだけだ。

それで構わない。拓人が困ったことはない。

「うーん……待ってて。何か考える。少なくとも今日明日にゃ退院できそうにないし」

「当たり前だろ！　おとなしく入院してろ。俺なら一人で平気だって」

拓人は付け加えた。「もう神隠しに遭ったり、しねーよ。六歳のガキじゃねーんだから」

花蓮は黙ってポカリをすすっている。

そういえば、母に神隠しのことを訊かれたことはない。母の性格だと息子が覚えてなかろうともお構いなしに「一個くらい何か思いださないの？」とつつきそうではあるので、そこは不思議といえば不思議ではあった。

時々、自分のほうが母に訊きたいことがあるような気持ちに襲われる。何かとても大事なことを……。でも今日も言葉は空白で、夏の風が見つからない問いをさらっていった。

花蓮がぽつりと言った。

「……そうね。あんたはちゃんと十二歳になって、六年生で、来年は、中学生なのねぇ」

「そうだよ」

「詰《つ》め襟《えり》の制服、あんたやったら似合いそうよね。もう少し背がのびれば、だけど」

「うるせー」

「中学生になったら、すーぐのびるわよ。あっというまよ。一七五センチはいくはずよ」

「なんでわかんの」

今から二十センチものびるか、拓人は半信半疑である。

夏の絵葉書みたいな窓から蝉の声が入ってくる。湿って熱い風が拓人の身体を包む。耳を澄ましさえすれば、風の中、扇谷の奥をどうどうと流れる滝音までも聞こえそうだった。

ふと、拓人は訊いた。

「母さん、『ユヅキ・サヨコ』って知ってる？」

母から、表情が抜け落ちた。風がカーテンをふくらませ、母の胸から上を遮り、拓人の前から半分消えたようになった。

「――思いだしたの、拓人？」

不思議な写真

七月二十二日――夏休み初日。

絶対千円で売りやしない竿だけ屋の「竹や～竿だけ～。二本で千円ッ」という売り文句で拓人は目を覚ました。パジャマが汗ではりついていた。カーテン越しに太陽で炙られ、死ぬほど暑い。目覚まし時計の針は午前十一時を過ぎていた。

頭がぼーっとする。顔をこすったら、滲《し》みるように傷が痛んだ。昨日渡会数馬らに待ち伏せされたのを思いだし、うんざりした。喧嘩の傷は一日経ったあとのほうがズキズキする。それも相当どうでもいい。ラジオ体操を初日からサボったのと同じに。

布団から身をひきはがすとTシャツとハーフパンツに着替え、はだしで一階に下りていった。二階は拓人の部屋と、母の寝室、それと小さな屋根裏部屋が一つ。廊下とベランダがぐるっと二階を縁《ふち》どってるのが、拓人は気に入っている。

階段を下りるとキッチン兼リビングのドアがある。縁側の廊下沿いに茶の間と、床の間つきの座敷が並び、その裏側に布団部屋が一つと、六畳の和室がもう一つある。母がこの古い家に引っ越した時、手を入れたのは水回りと、離れの防音設備だけだと聞いたことがある。離れはこぢんまりした平屋で、ピアノがあり、もっぱら母が音楽編集の仕事で使っている。

山裾のこの辺りは農家や材木問屋が多く、畑や果樹園、雑木林が広がる。ご近所は「家の灯《ひ》が遠くに見える」レベルで点在している。花蓮や拓人がピアノを鳴らしても、鷹一郎《よういちろう》が笛を吹いても、苦情がきたことはない。毎朝あちこちの農家であがる雄鶏《おんどり》のけたたましい鳴き声に比べれば、なんてことはないせいかも。

家はしんと静まり返っていた。

振り子時計がチクタク響き、ジーワジーワと鳴く蟬がやたら夏休みの絵日記っぽい。

縁側の窓を開け放つと、夏が入ってきた。白い光と熱風と、子供の絵みたいに濃い緑。

庭は花蓮が実に適当に種をまくので、いつどこで何の花が咲くのか誰にもわからない。今は草葉の陰で小ぶりのバラが群れ咲いている。

庭に降りて、拓人は首をかしげた。軒下に置いたノラネコ用の皿のドライフードがまるまる残っている。昨日病院から帰った時も、ミルクは減っていなかった。

拓人が小学校に入る前から軒下にいるノラネコは、真っ白く、何年経ってもさして大きくならない。羽矢家とはつかず離れずの「近所づきあい」をしてる。村井《むらい》さんが羽矢家の軒先に野菜を置いていくのと、ドライフードを置くのは同じだと花蓮はいう。拓人はノラネコと呼んでいるが、当の花蓮のほうはいつのまにか「ミー」だの「シロ」だの呼んでいる。それでもまあ飼ってはいない。ノラネコは花蓮よりわきまえており、羽矢家にあがりこまず、軒下を寝床にして、皿のミルクを飲み魚を齧《かじ》って、お礼みたいに頭を下げる。春や秋の宵《よい》は、屋根瓦《がわら》をカラカラ鳴らして月夜の散歩をしてる。鬼灯《ほおずき》の枝や、クルミがたまに玄関先に置かれているのは、ノラネコのお礼じゃないかと拓人は思っている。「でもねぇ、猫が百合《ゆり》の花を置いてくかしらねぇ。あたしの記事の隠れファンだと思うわ」花蓮はそう言い張っている。

にぎやかな母がいないせいだろうか、庭の蟬の声が変に遠くて、時計の微かなチクタクが耳につく。今のほうが眠って見ている夢のような気がする。

ノラネコの皿の水を入れ替え、自分のほうの朝メシは塩ソーダアイス二本ですませた。扇風機をつけ、茶の間で座布団を枕に畳に寝っ転がった。今日は病院行きはなし。

寝ると、起きる気力までダダ流れていった。

(……『クロノ・トリガー』の続きをやる気にもならねー……)

脳みそのボーッと加減が、とけて指先まで広がった感じ。

テレビをつける気もしない。去年は学年中この話題でもちきりで「来年の七月世界が滅亡する。俺らは中学生にな」だ。去年は学年中この話題でもちきりで「来年の七月世界が滅亡する。俺らは中学生になれないんだ」だの「核爆発が起きるんじゃない?」だの言い合った。実際六年になったら、真面目に言う奴はいなくなった。ばかばかしくなったわけでなく、多分、逆だ。みんな「何か起こるんじゃないか」と心の底で思っている。七月に世界が本当に滅亡すればいいと思っている奴は、わりといる。掃除の時に焼却炉へゴミを捨てに行ったら、くしゃくしゃの自由帳の切れ端が炉の前に落ちていて『七月にみんな死ぬなら、それまでじさつしなくたっていいよね』と書かれていた。

カラカラと扇風機が鳴る。ミンミン蟬の声にまじって、太鼓や笛の音が微かに届く。今年も鵐鳥神社の祭りが近い。

どれも今までと同じ夏なのに、去年とも、来年とも違う気がした。

世紀末だからか、それとも、本当は毎年そうだったのか。

母の入院や、見知らぬ男が校門で拓人を呼び止める、非日常の出来事のせいじゃない。今までならズレても元の日常に調律し直せたものが、今年は戻らないからだ、きっと。扇谷小を卒業してもほぼ全員扇谷中に行く。『卒業したって何も変わらない』と口々に言いながら、そうはならないと薄々わかってる。水無瀬が拓人に「林間学校を休むの？」と訊いたのも、拓人が彰に夏休みの予定を訊かなかったのも、彰が夏期講習のことを黙ってるのも、根っこの感情は多分同じ。何かが変わっていく。夏の夕焼けに似ていた。手につかまえておきたくても、山際に光が消えていくのを見ていることしかできない。

夏休みの途中で世界が終わるのも、儚《はかな》くて悪くないな、といった彰。

音楽室で最後に鳴らした鍵盤の、青くて透明で、かたくてもろい音は彰みたいだった。ぽーんと深い深い青い海の底に沈んでいく。

『——思いだしたの、拓人？』

母のかすれ声が浮かんだ。昨夜変に寝つかれなかったのは、あのせいもある。

（……思いだす、ってなんだ？）

拓人は花蓮に問い返した。

「思いだすって？　じゃ、そのひと、知ってんの？　母さん」

「……なんで、それ、今、訊いたの？　誰かに何かいわれた？」

拓人は校門でのことを話した。

花蓮の顔つきを見れば、まったく虚を衝かれたというわけでもなさそうだった。

「……で、拓人、あんた、その名前、聞き覚えある？」

「ない……と思う」

しばらくして、花蓮は枕元の手帳をとった。オレンジ色のカバーに留め具のついたノートサイズのスケジュール帳で、ゴチャゴチャ貼られた付箋《ふせん》やメモが窮屈そうにはみだしている。

花蓮はカバーのポケットから、一枚の写真をとりだした。がさつな母にしては大事にしており、セロファンの袋に入れてある。白い縁には、手書きで一九九三・八と書かれていた。

初めて見る写真だった。

昔のもののようで、画像が粗い。写真の背景は羽矢家の縁側。朝顔の花の鉢が映ってるから、夏だ。軒先に朱色の風鈴が吊ってある。

縁側の前に、三人が並んで写っている。真ん中に小学生にもなっていない拓人、右隣に花蓮が笑顔で立っていて、左隣で一人の少女が縁側に腰掛けている。

高校生らしく、セーラー服を着ている。袖口がつぼんだ形の夏服で、袖口や襟に紺と白のラインが入っている。胸もとは臙脂《えんじ》色のスカーフ。膝丈《ひざたけ》のパネルスカートに、紺のハイソックスと革靴をはき、両膝をそろえ、控えめな風情で座っている。校章も、制服も、この辺りでは見ないものだった。長い黒髪、ほっそりと華奢《きやしや》な首を軽く傾け、明るいというより、儚げに微笑んでいる。膝に飴《あめ》色のバイオリンを載せてなければ、女優かと思ったくらい綺麗な顔立ちをしている。花蓮はしたり顔になった。

「美人でしょ。三歳のあんたがこの子を見つけて、私のとこに連れてきたのよ。見てて笑っちゃうくらい、あんたたち仲良しだったのよ」

看護婦さんに面会時間は終わりだと病室を追い出されたので、それ以上訊けなかった。

古時計と、扇風機の音が響く。

（一九九三……六年前……）

今拓人が眺めてる縁側に並んで、あの写真を撮った。まったく覚えてない。

『――思いだしたの、拓人？』

記憶の限り、母が朱色の風鈴なんてだしたことは一度もない。が、確かに風鈴をどこかで見た覚えはあった。そういえば屋根裏部屋の小さな桐箱に風鈴があった。はず。

けれど、少女のほうは少しも思いだせない。

（……ユヅキ・サヨコ……？）

頭の奥で、何かが流れている。旋律。ぐんなり歪《ゆが》み、微かで、判然としない。どうしてか胸が苦しくなった。

頭がぼやけ、白い靄《もや》がたちこめていく。暑さと睡眠不足のせいだと、拓人は目を瞑った。

何度か、家の電話が鳴った気がする。それも現実だったかわからない。風がやんでいた。軽トラの走る音、ちり紙交換屋の宣伝……。眼裏《まなうら》で朝顔の写真が表と裏にひらひら入れかわる。

夢を見た。

灼熱の風が峠道を吹き抜ける。空にわきたつ白い入道雲。石垣の上で葉が光る。自販機に百円を入れてボタンを押す。おみくじランプが光りはじめる。当たりがでればもう一本。ハズレ。拓人は振り返り、一本だけのソーダを誰かにあげる。拓人の差しだしたソーダを、誰かが両手で受けとる。ほっそりした指が拓人の指をかすめる。拓人の小さな影法師とそのひとの影法師が重なり合う。顔も、シルエットもぼやけて見えない。つくつく法師が鳴いている……。

ポストに郵便が投函《とうかん》されたような音がして、拓人はハッと目を覚ました。

柱時計が午後四時をボーンと打った。

竿だけ屋の声はどこかへ消え、扇風機はタイマー切れで止まっていた。家は相変わらずひっそりしていたが、日が陰って、影が増えていた。身を起こすと、午後の日でびっしょり汗をかいていた。心臓が早鐘を打っている。いやに鮮明な夢だった。

（……小さな鴉鳥神社の自販機のランプが点灯してたのなんて、どんだけ昔の話だ？）

小一の時にランプがついてたか覚えがない。三年の頃には壊れてた。

午後四時の世界は夢よりもくすんで見えた。起きた今の方が、世界は色褪せていた。

拓人は汗を掌《てのひら》でぬぐった。キッチンに行き、麦茶を三杯飲んだ。

冷蔵庫のカレンダーは一九九九・七月。

あと十日足らずで恐怖の大王が空から降ってきて世界が滅亡するかもしれないのに、彰は毎日夏期講習で、サラリーマンは今日も明日も満員電車で通勤しないとならない。金曜日の放課後に、彰と『音楽室のコイケ先生』から逃げ回る方がよっぽど世紀末らしかった。

水道の流水でほてった頭を冷やした。タオルで水滴をぬぐい、あんパンと三五〇ミリリットルのトマトジュースを腹に入れた。髪が湿っていたので帽子はかぶらなかった。G‐SHOCKを手首にはめ、自転車の鍵とウォークマンをもって、家を出た。

夕日の境内

拓人は神社の石段の下で緑の自転車を停め、ウォークマンのイヤホンを外した。

赤錆びた〝扇ガ谷《おうぎだに》ノ下《した》〟バス停の標識と、木のベンチ、ランプ切れの自販機。古ぼけた街灯が一本だけ石段の入り口に立っている。G‐SHOCKの表示は五時前。

ひび割れたアスファルトの道路には一台の車もない。

自転車から降りて、鍵をかける。辺りには人もおらず、蝉だけが鳴いている。昼はうるさいのに、夕方が近い今は世界が終わるように寂しげに聞こえる。イヤホンから『天国より野蛮』

の歌が途絶えても、暗い風や葉が続きを鳴らしているよう。

石段の両脇の紫陽花は終わり、夏の花が咲いている。草むらに一、二匹、小さな青蛇がいた。今日は久々に白い蛇も見かけた。白い蛇がいたら、そばで青大将が護衛しているから近づいたらいけない——社会科見学で大きい方の鴇鳥神社の橘宮司が話していた。男子は笑っていたが、拓人は忠告を守っている。プリクラとオヤジ狩りとルーズソックス、神社で白い蛇を護衛する青大将。リアルの境界線がめちゃくちゃに混ざって、それは世紀末っぽかった。

日がゆっくり西に傾いていく。

小学校の六年間、どれだけこの苔むした階段をのぼったか、拓人は覚えていない。春は花と鶯《うぐいす》、夏の月に山雀《やまがら》、秋の紅葉《もみじ》と雁《かり》がね、冬は雪と渡り鳥——。

境内は今日も人っ子一人いない。

金色の光が参道に寄せていた。山は早く日が落ちる。参道の途中に、白い花が落ちていた。白無垢《しろむく》で、一重《ひとえ》の花びら。たまに落ちている。さがしてみたことがあるが、山のどこで咲いているのか、この花の茂みを見つけたことがない。夏の花。

(……なんて、名だったっけ)

夕風に転がる花を見送って、拓人はいつものように古ぼけた賽銭箱の隣に寝っ転がった。日が沈んでいく。山の端《は》に暮れ落ちていく夕日も、日没に途絶える蟬の声も、紺色の風も、秋より夏の方がもの悲しい。拓人は目を瞑った。

おんぼろバスがガタゴトとやってくる音がする。

時刻表通り、午後五時二十四分の最終バス。

束の間、寝入っていたのかもしれない。でなければいつもは誰も降車せず、停留所を通過するだけのバスが停車したことに、珍しいな、くらい思ったはずだから。

バスが遠ざかっていく。

誰かが、神社の長い石段をのぼりはじめた。控えめな靴音だった。

参拝客らしい。拓人は目を開けて、身を起こした。

山の風が帽子のない拓人の髪を舞いあげる。

靴音が夕焼けの石段をあがりきるのと、拓人が簀《す》の子《こ》から降りたのは、同じくらいだった。

拓人は石段のほうに目をやった。

落日の最後の一条《ひとすじ》がまぶしくて、シルエットしか見えない。

（……バイオリンケース？）

辺りは夕暮れの海の底のようだった。橙《だいだい》色に染まった神社の木々が波音を立てて、風が拓人の髪をなぶっていく。海の泡沫《あわ》のかわりに、夏の葉や小花がふってくる。不思議に、今日はいつまでも波濤がやまない。夏の匂いが濃密にたちこめる。

相手は長い髪を手でおさえながら、参道の先でほとりと足を止めた。

立ち騒ぐ木々の梢が、入り日のまぶしさを遮った。影がのびる。

夕日のとける参道に相手の溜息がこぼれた。

――夕方のバス。拓人は誰かを迎えに走って行く。

（ユヅキ・サヨコじゃない）

拓人は別の呼び方をしていた。


胸が鼓動を打った。

紺色の風の向こうで、相手は破顔した。

「大きくなりましたね、拓人さん」

夏の夕日に染まった自分の声は、彼方《かなた》からやっと届いたみたいな響きをしていた。

「サヤ」

鴗鳥神社の宿泊所

ジジ……と音がして、白熱電球が点滅した。

フィラメントが切れたかと橘宮司が見上げたら、持ち直した。部屋の外の誘蛾灯には、びっしり蛾がたかっている。

宮司と一緒に天井を仰いだ男は、あぐらの上に広げた地図に目を戻した。浴衣《ゆかた》姿で座椅子に背をもたせ、赤のサインペンで地図に×をつけていく。男はこの鴗鳥神社の宿泊所に、もう三週間ほど泊まっている。

六畳の和室には布団と文机《ふづくえ》、くずかご、スタンドと筆記用具、蚊取り線香があるくらいだ。

テレビもないが、男は求めたこともない。名山の連なる扇谷の町は登山客が多いので、橘宮司も登山客かと思っていた。毎日ふらりと出かけては帰ってくるが、山の話はちっともしない。宮司が部屋を訪ねると、いつも文机で地図や黒いファイルや新聞を広げているか、頬杖をついて薄い文庫本を読んでいる。浴衣のよく似合う端整な若者なこともあって、宮司は和菓子の皿をもって茶飲み話をしにいくたび、大正時代にタイムスリップした気分になる。朝になると麻のシャツにジーンズ、携帯電話を持って車の運転もする若者に戻るけれども。東京からきたといい、確かにこの辺りでは見ないすらりとした青年だった。

若者が登山のためにきたわけではないことを、宮司は茶飲み話の時に知った。

彼が千蛇《せんじや》が沼《ぬま》に出かけるといったので、宮司は忠告した。最近千蛇が沼の一角で、たちの悪い中学生らがたむろするのが問題になっていた。煙草《たばこ》の吸い殻やシンナーの缶が落ちているのが目印だから、見たら近づかないほうがいい。

「春にも一人、中学生が行方不明になりましてね。もっぱら沼に落ちたんじゃないかという話です。千蛇が沼は湖なみに広いですし、奥は案内板もない。あそこは底なし沼です」

男が訊き返した。「……落ちたら、見つからない？」

「ええ。二度と浮かんできません。誰がどんな理由であの沼の底に沈んでいるのか、わかりません。永遠に見つからないから女たちが身を沈めにきた沼だという言い伝えがあります」

宮司が帰った後、男は窓辺に寄った。

誘蛾灯に仕掛けた水に蛾が何匹も溺死している。それでも次の蛾が沈みにくる。

都会にはないとろりと濃い闇と、女の爪めいた細い月だった。網戸の向こうで、夜風が草むらを鈴のように鳴らしていく。川筋から遠いように思うのに、男はいつも朝方、雨降りを思わせる川音で目を覚ます。起きると水音は消えている。細い月の中を無数に飛び交う黒い虫たちがあんまり無音なので、ふと夢の中にいるように思う。

子供の頃は葉音や虫など、なんとも思わなかった。男は低い窓枠に浅く腰掛けた。

それらは当然のように世界から与えられたものだと思っていた。そんな遠いものより目の前の世界だけが自分の全部、心を揺すぶる全部だった。悔しさももどかしさも、心臓の鼓動も、一瞬一瞬が焼きつくように強かった。灼熱の夏の光のように。

（……忘れてたな）

校門で羽矢拓人を見た時、十代だった頃が蘇《よみがえ》ってきた。あの蒸し暑い夏の夕暮れを、吸いこんだ気がした。電線だらけの茜空、原っぱと川向こうをガタンゴトンと走る電車、廃工場から聞こえてきたバイオリンの音色。弓月《ゆづき》の声。

——九条《くじょう》君、夏休みは、長すぎるね……。

男は文机に戻り、薄い文庫本を開いた。もう何度となくそうしたように。

第二章

ラジオ体操第二！

翌日も拓人はラジオ体操のことなど頭から忘れきっていた。

だいたい夜更かしができるのが夏休みの特権だと思う。なのになんだって毎朝六時半に「ラジオ体操第二」をやりに村井さんちの庭へ出かけなならんのだ。意味がわからねぇ。

（今時の小学生はラジオ体操行くほど暇じゃねぇ。考えごとが何もねーとか思うなよ）

が、そうは問屋《とんや》が卸《おろ》さなかった。いや、問屋じゃない。水無瀬すず花が許さなかった。

「羽矢ー！　まだ寝てんの？　ラジオ体操、昨日こなかったでしょ。起きなさいってば。カード忘れないでよ。ハンコ押すやつ」

布団の中にいた拓人の耳に、一階からピンポン連打が聞こえてきた。まじかよ。

去年も拓人のラジオ体操のカードは惨憺《さんたん》たる結果だったが、水無瀬がわざわざ家まできたことはなかった。幼馴染《おさななじ》みとはいえ、水無瀬はサッパリした性格なのに、なんできた！

誰が行くかと無視していたら、玄関へ向かう足どりが聞こえた。

母親と違って、ずっとのんびりして軽――。

はね起きた。

「わかった。行く、行くっつーの。——だからでなくていい！」

一階へ駆け下りた時には、遅かった。

縁側の窓はあけられ、打ち水で掃《は》き掃除されていた。玄関の上《あ》がり框《がまち》には村井のおばあちゃんが朝方置いてってたらしい卵と野菜の盛りカゴ。サヤは長い髪をうなじで一つに束ね、白いワンピースの上から花蓮のエプロンをつけて、水無瀬と話していた。

「はい。このへん、夏休みは毎朝ラジオ体操があるんです。八月八日まで。私、羽矢君と同じ六年一組の水無瀬すず花といいます。朝から大声だしてすみません」

「俺も同じクラスで、葉越彰です。よー拓人。はよ」

水無瀬だけならまだしも、彰までいた。最悪だ。

「おばさんが入院して、拓人が家に一人だって聞いてたもんで、まあまあ心配で。……おい拓人、その青痣《あざ》なんだよ。渡会か？」

「彰ぁ！　お前、別の地区だろ！」

「どこのラジオ体操にでようがええやんけ。さっさと顔洗ってカードとってこいよ。あの、サヤさんて、おいくつですか。拓人とはいつから、どんなご関係で」

拓人は部屋に引っ返し、ランドセルに入れっぱなしで放置していたラジオ体操のカードをひったくり、顔だけ洗って玄関に駆け戻った。着替えは省いた。昨日はパジャマのかわりにTシャツに短パンで寝たから。このかん、わずか三分。

「行ってらっしゃい、拓人さん」玄関先でサヤが手を振る。「彰さんとすず花さんも」

彰が調子のいい返事をして、水無瀬が如才《じょさい》なく頭を下げる（女は小学生から近所のおばちゃん機能が装備されてると思う）。拓人は聞こえなかったふりを貫いた。

羽矢家の門をでた瞬間、刑事ドラマの犯人逮捕みたいに彰とすず花が両脇についた。

「……で？　どゆこと、羽矢。あんた親戚いないっていってたよね？」すず花。

「お前さあ、親友にこーゆー系の隠しごと、する？　友情の危機よ？」彰。

「薄焼きせんべい並みのもろい友情だなオイ……」

拓人は両脇にそれぞれ目をやった。水無瀬もらしくないが、彰もこっちの地区のラジオ体操にきたことはない。夏休みで羽矢家に泊まった日くらいだ。

「なんだよ。二人でお誘い合わせの上きたのか？」

「葉越とはたまたまそこで出くわしただけよ。なんでいんの、ってあたしも訊いたもん」

「そうそう。考えるこた同じだな」

「あと十日で世界が滅亡するかもしんねーのに考えることは俺のラジオ体操かよ！」

「世界が滅亡するかもしんねーから、お前んちまできてラジオ体操やるんじゃん」

「はあ？」

「話をずらすたぁ、男らしくねーぞ。校内一の俊足で近隣の女学生の憧れ『マイキー羽矢』が」

「お笑い手品師みたいにゆーな！　つか女学生って古……お前最近何読んだ」

「夢野久作《ゆめのきゅうさく》」

拓人もすず花も、江戸川乱歩《えどがわらんぽ》や京極夏彦《きょうごくなつひこ》くらいなら（読んでおらずとも）うすボンヤリイメージできたが、「夢野久作」という返事を理解できるほど読書家では全然なかった。

「滅亡しねーよ、なんていわないのが、なんか、あんたら二人よね。――で？」すず花。

「あのお姉さんは？　一つ屋根の下漫画の主人公になるにゃ、お前小学生すぎだろ⁉」彰。

「…………」

夏の朝の砂利道に、ミーンミンミンミン、ミーンとまぬけに蟬が鳴いている。

逢魔《おうま》が時《とき》

黄昏時《たそがれどき》の風が、ふうっと参道を通り抜けていった。

「サヤ」

拓人は自分がそう呼んだことを知らず、自分のその声も、耳に入らなかった。

神社の波濤がやまない。夕風が竹の葉を舞い散らせる。

やがて、昼と夜が混在する世界を、その人が歩きはじめる。夢を歩くような足どりで。長い黒髪に、夕日の滲《にじ》む白のワンピース。白地に赤と黒のチェック柄のバイオリンケースを肩にかけ、もう片手にトートバッグをさげている。紺のリボンのついたウェッジソールサンダルが見分けられるほど、でも近すぎない場所で足を止めた。

昨日病室で見た写真から、そっくり抜け出てきたみたいだった。

拓人より目の高さが少し上（大事なことだがサンダルぶんもコミだ）。制服の写真とたいして変わらない外見に見える。女の人というより少女のようだった。

「拓人さん」

拓人の心臓が震えた。

さんづけで拓人を呼ぶ相手などいないのに、昔誰かにそう呼ばれていたと思った。思いだしたというほどのものではなく、幻のように淡い感情で、何かひと言でも口にしたらかすんで消えてしまいそうで、拓人は黙っていた。そのひと自身もあわあわと夕日をまとって、目を離したらとけそうだった。

「私、お母様の花蓮さんと知り合いで……。ずいぶん昔のことですが、拓人さんのおうちへ遊びに行ってた時期があるんです。街灯の下に扇谷小のシールのある自転車が停めてあったから、もしかしてと思って……」

なつかしい、優しい、寂しい声で、少女は弓月小夜子と名乗った。

それから、少女は後の言葉を飲みこんだ。拓人は自分がどんな眼差しで相手を見つめているのか少しも意識しなかった。

山寺の晩鐘が微かに聞こえた。日が山の端に沈み、薄暗くなる。

拓人はやっと何か言わないとならないと思った。

「その……もしかして、うちの母親に、用事できた？」

「はい。昼に、おうちに電話をかけたのですけど……誰もでなくって」

そういえば、何度か電話の音を聞いたような……。

境内はがらんとしていた。草むらで虫が小さく鳴きはじめ、藍《あい》色の空に一番星が光った。

このへんは人家もなく、日が落ちればあっというまに真っ暗になる。タクシーなんぞ通りかからないし、近くに公衆電話もない。だからあの最終バスから降車する客には、必ず迎えがいる。

家《うち》に電話をしたという言葉が、二人の周りを漂った。少女は誰かを待っているというより、拓人の言葉を待っているように佇《たたず》んでいる。

ふわりと拓人の鼻腔に何かが香った。夏の宵の甘い香と、そのひとの肌の匂いだった。やんわりあたたかで、目眩《めまい》がするほどやるせなく匂い立つ。手でさわることさえできそうで、拓人は急にうまく息が吸えなくなった。ごくっと唾をのみこんだ。自分の奥底で、何かが揺り動かされる感じがした。

母親と拓人と朝顔と、目の前の少女が写った写真。思いだしたの、と母が訊いた。

なんとか、ふつうの声がでるよう努力した。

「母親は三日前に駅の階段から落ちて、いま入院してる」

「はい」という口ぶりから、知っているものと見えた。母が自分で伝えたのかもしれない。多分、病院の談話室の電話で。

「見舞いなら、面会時間はもう終わってるけど……」

「じゃ、明日、花蓮さんに会いに行きますね。花蓮さん、落ちこんでないですか」

「らしくなくめげてた。空元気だしてたけど……。仕事が大変なんだろ」

「花蓮さんが落ちこむなら、もっと別の、もっと優しい理由だと思いますよ」

夕闇にとけそうな儚いその微笑みがなつかしかった。どうしてか。

「……明日見舞いに行くのはいいけど、今日はどうすんの？」

「今日というか、わりと長く泊まるつもりできましたが」

「……。……うん？」

首筋がかゆい。ここに突っ立っていると、やぶ蚊に刺され放題だ。泊まるってどこに、と訊き返すと抜き差しならなくなる予感がして、拓人は開けかけた口を閉じた。

（…………昨日……オカン、『何か考える』って、いってたな……）

いやまさか。

変な汗がでてきた。拓人は混乱しながらナイキならぬ黒いマイキーを石段へ向けた。

しばらくして、足音がついてこないのに気づいて、振り向いた。少女は所在なげにしていた。

拓人は自分にまるで愛想がないという自覚がなかった。ややあって少女がそばに寄ってきたので、拓人はほっとした。

古代からあるという自然石のままの石段は傾斜が急で、苔むし、でこぼこしている。手すりも明かりもなく、木下闇《こしたやみ》で足もとが消える。拓人は先に下りた。運悪く少女が蛇でも踏んづけて落ちたら、甘んじて二人もろとも死んどくしかねぇと腹をくくった。「荷物もつよ」などと言うくらいなら、そっちのがましだと拓人は真剣に思っている。「俺の靴の踵《かかと》、暗いとこで光るから。それ見て」「はい」

拓人は時々後ろを振り仰いだ。

何段下りたかわからなくなり、拓人は永遠にこの暗闇の石段を下りてるような思いにとらわれた。遠い家並みの灯が影絵みたいに変わらないのは気のせいか。不意に後ろからそっと肘をとられた。拓人の右足首に、ざらついてひんやりしめった触感がからみついてから、するすると下草へ去る。この暗さだ、少女に蛇が見えたはずはない。制汗スプレーとは違うあの切ない匂いのせいで、変にどきどきした。

「……何？」

「月が、東の山にのぼったと思って」

「うん」

山の端《は》に、女の爪みたいな細い月が出ていた。

それからすぐ石段脇の街灯の光が見えた。少女は停めた自転車に顔を向けた。

「綺麗な青ですね」

「青？　緑だけど」

「あ、そうですね」

拓人はポケットから自転車の鍵をとりだしながら、視線をくれた。「なんで？」

「え？」

「間違えて青っていったわけじゃなさそうだったから。本気だったろ」

「この翡翠《ひすい》色、神代《かみよ》では青なんだそうです。『特別な青』だとか。翡翠《かわせみ》の別名は、鴗鳥《そにどり》といって『鴗鳥の青き御衣《みけし》』……という文が古い物語にあるんだそうです。それでつい青って。……嘘だと思うと、理由を確かめるのは、変わらないですね」

「……じゃ、訊くけど、うちの母親に呼ばれた？　電話とかで。なんか面倒ごと頼まれた？」

「いいえ」

それだけ。花蓮に呼ばれてきたわけではないのか、『面倒ごと』など頼まれてはいないという意味だったのか。はっきりした否定は、なんとなく後者に思えた。

拓人は自転車のチェーンロックを外した。

石垣の暗がりに梔子《くちなし》がほの白く咲きこぼれている。宵闇に少女の白い指や黒髪や身体の輪郭が曖昧にとけている。ふと、あの白無垢で一重の夏の花と、少女が重なった。花の名を思いだそうとしたが、今度もできなかった。

街灯は切れかけてジジジと耳障りな音を立てていた。青白い光に、蛾がいっぱい群れていた。フィラメントが点滅する。電灯の点滅と一緒にフッと少女がかき消えそうだった。トートバッグやバイオリンケースを残して。

拓人はそのほっそりした腕をとって、そばにひきよせた。フィラメントで焼け死んだ蛾が数匹、少女のいた場所に墜落していく。

電灯の上から無数の目玉模様が寄り添う二人を見ていた。地面に落ちて死骸になった蛾の目玉も。少女と目を合わせたとき、サヤと、なぜかいいそうになった。

「ユヅキ、さん」

少しの沈黙。

「サヤでいいですよ。そう呼ばれていました」

「けど……」

「じゃあ、お好きに」

拓人は少女の腕をつかんだままだった。その手を、少女が外す。拓人は窮した。訊きたいことがあっただけなんだけど。

向こうはそれきり何も言わない。古ぼけたバス停や木のベンチ、ランプ切れの自販機の方に顔を向けている。ランプ切れの自販機は黒い箱にしか見えない。

「サヤ」

こっちを向くまで、少し間があった。今度は拓人が自販機を見ていた。――ランプ切れ。

背伸びして百円を投入口に入れる。がたん、とソーダが落ちる音。自販機のおみくじランプが光り始める。当たりがでればもう一本。待ってるだけでも暑くて、半袖で顔をふいた。

それを微笑んで両手で受けとった、誰か……。

「……もしかして俺、ガキの頃、あの自販機でソーダ買って、あんたにあげた？」

青白い電灯のせいか、少女の唇《くちびる》まで青ざめて見えた。

「……覚えているんですか?」

「……や。そんな気が、しただけ」

ややあって「はい」と返事が落ちた時、拓人はまだ目にしていないバイオリンの音色を聞いたように思った。微笑と同じ、少しの憂《うれ》いと、幸福の音を……。

「……でも、いつもおみくじランプは『ハズレ』で、そのたびに拓人さん、自分のソーダを私にくれたんですよ。やる、って」

神社の蟬時雨が、拓人の耳に蘇ってきた。でも口では「そうだっけ」と返した。

拓人はサヤのトートバッグをひっぱって、自転車の前カゴに入れた。バイオリンには口出ししない。以前母の知人のバイオリンを親切心からチャリのカゴに入れて運んでやろうとしたら、頭に拳骨《げんこつ》を落とされた。楽器を自転車のカゴに入れるのも、楽器つきで二人乗りももってのほかだと説教したそのバイオリニストは、自分は拓人の自転車をスイーとこいでいき、拓人を歩かせてバイオリンケースとスーツケース二個を家まで運ばせた。

懐中電灯代わりに自転車のライトをつけたところで、拓人は進退窮まった。家路につく前に、どうしてもはっきりさせとかないとならない切実な問題があった。さっきもそれを訊こうとしたのに、なんでソーダの話なんかしたんだ俺は……。

「……今さらだけど、うちに泊まるつもりできた……の?」

「はい」

「……うち、今、誰もいないんだけど……俺以外…………」

市中のホテル行く？　という提案が、いかがわしくしか聞こえないのはなんでだろう……。

ここらには公衆電話すらなく、宿に泊まるにしても一度家に寄り、家の電話でタクシーを呼ぶしかないが、宿代と合わせてどのくらい金がかかるのか。簞笥《たんす》の一万円で足りるのか——。

「問題ないですよ、拓人さん。お布団なら、自分で敷きます」

「…………」

家に二人なのが問題だと、サヤは全然思っていないらしかった。

……二人が去った後、石垣から一匹の白い蛇がするするおりてきて、焼け死んだ蛾を平らげた。少年の押す自転車のライトを見送ると、白い蛇も夜に消えていった。

バイオリンの鳴る朝

夏休みのラジオ体操のハンコほどもらって無意味なもんは人生でもそんなにねーと思う。

自由参加ならまだしも、なぜハンコおさせて夏休み明けにチェックされないとならないのか。強制参加というのがそもそも拓人は好きじゃない。

「子供を管理してるって感覚がほしいだけだから、意味はねーんだよ」といったのと同じ口ぶりで彰は「世紀末じゃん。ラジオ体操行こうぜ、拓人」ニヤッとする。

不思議とそれには矛盾を感じない。なんでかはわからないが。

（……まさかあいつら、毎朝ピンポンする気じゃねーだろな……）

カードに朝顔のハンコをくれたのは村井のご隠居だった。野菜カゴの礼をいうと、「花蓮さんの具合はどうだ、拓人。なんかあったらいつでも村井家にコールしろい」戦中派でハイカラなバンカラだったというご隠居はラジオ体操でもステッキとスカーフを身につけ、英語ぺらぺらという噂だが、相当怪しいと拓人は思っている（ついでにハイカラなバンカラって何だと訊いたら、ご隠居は００７《ダブルオーセブン》のジェームズ・ボンドがそうだと答えた）。

（朝っぱらからラジオ体操やったからか？　すっげ腹減った……冷蔵庫になんかあったっけ）

家の門をくぐると、昨日まではなかった音が聞こえてきた。たまっていた新聞受けの中が片付いているのを見た後、拓人は庭から縁側へ回った。

軒に、朱塗りの風鈴がさがっていた。ゆうべ寝つけないついでに屋根裏をさがしてみたらあったので、縁側の廊下に置いといた（お陰で寝たのが午前一時だったことを、彰と水無瀬は知るよしもない）。拓人は桐箱を置いといただけだ。

風鈴は東北産の鉄器だとかで内側はすべらかな鉄色をしてる。ガラスにはだせない、扇谷まで届きそうな、澄んだ金《かね》の音と、バイオリンが庭に響く。サポートメンバー・蟬。

庭木には水やりがされ、縁側のそばの茶の間ではちゃぶ台がだされ（拓人はだしていない）、扇風機が回ってる。ちゃぶ台には二人ぶんの箸と、庭から剪《き》ってきたらしい鬼灯が一枝、資源日にだしそびれていた空き瓶に生けられている。盆に伏せられた二個のマグには驚いた。小ぶりの益子《ましこ》焼《や》きで、母は毎年夏に必ずこれをだす。安い麦茶も美味《うま》くなるといって。が、ふつうはまず目にもとめない。なんせ地味なやつなのだ。

味噌汁《みそしる》のいい匂いをたどってキッチンに行くと蓮根《れんこん》の味噌汁が鍋にあり、米も炊きあがっている。村井家の野菜でこしらえたとおぼしきナスと茗荷《みょうが》の煮浸し、キュウリと大根のスティックと味噌マヨネーズの小皿。グリルでは鮭が二切れ焼かれるばかりになってる。

（……？　鮭、冷蔵庫にあったっけかな？）

その間も途切れることなく、バイオリンが鳴りつづけている。

拓人がきたことに気づかず、エプロン姿の奏者は奏でつづける。床の間の手前に電気スタンドとトートバッグと蚊遣りぶたがまとめられ、昨日寝間着がわりに渡した浴衣が和服用ハンガーに吊られている。バイオリンケースは開けっぱなしで、中に楽器の手入れ道具と、一冊の薄い文庫本がある。

サヤは目を閉じて音だけを聴いて弾いていた。弓で弦にごく軽くふれているだけに見えるのに、音がどこまでものびていく。左手の指は蝶のように四つの弦をひらひら飛び移る。身体から音がこぼれる。バイオリンを奏でるというより、サヤの身体が鳴ってるみたいだった。

聴いているうちに柱時計が八時を打った。拓人はまたしばらく聴いてから、声をかけた。

「次弾いたら、多分弦が切れるぞ。E線《エー》」

弓が止まった。

サヤは自分がどこにいるのかすぐには思いだせない様子だった。柱に寄っかかっていた拓人を見留め、不安そうにした。「拓人さん？」夢を見ているような顔つき。この暑いのに一時間以上弾いてたせいだろう、サヤはよろけてたたらを踏み、はだしで布団を踏んづけた。サヤは客用布団を見下ろした。すっかり日が照ってる縁側にも目をやった。拓人の推理はこうだ。

「浴衣と線香を片付けて布団をあげてる途中、バイオリンケースに目をやり、開けたら一曲弾きたくなり、弾き始めたら他はどうでもよくなった」やらかした顔を見れば、たいして外れてないはずだ。

「お帰りなさい、拓人さん……」

「うん」拓人は柱から背を離した。「つづき弾く前にメシ食ったら。暑くなってきたし」

「あっ、鮭がグリルの中で野垂れ死んで！」

「冷蔵庫で延命させてある。魚焼いてちゃぶ台に並べてるから、その間に布団片付けといて」

丸めて放置したシーツのそばに、サヤは正座した。バイオリンを置き、弓の毛が一本切れて垂れ落ちてるのを指でむしりながら言葉もないといった神妙な面持ちをしてるのが面白すぎる。

「どうでした、拓人さん？」

「ラジオ体操なら、なんかすげー疲れた」

「……違います。バイオリンの感想を求めてます」

「A《アー》がそもそも合ってねぇ。下がってる。調弦しないで弾いたろ。Aが下がってるから、他ものきなみズレて聞こえた。つか、音合ってたのはG《ゲー》だけだった。弓ものびてる、湿気で」

「……………………はい」

最後の曲はAが下がっていてもわかりにくい調性だったが、実のところ他の曲も普通に聴くぶんにはAがずれてると気づかれないレベルの演奏だった。どころか四本中三本合ってないのに勘どころよく音を合わせていた。……この腕と音感がありながら、四本中三本合ってなかろうがお構いなしに弾くのもすごいけど。

（……………？　普通に習ったら、調弦が癖になってるはずだけどな……？）

「……けど、聴いてて、飽きなかった」

音楽も国語も2の拓人は、それ以上うまく言葉にできなかった。

身の置き所もないといった顔でシーツをひっぱり寄せていたサヤは、なぜかハッとした。

「あれ、なに？　最後に弾いたやつ」

モーツァルトのバイオリンソナタ第21番ホ短調だと、サヤは答えた。

「昔も、拓人さんにいっぱい弾いたんですよ。拓人さんの一番のお気に入りでした」

ふうん、とだけ言った。「また弾きはじめたら、俺一人で先にメシ食うからな」

サヤはバイオリンをしまった。

拓人はご飯と味噌汁をおかわりした。味噌汁は赤だし。腹ぺこだったのを抜きにしても、特に米がうますぎた。「昆布《こんぶ》と日本酒と塩をひとつまみ入れて置くと、古いお米も美味《おい》しく炊ける」らしい。ついでに花蓮は息子を「黙って食べる」男にしつけてはいない。拓人は煮浸しも魚も、箸をつけて「んまい」と舌鼓《したつづみ》を打った。会話は他愛ないものばかりだった。残りのナスは生姜《しょうが》と茗荷で浅漬けにしたとか。サヤが拓人の痣や傷はなんだと訊《たず》ね、拓人が別にいいだろ、と返す押し問答もあった。これは昨夜もサヤに訊かれたが、拓人は答えなかった。拓人は鮭の皮を齧《かじ》った。

昨日は食欲もわかなかったのにな。

前にテレビの特集で、北極からくる流氷のことをやっていた。温暖化の影響で氷が次々割れて海へ流れでていく。たまたま氷の上に乗っていたホッキョクグマたちはなすすべなくバラバラに別れ、流れでていく。遠ざかっていく。お互いどこへ向かうのか、(多分永遠に)わからないまま。昨日の拓人は、なんかそんな感じだった。何かしようが、しなかろうが何も変えられない。昨日と今日がじりじりズレていくのを見ていることしかできない。

でも今朝は違った。

チリンと鳴る風鈴、カラカラ回る扇風機、蟬蟬蟬。ずれてるバイオリン。くすんでいた庭の緑も、ちゃぶ台でミニ街灯みたいに立つ鬼灯の橙《だいだい》色も、今朝は日で色がとけだしそうだ。……それと、彰と水無瀬のノンキな早朝ピンポンのせいで。夏休み二日目。ストンときた。やっと。

(知ってる夏が、きた)

絶対二本で千円じゃ売りやしない竿だけ屋の声も、拓人の夏の一片に戻る。

チラッとサヤを見ると、サヤは拓人を見て、微笑んだ。

会話が途切れると、互いの緊張感やぎこちなさが、てんてんと転がる。他愛ない会話もお互い「普通っぽく」努力してるからで、昨日会ったばかりなのは変わりない。それでも他人行儀以上の細い糸があるようなのは、拓人が覚えてない昔、一緒にいたというせいだろうか。

昨夜も座敷に案内した時、障子にそっと手をかけるサヤの仕草や、畳に腰を下ろして首を巡らし、床の間や夜の縁側をのぞむ姿に、ふっと何かを思いだしかけた。

夕暮れのバスの音、家に響くバイオリン……。でもどれも頼りない、淡い、一瞬の影にすぎず、霞《かすみ》のように不確かでよく思いだせない。

さっき聴いた最後の曲が、拓人の身体に優しくまとわりついている。

「……バイオリン、自転車にのっけても大丈夫だったみたいだな」

「はい。……拓人さんは小さい頃のほうが紳士的でしたよ。バイオリンも『いちばん右の糸、チョット音が外れてるかも?』って可愛げのある言い方をしてくれましたし」

「昔から外れてたのかよ……」

「それに昨日の帰り道、話をふっても全部無視だったじゃないですか」

「…………」

何の話をふられていたのか、さっぱり記憶にない。拓人ばかり蚊に刺されるのを見かねたように、サヤが「自分のバイオリンはすごく頑丈だから」自転車の後ろに乗っけてくれといい、二人乗りをしたのがとんだ大間違いだった。サヤの両手が腹にまわされた瞬間、蚊なんぞどうでもよくなった。どこをどう走ってマクドナルドにたどりついたのかも謎だ。

マクドナルドで夕飯を買い(代金はサヤが払った)、帰宅してハンバーガーを胃におしこみ、奥の座敷に客用布団と浴衣と蚊取り線香をだして、風呂を沸かして——。

何か話したそうだったサヤに気づかないふりをして、二階に逃げた。

あの赤い風鈴をサヤはいつ縁側に吊したのだろう。ラジオ体操に行く前にあったかどうか、わからない。

拓人が風鈴の箱を縁側の廊下に置きに行ったのは、真夜中だった。

窓の外に月がのぼっていた。女の爪めいた細い月なのに、ひどく明るかった。

座敷の障子が細く開けられていた。縁側の窓も。夜風と月の光をひとすじ、障子の中に招き入れるように。クーラーの音は聞こえない。電灯は消えていたが、なんとなくまだ起きている気配がした。拓人が階段を下りてくる音に、気づいていたかどうか。

拓人は風鈴の箱を廊下に置いた後、縁側から庭に出て、ノラネコ用の皿を確かめた。ノラネコは食べにきたらしく、水もキャットフードもなくなっていた。

辺りは雨みたいに月の光が降り落ちて、草むらも木も踏み石も、縁側に置いた桐箱も、銀色に光っていた。拓人は縁側に腰掛けた。あんまり月が明るいので、夢の中にいるみたいだった。

拓人はこんな風に狂ったように輝く月を前にも見たことがあると思った。

夜で、海にも、浜にも、花が散りつづけていた気がする。どこで？　どこでもないはずだ。遠足や旅行で海に行ったことはあるけど、夜は眠ってる……。

蚊取り線香の煙がサヤの和室から縁側へ流れてくる。線香の煙が細い糸なら、ひっぱれば、サヤの指先や髪にからんで重みを糸がまきとって、そこにいるか確かめられるのに。

拓人は神社の停留所に停まったバスのことを思った。何か大事なことがそこにあるのにわからない変てこな気分をもてあました。しらしらと月が射す……。

　精神を狂わせそうな月光の中にいると、あらゆる奇跡が起こりそうだ。

「サヤ」

　障子越しに、小さな衣擦れが聞こえた。拓人は立ち上がった。

「田舎でも、誰かくると危ない。窓閉めるから。クーラーつけて」

　はい、という返事がした。障子が閉じ、クーラーのつく音を確かめてから、拓人は縁側の窓を閉めて、二階に戻った。

　銀の月の光の中でサヤは桐の箱から風鈴をだして、吊したのだろうか。拓人が二階で寝つけず、まんじりともしないで寝返りを打っていた時に。

　変てこな気分は朝食を食ってる今も拓人の腹のあたりに居座っている。虫刺されの痕《あと》をかき壊していると、サヤがムヒをくれた。ぽつりとサヤが言った。

「でも、拓人さんの優しいところは、昔と変わってないですよ」

「そんなのどうしてわかんの。半日で」

「…………」

「……ごめん。あんたは覚えてるかもしれないけど、俺は忘れてる」

「いいんですよ」

　サヤの心が動くとき、その余韻でかすれた艶のある囁き声になると拓人が気がつくのはもう少し後のこと。

「……いいんですよ、忘れたままで」

サヤが微笑む。

拓人のよそよそしさを、感じていないわけがない。なんでもないふりをしてくれているだけで。

サヤは長く泊まるつもりできたと言っていたが、座敷は片付いていた。


昨夜、浅い眠りの中で拓人は夢を見た。

狂気めいて明るい月の射す海辺だった。浜辺に寄せては返す中、どこからか舞い散る花びらが（白と青紫の花だと夢の拓人は知っていた）銀の波にのまれ、次々沖へとさらわれてゆく。

波打ち際を、拓人は歩いていた。

サヤと二人で。

鷹一郎

四一五号室にサヤを連れて入ったとき、花蓮はベッドで山を眺めていた。

相部屋の二つのベッドは、検査でもあるのか、空っぽ。相変わらず足を吊られた母親の恰好が今日はさほど間抜けに見えなかった。母の後ろ姿は心なしか一昨日よりしぼんでる。「もっと別の、もっと優しい理由だと思いますよ」というサヤの言葉がよぎった。

妙に昔を思いだした。小二くらいまで、花蓮はよく小さな鵜鳥神社まで拓人を迎えにきては、バス停のベンチや賽銭箱の隣で一緒に座った。乗客のいない最終バスが夕闇に消えていくまで。花蓮はいつも拓人が帰る気になるまで「帰ろう」と言わなかった。「もういいの？」と息子に小声でたずねる母の面差しを見るたび、拓人が花蓮を神社から連れ帰らなくてはならないような気になった。そうしないと今度は鷹一郎が泣くだろうと思ったことまで蘇ったのは、きっと病室に鷹一郎がきていたからだ。

絽《ろ》の着物に、足もとは足袋《たび》と草履《ぞうり》。羽二重《はぶたえ》の羽織は脱いで腕にかけている。六十になるというが、拓人には物心ついたときからちっとも外見が変わってないように見える。

唯式《ゆいしき》鷹一郎が振り返り、目を丸くした。視線は拓人の後ろ。そこにいたサヤが「花蓮さん」と拓人を追い越していった。サヤのワンピースの裾が拓人の足をかすめる。サヤの麦わら帽子が床に落ちるのや、窓を見ていた花蓮が不思議そうに振り返るのが、拓人の目に焼きついた。光る熱い風が白いカーテンをふくらませる。

「――サヤ」

花蓮はサヤを抱きしめた。

拓人は鷹一郎に目配せされて、病室を出た。

鷹一郎は談話室よりいい場所に行こうといった。途中、鷹一郎が奢《おご》るというので院内売店に寄り、拓人は缶のソーダをもらい、鷹一郎はパピコのアイスを買った。

「拓人君、ラムネも入荷してるよ」

「いい。昔、駄菓子屋のおばちゃんに説教されて、ラムネはもう一生飲まねーぞと決めた」

「なんていわれたの?」

「忘れた。なんっか無性に腹が立ったことだけ覚えてる」

「なんだ、そりゃ」

鷹一郎は笑って、六階の階段の上にある屋上へ拓人を連れて行った。四方の峰を全部望める景観は『関係者以外立入禁止』を無視する価値がある。風は涼しかったが、殺人的な太陽光線でフェンスにさわれば火傷《やけど》しそうだったので、ドアの日陰から扇谷の山を眺めた。隣で鷹一郎はパピコを一本くわえた。二本あろうが鷹一郎は断じて拓人にわけたりしないし、拓人も求めない。拓人も「パピコは二本とも必ず一人で食う」派だから。拓人と鷹一郎がわかり合ってる暗黙の人生観の一つだ。鷹一郎には花蓮という例外があるらしいと気づいたが、拓人に例外はない。たとえ彰だろうとも、パピコが四つに分裂しようとも四つとも食う。

拓人はソーダのプルタブをあけた。指から水滴がしたたる。

気温は三十三℃。扇谷病院まで市営バスに揺られてきたが、ぼろい市営バスにはクーラーなどなく、窓からは熱風が吹きこみ、鉄板で焼かれて運ばれてんのかと思った。車内はがら空きだったが、サヤは拓人の隣に腰を下ろした。バスの中でサヤと話したことといえば「どこでバスを降りるんですか?」「扇谷病院前」「面会時間は何時までですか」「午後五時」それで全部。見る気もないのに窓ばかり見ていた拓人の視界に、サヤの膝の麦わら帽子と、リボンでまとめて胸もとにたらした髪と、日射しで少し赤らんだ左腕がずっと映っていた。

「サヤちゃんのもってた麦わら帽子、拓人君が？」

拓人は頷いた。麦わら帽子を受けとるとき、サヤは懐かしそうにしばらく黙った。そっと囁いた。「暑いですね」「うん」と返すのも間が抜けてるようで返事をせずにいたら、サヤは寂しげにした。拓人は手の中でソーダの缶を弄《もてあそ》んだ。鷹一郎の視線に気がついた。

「鷹一郎、いつもより扇谷にくるの、早いじゃん」

「花蓮さんが入院したっていうから。今朝まで北陸にいたよ。そこで笛吹いてて」

鷹一郎は拓人の浮かない顔つきにも、喧嘩の傷にも、ちょっと笑うだけだ。何も訊かない。訊いても拓人が理由をいわないことをお見通しという感じ。

「今朝？」

「夜明け前に執り行われる神前奉納でね。で、朝一の特急に乗ってここに。だから着物」

「見てるだけでも涼しそうだよな、その着物」

「いや、そう見えるだけだよ。暑い」

げんなりとぼやいていても、パピコを吸っていても、鷹一郎は涼しげに見える。スッと背がのび、佇まいや仕草も雰囲気があってかっこいいよな、とは彰と拓人の意見である。女子が渡会数馬にいう『かっこいい』とは対極のやつ。

唯式鷹一郎は京都に住まう横笛奏者である。花蓮の知人で、拓人の親戚でもなんでもない。母花蓮と知り合ったのは拓人が生まれる前のことだといい、拓人とはそれこそ生まれた時からのつきあいだ。鷹一郎は毎年夏、この扇谷を訪れる。大きな鵜鳥神社の夏祭りに執り行われる雅楽奉納で、奏者の一人として呼ばれてくるのだ。他にも日本各地の祭りや神事で横笛を吹いてるらしい。それ以外は詳しくは知らない。一度花蓮と二人で、宇治《うじ》にある鷹一郎の住まいを訪ねたことがあるが、『お屋敷』だった。池に橋が架かってて、地下足袋はいた庭師が弟子と庭作りをしているような日本庭園つきの。

拓人はサヤを一目見た時の鷹一郎の驚きを思い返した。

「鷹一郎、『サヤちゃん』って――。……なんだよ変な顔して」

「僕も何から訊こうと思ってて。拓人君……サヤちゃんのこと思いだしたの？」

あの朝顔の写真を撮ったのは鷹一郎かもしれない、と拓人は気がついた。

「いや、全然。母さんから写真見せられただけ。その言い方だと、昔、よくうちにきてたっての、本当だったんだ。母さんも『サヤ』って呼んでたけど……弓月小夜子《ゆづきさよこ》なんだろ」

「君が『サヤちゃん』て呼ぶから、自然と花蓮さんと僕もそうなった。拓人君、うまくサヨコって発音できなくてさ。というか君、『サヤ』が本名だと信じてたふしがある」

他人の話みたいだった。……少しも思いだせない。拓人はやっとソーダを一口すすった。苦い、微かな苛立ちを飲みこんだ。

「母さんとどんな知り合いなわけ？」

鷹一郎が返事をするまで、間があった。少し悲しげ。拓人が何も覚えていないことに、胸をつかれたように。どうして鷹一郎がそんな顔をするのか、拓人にはわからない。

「……サヤちゃんのことは、花蓮さんに訊くといいよ。僕が君に話すのも変な気がするし」

「なんで？」

「サヤちゃんは花蓮さんと君が家に連れてきたんだよ。僕はそう聞いてる」

母も「あんたがこの子を見つけた」と言っていた。

「サヤちゃん、バイオリンを弾いては、いつも君に『どうでした？』って訊いてね」

「……で、合ってねぇぞって俺に言われたって？　今朝も調律なしで弾いてた」

「それ、昔から。拓人君がピアノでラの音をだすと、サヤちゃんも調律するんだけど、それないと調律より先に弾きたくなっちゃうみたいでね……。あと単純に君の音感がよすぎってのもあると思うよ。私の横笛だって、うまくごまかせたかなってとこ、君だけはずばりというからね……。しかも君、楽器やらないくせに。余計腹立たしい」

「訊かれなけりゃ、いわねーよ。普段音程なんて気にしねーし。じゃあ訊くな！」

「いや、訊く。プロだから」

「そこ全然わかんねー」

「サヤちゃんによれば、君がたまに言う『最高の褒め言葉』があったらしいけど。それをもらった時は日がなご機嫌で弾いてたね」鷹一郎はパピコをくわえて、くつくつ思いだし笑いをした。「拓人君、サヤちゃんがくるのをいつも待ってたんだよ。くれば二人でずっと一緒にいた。本当に仲良しでね。拓人君といると、サヤちゃんはすごく嬉しそうだった。……喧嘩もしてたけど」

「俺と?」

「うん……。……じゃ、サヤちゃんのバイオリン、聴いたんだ。どうだった?」

拓人は黙っていた。鷹一郎はそれで答えがわかったらしかった。

拓人は昨日の出来事を鷹一郎に話した。神社で寝てたら、五時二十四分のバスにサヤが乗ってきたこと。サヤをゆうべ家に泊めたこともボソッと伝えた。案の定、鷹一郎は意味ありげにニヤニヤした。それから、呟いた。「そうか」

「なに?」

「サヤちゃん、昔もその最終バスできてたんだよ。君はあの小さな鵜鳥神社のバス停まで走って、サヤちゃんを迎えに行ってた」

「…………」

夕暮れのバス。自販機からガタンと落ちるソーダ。それを受けとる誰かの白い手……。

拓人はまた一口ソーダを飲んだ。炭酸がじわりと喉を焼いて、胸に奇妙な、甘いしびれを残していった。

「サヤちゃん、いつまでいるって?」

拓人は答えず、問い返した。

「……鷹一郎、昔はどのくらい、うちに泊まってたの? サヤ」

「自分で訊くことだね。肝心なのは、そこじゃなさそうに思えるけど」

「…………うん」

今年は八月いっぱい扇谷に滞在するからいつでも頼りなさいと、鷹一郎が携帯電話の番号をメモして拓人に渡してきた。

「八月ずっと？　だって夏は忙しいはずだろ」

「もう若手がいるよ。ゆっくり次の演目を考える時間が欲しかったし。それに、こういうときそばに大人がいるのは、悪くないだろう」

肩の力が抜けていった。重荷があったとも、思ってなかったのに。「うん」

「礼はいらないよ。鵼鳥神社の祭りの支度《したく》で、君をめいっぱいこきつかうから。今年も僕は鵼鳥神社の宿泊所に滞在してる。あそこ、携帯は圏外だけど、神社の電話番号は電話帳に載ってる。何かあったら電話しなさい」

暑いね、と鷹一郎は日射しに目をすがめた。拓人は鷹一郎と並んで、屏風を連ねたような山を仰いだ。

眼前にそびえる扇谷は、緑が濃すぎて黒い影の国めいていた。

あの中の、無数の青い淵や谷、霧の竹林も、花も、急流の音も、影となってひっそり静止しているように思われた。時折神社に落ちている白い一重の夏の花は、影の国のどこから吹かれてくるんだろう。誰かに花の名を教えてもらったのに、思いだせない。

太陽がトロトロと時間の流れをとかしていく。

「鷹一郎、夏の白い花っていったら、何？」

「浜木綿《はまゆう》や、梔子《くちなし》……」という鷹一郎の声も、日にとけておぼろになった。

†

拓人と鷹一郎は屋上から四階へ戻った。鷹一郎がソーダの空き缶とパピコの抜け殻をゴミ箱に捨てに行ってるとき、廊下で「拓人君？」と声をかけられた。

見舞いでなく授業参観にきたみたいな恰好と厚化粧の三人のおばさんの内、誰が声をかけたのか少しもわからない。まるで三人でワンセットみたいにせかせかやってくる。二人は誰の母親かわからなかったが、後ろの一人は知っていたので、頭を下げた。

見舞いの言葉があったとしたら「大変ねぇ」だけだった。他は花蓮が不注意だとか、一人親だからとか、拓人が可哀想だとか、入院代はどうするのとか、あらゆる「問題」をサーチライトみたいにとらえては花蓮のせいにした。「どんな理由で徹夜してたんだかねぇ」「羽矢さん、お若いから。ねえ葉越さん」「いいえ、私もこの頃あんまりおつきあいがなくて」看護婦さんに何度も静かにと注意されながら、そのたび帰るふりだけして、まだ言い足りないという風にしゃべった。

「ねえ拓人君、あの女の子、誰なの？　おばさんたち、追い払われちゃったのよ。入って五分も経たないのに、『長居は迷惑です、お帰り下さい』なんて言われて。言い方ってものを知らないのかしらねぇ。親戚の女の子だって羽矢さんいってたけど、おたく、親戚いないでしょ？おばさんたち、もっと羽矢さんと話すことあったのに。もちろん拓人君のことよ」

拓人は黙っている。

「十二歳で家にずっと一人なんて、問題よ。羽矢さんは『考えてる』っていってたけど、考えてるわけないもの。おばさんたち、場合によったら教育委員会や役所と相談して」

その時、拓人の後ろから鷹一郎が割って入った。

「必要ありません。夏休みの間、私が滞在しますし、近所には村井義森《よしもり》さんもいます。担任の折口先生とも話して特に問題はないと言われました。病院の手続きも、私のほうで対応しますよ。それとも私では不足ということでしょうか」

そそくさと去っていくＰＴＡ三人を見送る気は拓人にも鷹一郎にもなかった。歩きだした。薄暗いリノリウムの床に、拓人の全身に、吐かれた女郎蜘蛛《じょろうぐも》の糸をひきちぎるようにして。

鷹一郎が訊いたのは一つだけで、拓人の返事も一つだけ。

「『葉越さん』て、葉越彰くんの？」

「うん」

屋上に戻って光る日を浴びたくなった。あの山の風と日を思いだしたら、空気の澱《よど》みも少し、薄れた。……それと、滅多にない鷹一郎の怒った横顔を見て。

四一五号室に入れば、ずっと滅入《めい》っていた母がすっかり元気を取り戻していた。

風がカーテンをはためかせ、拓人の足音をさらっていく。「昨夜拓人とどうしてたの？」という花蓮の声が聞こえてきた。麦わら帽子がまだ床に忘れられていたので、拾った。拓人に気づき、サヤの言葉が途切れる。拓人が麦わら帽子を投げて花蓮の吊った足にひっかける。花蓮と鷹一郎も黙った。花蓮のほうは弁当を食っていたためで、鷹一郎はその初々しい、デリケートでぎこちない空気を壊すほど野暮ではなかったので。

花蓮はＰＴＡのお局《つぼね》軍団が襲来したことを口にしなかったし、拓人もさっきのことをおくびにもださなかった。当面の問題は別にあった。

「……オカン、それ俺の弁当。それ食ってこのまま一時のサッカーの練習に行く予定だったんだけど。もう十二時になんだけど」

「は？　あんたサッカー部でもなんでもないじゃん」

「助っ人で出ろって木原《きはら》に頼まれてんだよ。もうすぐ県大会」

「んなこといってたっけ」

「俺もすっかり忘れてた。昨日練習サボって、電話で木原にすっげぇ怒られた」

昨日何度も鳴ってたような電話の中には、練習にこない拓人への呼び出しもあったものと思われる。今花蓮が箸をつけている弁当は、そうと知ってサヤが出がけに詰めてくれたやつだ。

花蓮は最後に残してあったウインナを、拓人の目の前で自分の口に放りこんで、いった。

「もう食べちゃったもん。もうすぐ病院食が配膳されるから、あんたそれ食べりゃいいでしょ」

「病院食ってそゆもんじゃねーだろ⁉」

「だって骨折してるだけよ。豚骨ラーメンと餃子《ギョーザ》にカルボーンつけなさい、で充分じゃない⁉」

「カルボーンじゃねーよ。せめて牛乳か小魚っていえ！」

院内売店で売ってるカルボーンは子供用の菓子で、『カルシウム入り』が謳《うた》い文句。小さな箱に、小さな白い骨《ボーン》形菓子がつまってて確かにうまい（カルシウム＋骨＝カル骨《ボーン》らしい）。

「ところで拓人、サヤがもう帰るつもりだっていってるけど、あんたの意見はどう?」

サヤは背を向けて、ふくらむカーテンを紐でまとめている。

しばらくしてから、拓人は返事をした。誰かに理由を訊かれたとしても、そういおうと決めたとしか答えられない。「いれば、うちに」

「ですってよ、サヤ。違う返事してたら病院で息子を病院送りにするとこだったわ。サヤ、愛想のない息子で悪いけど、しばらくよろしく頼むわ」

今度は拓人が明後日《あさって》のほうを向いていたので、サヤがどんな表情をしたのかはわからない。サヤが振り返り、ワンピースの裾や髪が揺れる気配だけを感じた。見なくても、サヤの感情が空気を伝ってくるようだった。昨夜月光の中、漂ってきたひとすじの線香に似て。

「拓人も、昔よりは頼りになると思うし。番犬がわりにでも使ってちょうだい」

「……おい」

「やっといつもの元気が出てきましたね、花蓮さん。サヤちゃん、いてください。大丈夫、さっきのおばはんがたも『拓人君一人じゃ心配』っていってたんだから」

鷹一郎がしたり顔でにやついた。

「いやー、でも、やっぱり心配かな～。番犬が狼になっちゃうのは古典演目じゃよくあるある話《ばなし》。聞きましたか花蓮さん、昨夜、拓人君は寝つけずに真夜中……」

「おっさん！　世界が滅亡するより先にくだらねー理由でオカンに殺されるぞ！　行くぞ」

「えっどこに？」と目を白黒させる鷹一郎を引きずって（昼飯を奢ってもらうためと、サッカーの練習に送ってもらう足がわりに）拓人は病室を出て行った。

†

窓から夏の風が吹きこんでくる。

病室には麦わら帽子と、ぎこちなくて、でもとても真剣な息子の「いれば」が残っている。

サヤはまだ入り口を見送っている。

「よかった、拓人が『神社のバス停まで送る』なんてアホなこといわなくて」

サヤが花蓮へ振り向く。その儚げな顔の輪郭に、六年分の沈黙に、サヤのぬくもりに、花蓮は手をのばして、ふれた。サヤの眼差しも、花蓮の手に頬ずりする仕草も、会いたかったと語ってくれていた。

「……ね、サヤ。拓人のやつ、大きくなったでしょ？　もう十二よ」

「はい」

「つれなく見えても、本気にしないでやって。照れて、まごまごしてるだけよ。拓人に嘘はいえない。『いれば』っていったら、他の意味はないわ」

「私も、昔とは違うってわかってたのに……つい……」

でも昨夜寝つかれずにいたとき、拓人が二階から下りてきてくれて、しばらく縁側にいてくれたのが嬉しかったと、ぽそっとサヤが打ち明けた。花蓮は忍び笑いした。

「あいつ、わかりやすくサヤが大好きだったからね。サヤのこと、全然覚えてないのに。身体に染みついてんのね。……一昨日までさ、拓人、なんか浮かない顔してたの。それがすっかりふっ飛んだみたい。そりゃそうね、サヤがきたんだもん」

昔もそうだった、と花蓮はつづける。

同室の他の二人はまだ検査から戻らない。

窓の外は今日も晴れ。蟬の声で、病室はいっそう静かだった。

「サヤと拓人と三人で過ごして、オールド・バイオリンが調律なしで一日中家で鳴ってるなんてアホな夏の毎日。今日も明日も明後日もずっとそうだと思ってた」

今がいつの夏か、花蓮はふとわからなくなる。

蟬時雨。拓人と神社前のベンチでサヤを待っていたあの夏の、熱い風と、夕暮れのバスの音の中にいる。

「ごめんね。あいつ、六年前のこと、全然覚えてないの。サヤのことも」

「いいんですよ。思いださなくて」

「……あいつが忘れたのは、サヤを守るためじゃないかって、考えることがあった」

ノラネコと、朝顔と、夏の入道雲。モーツァルトのバイオリンソナタ・サヤアレンジ。

不完全でも、もろいガラス細工みたいでも、確かに幸福だった六年前の夏……。

サヤの瞳がぐらつく。サヤ、と囁きかけた。

「昔と違うって、誰が？　拓人は少しも変わってないよ。忘れてるくせに、六年間ずっと神社で待ってたやつだもん」

花の名

夕日がぐずぐず山の稜線《りょうせん》に留まって、生け垣と、歩いて帰る拓人の左半身をじっとり焼いた。どこかでひぐらしが一匹だけ鳴いている。

門をくぐると縁側でサヤが蚊取り線香をだしている。茶の間で扇風機がカラカラ回り、バイオリンと弓がまたとりだされているのを、帽子のつばの下から見てとった。

拓人はウォークマンのイヤホンを外しながら、玄関でなく縁側に行った。ノラネコの皿も、サヤも、夕焼けを浴びている。拓人は橙《だいだい》色に焼けた縁側に腰を下ろした。

「お帰りなさい、拓人さん」

「ただいま」

カナカナという声も、不器用な沈黙も、橙色に染まる。サヤはそこに座ってくれていた。バスの中の沈黙と似てはいても、同じではなかった。昨夜の見えない糸がサヤのほっそりした指にまかれていて、拓人が今引けばひきよせられそうだった。庭先に二つの影法師が落ちている。一匹だけの蟬の声が夕日にとけていく。拓人の胸が不思議に苦しくなった時、サヤもまた溜息をついた。バイオリンは弦を一本鳴らすと、他の弦も震える。離れていても。

拓人は茜色を見ながら、じっとしていた。

一日限りの花だと、誰かが言った。夜明けに咲いて、夕方にはもう散る花だと。

「……夏の、白い、一重の花、なんだっけ。青や赤もあるけど」

しばらくして、「木槿《むくげ》の花」とサヤが答えた。

その囁きは、今朝永遠に聞いていられそうだと思ったバイオリンのようだった。旋律にたゆたう夏の光や雨のにおい、花の散る石段、木漏れ日のさざ波、夕暮れに最終バスの遠ざかる音……もどかしく、じれったく、胸をかきたてられる。あんまり切ない音なので、黙っているしかなくて、そうしないと胸からあふれそうで。

そうだったと思った。なぜあの花が気になるかも知らず、でもそうだったと思った。

「木槿の花だ」


拓人は縁側に楽器店の紙袋を置いた。

「新しい弦。……E線とA線切れてるじゃん。張り替えた後はすぐ音程狂うから——」

麦茶のポットのところへ行きかけていたサヤは、急にそわそわしだした。それから麦茶のことは忘れたらしく、弦の切れたバイオリンと紙袋をもって和室へ行ってしまった。

拓人は縁側から上がって、自分で麦茶を注いで三杯飲んだ。蚊取り線香に火をつけるのも、夕食の支度も拓人がした。といっても朝の残りものに、豚肉の生姜焼きを付け足しただけだ。

フライパンで豚肉を焼きながら、やがて聞こえてきた音色に、拓人は眉根を寄せた。
その後、サヤが風呂に入っている隙に拓人はバイオリンをいじくり、手入れをした。
翌朝、バイオリンを奏でたサヤは、信じがたい顔をした後、一日中弾きまくった。

第三章

世紀末七月の過ごし方――葉越彰の場合

（……拓人って、ポジションがわからんやつだよな）

と、彰は思う。

拓人が助っ人にひっぱりこまれた少年サッカークラブのポジションでなく、学校での羽矢拓人の立ち位置の話である。

根暗でも一匹狼でもないが、いつもその場のノリに乗るとは限らない。スポーツ万能クラスの明るい人気者になるには茶目っ気が足りず、クールでいくにはテストの点数が微妙すぎ、しかし算数は彰を抜いて学年一。運動会やスポーツテストじゃ手を抜かず、図工も案外真面目に取り組んでいるのだが（音楽は昼寝と決めてる模様）、渡会数馬との喧嘩の方が派手すぎてどうにもこうにもかすんでいる。教師にも拓人は扱いやすい児童じゃない。喧嘩以外にもいくつかの校則を平然と破るし（ウォークマンは今まで百万回没収されてる）、教師相手でも言うことは言う。去年の夏、上山がおとなしめで可愛い感じの六年女子二人に、白線を引き忘れたから手伝ってくれ、礼はするだのねちっこく言い寄ってる現場に行き合った時も「上セン、それ、俺と彰でやるわ」と割って入って上山に目をつけられた（夏休み明け、拓人と彰は彼女たちに手作りチョコチップマフィンをお礼にもらった）。もっとも上山は彰みたいにつけいる隙のない小学生も苦手らしく、彰がいる時は拓人に難癖はつけない。

学校の外でも、『拓人〜農作業手伝ってくれんか〜？』と畑のどこからか村井のおばあちゃんの声がすれば渋々自転車を降り、炎天下で草を刈りまくって干し草づくりを手伝い、心霊スポットに面白半分出かけたクラスメイトから泣いてSOSが入れば、「バカだな」としかめっ面で助けに行く（が、霊感ゼロの拓人は学校の窓に『タスケテ』と突如血文字が浮き上がっても見えず、道端で公衆電話が突如鳴りだしても素通りする。それら猟奇的な救難信号を受難するのはたいてい彰だ）。そんなやつ。

（……別に拓人が何かするワケじゃねーのに、妙なことに巻きこまれるのはなんでだろう）

思い返せば学校の七不思議やら、修学旅行先での怪奇現象やらいろいろあった。

校則ではなく、自分で決めた自分のルールに従う。それが拓人をカテゴライズの外に置く。

（花蓮おばさんからして、学校休ませてメキシコに連れて行くもんな……）

学校の花壇に花を植える行事かなにかの最中、彰君も一緒に行く？　と花蓮おばさんに話をふられた時、塾があるからすみません、と横から口をはさんだ自分の母親の返事のほうが、よっぽどトンチンカンに聞こえた。

（花蓮おばさんも、ギプスははめてたけど、元気そうでよかった）

今日塾の前に病院に寄ったら、花蓮おばさんはベッドでノートPCとにらめっこしていた。

彰にすぐ気がついてイヤホンを耳から引っこ抜き、「彰君、きてくれたの。ありがとう。元気?」向日葵みたいに明るく笑って、ミニ冷蔵庫のファンタグレープをご馳走《ちそう》してくれた。

拓人は今年もそろそろ神楽《かぐら》の支度に駆り出されそうだという。

彰はここ何日もラジオ体操に行っておらず、拓人とも会っていない。

(……渡会、また拓人に喧嘩ふっかけてねーだろな。あいつ最近中学生の不良グループとつるんでるって木原がいってたけど……)

終業式の日、拓人と一緒に帰ればよかった。いまだに後悔している。くそったれ。

彰は問題集を解く手をとめて、椅子にもたれた。大手塾の、クーラーの効き過ぎた自習室は冷凍庫みたいに冷えきり、窓のブラインドは昼でも全部閉めきられて、外は見えない。自習室は小学生で埋まってる。百席はあるはずだが、夏休みは連日満席になる。仕切り一つにつき一人、青白い電灯の下、狭い嚢胞《のうほう》にぎっしり幼虫がつまってる。小学生が百人いても声一つ落ちず、シャーペンとページをめくる耳障りな音が数時間続いてる。

白い箱の中に、虫みたいに放りこまれてる子供、子供、幼虫の群れ。ホラー。

去年は夏期講習の合間に、拓人と神楽の準備を手伝った。

風が吹くといっせいにさんざめく青い竹の葉音。

木々から降り落ちてくる光の粒を拓人と仰ぎ見た。

児童会室で拓人と夏の窓の中にいた時も、去年、誰もいない校庭の木陰に二人で座って葉擦れの音を聞いていた時も、静かだった。夏の風と、見えない熱が、互いの間に流れていた。永遠でもそうしてられる時間だった。沈黙は同じはずなのに、ここには何もない。冷え切り、のっぺりと、全部が死んだ空間。

腕時計を見た。針は午後四時二十六分をさしていた。

次の講座まで二十四分。彰は席を立ち、自習室から出て行った。


廊下にある休憩コーナーでコーラを買って飲みながら、窓に寄った。ブラインドに指をひっかけると、雨が降っていた。街は灰色にくすんでいた。

大粒の雨がガラスを流れ落ちていく。

(拓人のやつ、ちゃーんとラジオ体操行ってっかな?)

目を閉じれば、ブラインドも、温かみのないリノリウムの床も、灰色の雨の街も消えた。

ざらついたシャーペンの音、自販機とクーラーの低い唸《うな》りが遠ざかる。

鴇鳥神社の森の、海底のざわめきが轟いてくる。

腕や足に切り傷や青あざをこさえた小二の拓人が、苔むした石段をのぼっていく。

木漏れ日が少年の足もとで波のようにゆらめく。黒いランドセルを背負った拓人が、上へ、上へとのぼっていく。葉陰の波が拓人に寄せ、影と光の中に誘《いざな》い、さらっていくようだった。

彰が覚えている限り、拓人は一度もうしろを振り返ったことはない。

神隠しに遭った少年

小学校に入学する前から、彰は会ったことのない「羽矢拓人」を知っていた。噂というものは奇妙で、いつどこで聞いたかわからないのに気づけばもう知っているのだった。

幼稚園での親同士のひそひそ話か、近所の噂で聞いたのか。羽矢拓人という子供は、保育園にも幼稚園にも通っていないらしいこと。母子家庭で父親は不明（「いない」ではなく、母は必ずこの「不明」を使った）、母親は未婚で、どこからか移り住んできたらしい……。

子供は「神隠し」に遭い、忽然と姿が消えて、二ヶ月後に山で発見されたこと。子供に何をたずねても「頭が変みたい」なことばかりしゃべり、二ヶ月間、どうしていたのか一向にわからず、他の謎も含めて失踪事件は迷宮入りになりそうだということ……。呆れたことに若い母親は町から引っ越さず、その子がこの春、彰と一緒の小学校に入るのだと、母親が父親に話していたのは覚えている。「一緒の学校になる」という言葉に、テーブルで九九の練習をやらされていた彰はなんとなくどきりとした。同じクラスになって欲しくないわねと幼稚園の保護者会でみんな話してるのだと、母はつづけた。

生活保護《セイカツホゴ》は受けてないようだ、若い母親はしょっちゅう出歩いていて家にいないとか、こないだその母親が年上の男と市中のレストランにいたのを誰々さんが見たようだ、子供はどんな風に育ってるのかしら可哀想だわね――。

彰だけでなく、おそらくあの年の新入生は似たり寄ったりのことを大人たちからシャワーのように聞かされていたし、そこに混じる悪意も敏感にかぎとっていた。でなければ小一の悪口で「私生児」だの「頭が変」だの「生活保護」だのでるわけがない。

入学式の日は、抜けるような青空だった。

神隠し事件からまだ半年ほどのことで、校門にはくたびれた身なりの記者が数人張りついて煙草をふかしていた。母はわざとらしく嫌な顔をつくった。

校舎一階の廊下にはりだされたクラス分けでは、羽矢拓人は一組、彰は二組だった。

新入生の集められた廊下に羽矢拓人はおらず、欠席したのだと思われた。

でも体育館での入学式に、拓人はいた。後で訊いたら、特別棟の裏のフェンスを乗りこえて学校に入ったらしい。

異様な雰囲気の中、羽矢拓人だけが自然体でそこにいた。

保護者席の花蓮おばさんのほうがまだ「周りを気にしないふり」に努めていた。拓人はぶしつけな視線やざわつきも意に介していなかった。無視してるというより、もっと別の、大事な気がかりに心を奪われているように。

まさに「神隠しに遭った不思議な少年」だった。

式が終わってすぐ彰は羽矢拓人をさがしたが、どこにもいなかった。煙になって消えたんじゃないかと本気で思った。

「人がどう思おうと構わないやつ」でもないと今の彰は知ってる。でも、水無瀬以外誰も近寄らず、話しかけもしないのに、気にも留めず「それより大事な問題がある」みたいに別のことを考えていられるなんて、全然普通のやつじゃない。

それは拓人が「神隠しに遭った」事実と似ている。他の小学生にはないミステリアスな部分を、拓人だけがもっている。幼稚園児から抜けきれぬ新入生の中で、拓人だけは違っていた。

体育館で見た拓人の黒髪や襟に、校庭のソメイヨシノではない山桜の濃い花びらが散っていた。渡り廊下で、その一片《ひとひら》が風に乗って青い空を舞ったのが、今も彰の目に焼きついている。

（……あいつ、何を考えてたんかな、あのとき）

友だちになってから訊いたら、あの「……わかんねぇ」が返ってきた。忘れた、ではなく。どうしてだろう、彰にはそれが時々「わかりたい」に聞こえる。

いまだに拓人にはあのミステリアスな、他と「違う」雰囲気が残っている。

それが何か、彰はうまくいえない。

べったりくっついた団子さながら、自分がぐちゃぐちゃになって他と同化していく学校生活で、拓人は夏の涼しい水を思わせた。拓人自身が同質化を嫌ってるというより、自然とそうなるらしかった。けれどそんな風に「くっつかない」奴が学校生活でどうなるかは火を見るよりも明らかで、実際そうなった。

入学式の翌日から男子連中は拓人をいじめの標的にした。拓人は自分から喧嘩は売らないが、売られた喧嘩は買う。「拓人君もやり返さないの」なんて養護教諭のばかな言葉を、拓人は一度も受け入れなかった。理不尽をはね返さなかったら、理不尽がルールになる。

花蓮おばさんは始終学校に呼びだされた。相手の母親らは「羽矢拓人が自分の子供らに怪我《けが》をさせた」とあべこべの言いがかりをつけた。一組担任がよりによって上山だった。三年にあがって折口先生になるまで上山はクラスの問題を野放しにし、学級会で「お前はクラスにいないほうがいい」と全員の前で拓人に言ったと水無瀬から聞いたことがある。

水無瀬以外口をきかず、のけものにされる毎日。当時の拓人は傷だらけだった。拓人も「あれはうんざりだった」とぼやいたことがあるし、拓人が学校をさぼってよく神社でふて寝していたことも実は彰は知っているのだが、そんな頃でさえ、やっぱり拓人は「違って」いた。どんな悪意も拓人を形作る核までは貫けなかった。ずたずたにされ、すりつぶされ、拓人でない別の肉塊になりはてることはなかった。他の小学生のようには。

彰が羽矢拓人と初めてしゃべったのは、小二の初夏だった。

羽矢拓人はよく緑の自転車を風のように走らせ、田んぼの畦道を一人で山へ向かう。彰は社会科で配られた町の地図を手に、何回かアタリをつけては失敗した後、〝扇ガ谷ノ下〟停留所のそばで緑の自転車を見つけた。

けれどその日までは、石段をのぼる拓人を見上げるだけだった。

その日、彰は痣と泥だらけの惨めな姿だった。

正確にはもう一ヶ月、学校帰りに公園の水道でランドセルや服の汚れを落とし、自分で傷に絆創膏《ばんそうこう》をはっていた。焼却炉で燃やされた上履きは購買で買い直した。母親は彰の変化に気づきもしなかった。母親が彰に「どうしたの」ときいたのは、テストが七十点で怒ったときだけ。

学校を休みたいと言えば「勉強についていけなくなるでしょ」と嫌な顔をした。代掻《しろか》きした水田に突き落とされ、こづき回され、蛙の死骸をランドセルに入れられる。これが卒業まであと五年つづくと思うと、目の前が真っ暗になる。

（羽矢拓人、お前、どうやってんの？）

初めて、彰は拓人の後を追って石段をあがった。一段ごとに靴は重たくぐちゃりと音をたて、髪やランドセルから泥水がしたたる。階段の両脇に紫や白の紫陽花が群れ咲くのも気づかなかった。木漏れ日が暴力的に目をつきさし、彰は呻《うめ》いた。梢が揺れているのに音が聞こえない。

この長い石段から足を滑らせて落ちても、今なら痛くないだろう。

でも落ちるのは、てっぺんにのぼってからだっていい。

長い石段をのぼり、赤い鳥居をくぐって。

そうすればここではない別の世界に行けそうな気がした。

神隠し。

そんな風にこの世界から消えてしまえればいい。

てっぺんにつくと、社の賽銭箱の隣で、羽矢拓人が寝ていた。ランドセルは簀《す》の子《こ》の下。春にはきっとあのランドセルに桜がつもるのだろう。あの赤い山桜が。

羽矢拓人が彰に気がついて、起き上がった。目が合った。

神隠しの世界にきた、と彰は思った。

団子のようにくっつき、自分がひきつぶされてぐちゃぐちゃになる世界は、石段の向こう側。

世界に音と光が戻ってくる。壊れたスイッチが繋がったみたいに。波濤のように鳴る森の音。紫陽花の花の色。池の水の匂いが甘く濃かった。

拓人は妖怪泥人間みたいな彰を、全然笑わなかった。

「裏に井戸があるから、服と傷洗えよ。で、水も何口か飲めば、まあまあ気分もよくなる」

「むり」声がかすれた。「俺の心の傷はそんくらいじゃよくならない」

「なんだそれ」と、初めて拓人は愉快そうにした。「いーから、身体の傷はちゃんと洗えよ」

彰も他の同級生と同じに羽矢拓人のことを見て見ぬふりをしていた。拓人は気にしてなかった。でも彰は六年になった今も忘れてないし、なかったことにはしないと決めている。

塾に行く日だったが、彰はサボった。

小雨が降ったりやんだりしていた。彰は井戸で身体と服を洗い、拓人は彰のランドセルと教科書の泥を落とした。そのあと、二人で理科のプリントをやった（「おたまじゃくしは大きくなると何になる?」の問題に「きょだいなおたまじゃくし」と拓人が書いたのを見て、彰の口から魂がでそうになった）。眠たげな雨だれを聞きながら簀の子でうつらうつらし、晴れ間がでれば社の裏の錆びたブランコで並んで立ちこぎした。

（……あのとき、神社の下から、バスの音が聞こえたな）

夕暮れ、ガタゴトとバスが停留所から遠ざかっていく。拓人がその音を追って首《こうべ》をめぐらした。入学式の時の、ミステリアスなあの横顔で。

それから二人で帰った。彰は拓人の自転車のうしろに乗った。拓人と背中合わせで。ランドセルを腕に抱えて。風景がうしろ向きに流れていく。夕風がさらさらと麦畑を渡って、船の水脈《みお》みたいに航跡を残す。緑の自転車は小舟で、麦の海をゆく。薄暮《はくぼ》の畦道の中、明日が近づく。手足のすり傷が痛んだ。心も。彰は拓人の背に寄りかかった。上を向く恰好になった。夕日が雲と稜線を金色にふちどり、世界は薄暗かったが、綺麗だった。

帰宅すると、塾を無断で休んだことや、汚れた服について母親にヒステリックに問い詰められたが、何もしゃべらなかった。また同じ朝がきて、昨日はもうかすんでいた。のろくさ支度をし、学校へ行った。校門をくぐったとき、うしろから声をかけられた。

「葉越、心の傷のほうはどーだ」

隣に並んできた拓人を、彰はまじまじと見返した。通学路にいた一組と二組の連中がこっちをうかがう。拓人は彰だけを見ていた。

彰の六年間の学校生活で、一番「最高のオレ」だと思うのはこの時だ。にやっと拓人に笑い返した。憂鬱《ゆううつ》は消えていた。——昨日の続きの、別の朝。

一面の麦の海の中、拓人と自転車でまた二人乗りしていける。昨日よりもっと遠くへ。

「今日は心の傷より、膝小僧のすりむけのほうが痛い」

「だからちゃんと洗えっつーたんだよ。『この雨は酸性雨だ。汚れた雨だ。ちゃんと洗おうがまた雨で汚れる。俺は無駄なことはしない』とかわけわかんねぇこといいやがって」

そうして学年一の優等生と問題児のクールなコンビが誕生した次第。めでたく彰も渡会数馬のグループの標的になったものの、喧嘩になれば拓人が絶対加勢にきたし、彰も同じ。放課後になれば二人で気ままに過ごした。

三年のクラス分けで拓人と彰が同じ一組になった頃にはからんでくるのは渡会数馬くらいになっていた。どのみち彰はもう色んなことがたいして気にならなくなっていたが。

拓人へのいじめは、小二の運動会を境にパッタリやんだ。男女混合地区リレーで、拓人が最下位から三年男子をごぼう抜きして一位でバトンを渡した瞬間、小二男子ヒエラルキーの中でコペルニクス的大転換が起きた。少年スポーツクラブで主将を務める六年男子らは俄然《がぜん》色めきたった。「六年男子に一目置かれる」最強のステータスを前に、拓人にちょっかいをかけるやつは誰もいなくなった（渡会数馬をのぞく）。

嫌がらせにやられっぱなしではないことも高学年男子らの気に入ったらしかった。別のクラスの男子も拓人のさっぱりした気性を知ると、打ち解けるようになった。

女子は男子と別の脳回路をもってるらしく、小一の頃から複数の女子が「あたしはわかってるから」という謎の伝言つきのバレンタインチョコレートを渡していたという（花蓮おばさん談）。小六ともなるとすぐ噂がたつからか、拓人に近寄る女子は少ないが、陰で人気は昔よりあがってんじゃないかと彰は踏んでいる。

彰は飲み干したコーラの缶をゴミ箱に捨て、思いだし笑いをした。

拓人と会ってから、彰の世界は天と地ほど変わった。彰自身も変わった。

どこがって、何もかも。

彰はもう何年も、毎朝、自分の青ざめた溜息で目を覚ます。拓人がいなければ、とっくにこの世界で目を覚ますのをやめていたんじゃないかと思う。

『彰、この夏休みは大事だってわかってるでしょ。この夏で将来が決まるの。ラジオ体操なんか休みなさいよ。お母さん、先生に話してあげるから』

ここの進学コースは大型ビジネスビルの七階から九階にある。夏期講習の事前クラス分けテストで上位に入った難関中学受験Aコースの生徒だけが、綺麗で近代的なビルの教室に割り振られる。それ以下の生徒は、駅裏の薄汚れたビルだ。そっちのクラスになった水無瀬すず花は『古いビルで、女子トイレも一つしかない』と嘆いていた。誰の目にも見えるヒエラルキー。

朝から晩までブラインドの中に閉じこめられ、青白い蛍光灯が太陽がわり。時計の針だけがぐるぐる回る。塾が終わるのは夜の八時半。この大手塾の夏期講習に通うには電車で片道一時間かかる。ハンバーガーショップかコンビニで何か買って、帰りの電車の中で夕食。帰宅は毎日夜の十時半。それが小三から母親が息子のために用意した毎年夏の予定表。

でも去年の夏は違った。

鷹一郎に神楽の準備に誘われて、初めて何の気兼ねもない夏休みを過ごした。ほんの十日ばかりのことだったが。

拓人と二人で祭具を磨《みが》き、社殿の天井掃きをし、千畳敷の廊下の雑巾《ぞうきん》がけをし、篝火《かがりび》の焚《た》きつけの松を切りだし、山に分け入ってお榊《さかき》や木の実をとった。——正直、彰の人生であそこまで大人に子供扱いされず、情け容赦《ようしゃ》なく働かされたことはない。

小一から鷹一郎に手伝わされているという拓人の、初日の渋面《じゅうめん》の意味がわかった時には遅かった。「今年は彰君が一緒だからですかね？　拓人君、一度も逃亡しませんね～」鳩鳥神社の橘宮司が切り株をまな板に、鉈《なた》で松を刻みながらカラカラ笑った。祭り当日は拓人と二人で社でただの屍《しかばね》になっていた。

青い木漏れ日の中、コーンと鉈や槌音《つちおと》が響く。竹取物語の中に迷いこんだみたいだった。山に分け入る時は迷わないよう必ず二人組、彰はいつも拓人と一緒だった。松や榊を集めていると、不意に白幣《しろぬさ》のかかった木が現れる。白幣は「そこから先は扇谷。立ち入ってはならず、枝を切っても木の実をとってもいけない」印だという。異界との境目。彰は奥へ行ってみたかった。拓人なら決して破らない。でも彰が遭難したら、迷わず白幣を破ってさがすだろう。

そんなやつ。

（渡会数馬なら、絶対入るよな。それもくっだらない理由で）

講義終了の鐘が鳴った。生徒が廊下へなだれでてくる。蛍光灯で顔はどれも青白い。てんでにペットボトルの水で栄養剤やサプリを喉に流しこむ。休み時間は十分。百人以上廊下にいて、誰もブラインドの外が雨降りだと知らない。

この目張りされた箱の青白い幼虫はみんな、自分は他の小学生とは違うと思ってる。このビルのヒエラルキーまであがれないやつとは付き合わなくてすむ学校へ行くためにここにいる。

彰もそうだ。

去年の夏、拓人と放心しながら、燃える夜の篝火を、本物の神様が降りてきたみたいな舞台を見た。……今の彰には、白幣の向こう側の世界だった。

今年は母親が朝から晩まで塾の集中講義を詰めこんだ。母親は塾には行かせるが、ラジオ体操に行くというと嫌な顔をする。「無理すると彰の身体が心配」らしい。

母親は花蓮おばさんの「良くない噂」を食事時にしょっちゅう聞かせる。「そういった家で育つって可哀想だと思うけど」拓人と友だちでいるのは「彰のためには良くないんじゃないかしら。それに拓人君と遊んでなければ、彰、塾の模試でもっと良い点数とれたかもしれない」ねえお父さん？　と話をふられた父はテレビから目を離さず「そうだな」と無関心に返すのがおきまりだ。母には拓人が「成績の悪い子」でしかないのだと気づいたのは小三の頃。息子が母親と最低限の会話しかしなくなったのも「拓人のせい」だと思ってる。

ブラインドの向こうではまだ灰色の雨がそぼ降ってるんだろうか。それともやんだのか。

毎日青白い子供がこの白い箱の中に入っていき、時計の音だけ聞き、受講を終えて高層ビル街と車のライトとネオンの中に吐きだされてやっと、ああ世界が夜になってるとわかる。昼間一雨きていたことも知らないまま。

小六の夏の、葉越彰の『昼』はどこへ消えたのだろう？

クーラーで冷えたブラインドを指でひっかけた。街は灰色で、雨が降りつづいているのか、やんだのか、わからなかった。けど、受講の時間だった。彰は歩きだした。

夏休みの途中で世界が終わるのも儚くて悪くないな、といった時、彰を見返した拓人の顔と、『innocent world《イノセント・ワールド》』の旋律が蘇った。

「模擬試験で海央《かいおう》中学の判定どうだった？」「偏差値65に下がった。ヤバい」「集中講義なにとった？」「林田《はやしだ》、Ａコースから B1クラス落ち？」休憩コーナーにきた一団の横を抜けて、彰は次の教室へ向かった。ブラインドの冷気は指に残り、彰をじわりと浸食していった。

世紀末七月の過ごし方――羽矢拓人の場合

「……もう死ぬ」

やっとの思いで玄関にたどりつき、帽子と靴を脱ぎ捨てたところで、力尽きた。

上がり框《がまち》で行き倒れた拓人の耳に、旋律が届く。鼻先に、髪に、指に、頰に、バイオリンの音色がやわらかくふれていく。音の水底《みなそこ》で、サヤが一人弾いている……。と、音色がやんだ。足音が近づき、拓人のそばに跪《ひざまず》く。

サヤの指をおしやる力も尽きていた。夕暮れの火照《ほて》りを引いた顔に、サヤの手はひんやり心地いい。いや、冷えピタを額にはっつけられただけだった。

「お帰りなさい、拓人さん。遅かったですね。どうでしたか、試合」

「……勝った……次が地区大会決勝……。……負けりゃあここで終わったのに……」

「なにいってるんですか。まあ、おいしそうなトウモロコシ。網にいっぱい……二〇本はありますね。サッカーの準決勝の副賞ですか」

「違う。帰る途中、村井のじーさんにトウモロコシ畑の収穫を手伝わされた。こりゃ手間賃」

「荷が重すぎましたね」

「うまいことというんじゃねー……。世界が終わる前に俺が死ぬっつーの。ラジオ体操にサッカーの練習に――もうすぐ神楽の準備で鷹一郎が引っ立てにくる……」

髪をツンとひっぱられた。「拓人さん」

「なに」

「夏休みの宿題は？　してるところを、いまだ見たためしがないんですが」

「知ってるか、サヤ。昨日、遠《とお》埜《の》峰《みね》山中で白骨死体が発見されたんだ。山犬が掘り返したらしい。噂じゃ行方不明の『キク婆《ばあ》』じゃないかって話だ。死後何年も――」

「拓人さん」

「大丈夫だ。ノストラダムスによればもうすぐ世界は滅亡する。あと数日で宿題もなくなる。世界の終わりがきたら、宿題と一緒に消えればいいんだ」

「………それじゃ世界が終わっても、宿題はついてきますよ」

ちりーんと風鈴もツッコミを入れてきた。サヤにパーカーをひっぱられ、脱がされる。

両手をついて自力で身を起こしたものの、茶の間まで行くのが限界だった。ちゃぶ台にあった氷の浮いた麦茶を一気飲みして、座布団に倒れこむ。扇風機の風が拓人の顔や髪をなぜていく。縁側にはとりこまれた洗濯物の小山。蚊遣りぶたは線香の煙をひとすじ吐きだしている。縁側に夕焼けが寄せて、畳に投げだした拓人の指先をちゃぷんとひたした。瞼《まぶた》がもう重力に逆らえない。庭先でつくつく法師が鳴いている。

藍色に暮れ落ちてゆく空と、さっき一人で弾いていたサヤの寂しい音色が重なり、いっそう寂しく蘇った。サヤの甘く切ない弦の音が、そばで光ってる気がして、瞼が落ちきる前、指をひらいた。手の中に一つくらい音符をつかめたらいいのに。

目を瞑る。サヤがくるのを感じた。蚊遣りぶたを拓人から少し遠ざける。忍び足で、奥の座敷に行く。カラカラと扇風機が鳴る……。睡魔が勝った。「起きたら洗濯物たたむから……」タオルケットがそっと拓人にかけられた。

†

もう一週間なのか、まだ一週間というべきなのか。

サヤと暮らし始めた当初は、些細《ささい》なことでもぎくしゃくした。いや、今も変な緊張感は残っている。少なくとも拓人の方はそうである。

ラジオ体操に行く時、サヤは庭の花を剪っていることもあるし、姿がなくて茶の間の扇風機だけがカラカラ回っていることもある。和室でまだ寝入っていて障子が閉じきられている日もある。

朝食は交代でこしらえる。拓人はラジオ体操から帰ったあとに一品適当につくって、前日の夕飯の残りと、パンかご飯で一丁上がり。でもサヤはゴルゴンゾーラチーズ入りオムレツをさりげなく要求する（一度拓人がつくってから要求を始めた）。庭木の水やりはサヤ。新聞と郵便をとるのは拓人。掃除や洗濯、皿洗い、草むしり、ノラネコの餌《えさ》やりなどは、どっちかが始めれば二人でやる。それからサヤは花蓮を見舞いに、拓人はサッカーの練習に行く。夕飯はサヤ。他の、風呂を沸かすだの蚊遣りぶたの線香をつけるだの、こまごましたことは気づいた方がやる。戸締まりは拓人。……いや、もう一つ、サヤのバイオリンの手入れと調弦も拓人の直轄事項になりかけてる。

サヤがしないわけではないのだが、拓人は毎度その仕上がりに疑問を覚えるのである。いわせてもらえば、バイオリンも無言の不満をたれてるように思う。初日、拓人はフライパンで煎《い》って冷ました米をf字孔《エフじこう》に放りこみ、カラカラ揺らした。バイオリンを裏返すと、孔《あな》から綿《わた》埃《ぼこり》が米にくっついてぼろぼろ転がりでた。大きな綿埃は手でつまみだした。いつぶりか中を掃除されたバイオリンは、久しぶりに風呂に入れてもらって生き返った顔をした。ように思う。

柱時計が夜の十時すぎをコチコチと刻む。

茶の間で眠りこんだ後、拓人は夢でも村井のじーさんとトウモロコシを収穫しつづけていた。もぐたび小さな手足が生えて籠から遁走《とんそう》するトウモロコシを追っかけるという悪夢。にわかに畑に土砂降りがきてハッと起きたら、サヤが『雨降り』を奏でていた。ピッチピッチちゃぷちゃぷランランランのバイオリン……。幸せそうにくるくる回りながら弾いていた。鷹一郎がきていて、ちゃぶ台でイカの塩辛を肴《さかな》にこっちも上機嫌に晩酌をやっていた。三人で夕飯を食べている最中も、拓人の脳髄《のうずい》をランランランが巡りつづけた。ラン……。

今サヤは風呂で、鷹一郎は離れに床《とこ》を取ってもう休んでいる。

拓人はバイオリンを膝に置き、弦についた松脂《まつやに》を布でこそげ落とした。ガーゼハンカチでバイオリンを丁寧《ていねい》にぬぐう。つい、見入った。端正に入った白と黒のパーフリング、少しも歪みのないやわらかな隆起、赤みがかったニス。渦巻きとf字孔の形はとろりと優美で、気品の漂う華奢な首から、胴体のくっきりくびれてまろい輪郭まで、見ていて少しも飽きない。何よりその佇まい、その音色。低音域は艶っぽく、吐息めいて囁かれると腰骨までくる……。拓人はいっぱいついてる細かな傷を、いたわりをこめて撫でた。

（……オールド・イタリアン……なら、こんな雑な扱いされてねー……と思うんだけど……まじならバイオリン奏者軍団に袋叩きじゃん、自転車にのっけちまった俺）

見舞いついでに母に訊いたら、「私はそう思う」と言った。「モダン・バイオリンより絶対古い。でも作者がわかんないの。ニスは色と質からヴェニス派、けどf字孔はヴェニスのゴフリラーの形じゃない……。渦巻きの切れこみはベルゴンツィを思わせるけど、丸みの形が違うしずっと優雅だわ。輪郭も表板の隆起の美しさもゴフリラーより遥かに優れてる。少しストラディバリやグァルネリの影響が見られるけど、どちらの系譜でもない。作者の色が濃くて完成度が高すぎる。それに形の美しさだけじゃない、あの音――サヤにしか出せないけど――。でもあれと同じ特徴をもったバイオリンが他にないのよ。これだけの腕をもつ作者が、あれ一挺《いっちょう》しか作らなかったなんてありえないと思うんだけど。一つ思い当たるとしたら……」

母は考えこんで、それ以上は言わなかった。

署名も鑑定書もないから、価値は高くないらしい。「もともとサヤも、拾ったっていってたし」……どこの道端にこんなバイオリンが落ちてんだ……。

弓は母があげたものだという。細くて強い、いい弓だった。手入れついでに調弦する。柱でコチコチと打つ秒針がメトロノームがわり。まずA《アー》線、ラの音――。次にA《アー》とD《デー》の和音を弾き、うねりのない澄んだ音になるまで合わせる。拓人が鳴らしても一円玉を落としたみたいな安い音しかださないやつである。貴様にゃこれで充分といわんばかり。……お前の手入れも調弦も、俺がしてんだぞ。アジャスターなしのE《エー》線を調弦するのにどんだけ神経使ってると思ってやがる。拓人は調律しながらバイオリンを睨んだ。

バイオリンは音で語るが、サヤは何も語らない。

サヤは自分のことを話さない。拓人も昔のサヤを覚えてない後ろめたさで訊きにくい。どこに住んでるのか、二十二歳なら社会人なのか、バイオリニストなのか。でもどれも本当に知りたいことじゃないとも思う。

一九九三年のあの写真を撮った記憶も、拓人にはない。

黄昏の寂しい匂いに気づく時、月の射す縁側でサヤのバイオリンを聴いている時、淡い幻が拓人をかすめていく。「赤い風鈴は魔除けなんだそうですよ」と昔聞いた誰かの声が蘇る。出かけるとき、決まって麦わら帽子を忘れるサヤに拓人が手渡し、サヤに合わせて畦道を歩く。二つの影法師が地面に落ちる。そのたび拓人は遠いいつか、こんなことがあったと思う。思いだせもしないのに思う。

座敷でサヤが寝起きするさやかな音も、それに耳がひかれるのも、バイオリンが鳴りはじめたらやまないのも、拓人さんと呼ばれるのも、水のように拓人に馴染む。

昔、この家でサヤとどんな風に過ごしていたのだろう。身体の奥深くでは確かにサヤを、サヤのバイオリンを知ってるとわかるのに、何一つ思いだせない。

（……写真がありゃ、なんか、思いだせんのに）

　さがしてみたが、サヤの写真は母のもっているあの一枚だけらしかった。

　もともと家に写真はそんなにない。花蓮は取材写真なら山ほど撮ってくるが、息子の拓人すら一歳になるまで写真がない。母子二人の生活があまりにめまぐるしかったせいらしい。花蓮と拓人が畳でまぬけな顔で昼寝しているのが人生最初の一枚だ。撮ったのは鷹一郎だとか。

　たとえば麦わら帽子を渡す何気ない一瞬、サヤの瞳に浮かぶさざ波に気づくと、拓人はなんともいえない気持ちになるのだった。今の拓人を見ながら、サヤは昔の夏、昔の拓人のことを懐かしんでるようだった。でも拓人は今のサヤしか知らない。

　バイオリンに目を落とした。

（あのモーツァルトのバイオリンソナタ・ホ短調……）

　ＣＤをさがして聞いたら、途中のメロディが違っていた。母親によれば原曲はピアノとバイオリンの二つのパートでできているため、バイオリン一本では弾けないという。だからピアノ部分はサヤのアレンジだ。終わり方も原曲と違う。

　拓人が知っているのは、サヤのほうのソナタだった。

（……気になることがあるっていえば）

　アルバムを調べたときに気がついた。

小学校入学式のスナップ写真。桜の下、拓人が一人で写っている。カメラの方を向いてはおらず、何かに気を取られたような横顔。写真のデジタル数字の年は一九九四。

その前の年、一九九三年の写真が一枚もない。

一九九三。朝顔とサヤの写真が撮られた年だった。

……神社の蝉時雨と、夕暮れのバスの音が霧の奥から聞こえた。


バイオリンの弦を、ぽん、と指で弾《はじ》く。もどかしい音がした。

サヤの『雨降り』に呼ばれたか、庭先で雨音がしはじめた。拓人はクーラーをつけ、窓を閉めに縁側へ行った。サヤはまだ風呂から上がらない。

拓人はちゃぶ台の下の文庫本をちらっと見た。サヤの本である。

拓人は題名すらなんて読むのやらわからなかったが、夕飯のときに鷹一郎が本に気づいて、『春昼《しゅんちゅう》・春昼後刻《ごこく》』だと言った。

「鷹一郎、この本、知ってんの？」

「うん。泉鏡花《いずみきょうか》。叶わぬ恋に、一途に殉《じゅん》じた幻想譚《たん》だよ」

「…………恋」

「恋です。拓人君だって来年は中学生だし、だいたい十二ならもう誰か」

「うるせーぞオッサン」

「読んだ時ね、ラスト数ページに衝撃を受けたものだよ。『春昼・春昼後刻』か。これ、次の演目にしようかな。何にしようか迷ってたのだけど、これで新しく書き下ろしてもらうのもいいかもしれない」

なぜだか拓人は本が気になった。

「……悲しい結末なわけ？」

「どうかな。読み手次第だ。悲恋と思えばそうだろうね。でもロミオとジュリエットみたいだとは僕は思わない。僕は好きだよ」

「ふーん」

「そういえば、この本の『書生』って寺の庵室《あんしつ》に逗留《とうりゅう》してるんだけど、鵼鳥神社の宿泊所にも長逗留してる若者がいるんだよ。一人でよく出歩くのも、似てる。二十代前半で、東京の人だって。わけありのようだな。九条君っていったけど」

蚊取り線香をとりに行っていたサヤがちょうど入ってきて、「九条君？」と言った。

「サヤちゃん、知ってるひとですか？　そう——確か九条玲司《れいじ》と、宿泊者名簿にありました」

「……。いえ……そんなはずは……きっと、同じ名前の、別のひとだと思います」

「名前が同じなら、会いに行ってみたらどうです？　お知り合いかも」

「…………いえ、……話したことも、あまりなかったですし……」

と言ったきり、サヤは口をつぐんだ。

サヤの手の中で渦巻きの線香がひっぱられて半分に折れ、さらに四つに折れ、しまいには小枝の小ささにばらけたそれをちゃぶ台に盛ったあと、サヤは上の空で「物干し竿をとりこんできます」意味不明なことをいって、足早に出て行った。

鷹一郎はバラバラ線香惨殺事件の被害者の一片をつまみ「わけありですね」と推理した。

——拓人の背で、暗い窓ガラスを雨が打つ。

恋の本……。

朝顔の写真を撮った時、サヤは高二で、十六歳だったと言っていた。

小五から小六になるのが階段を一段あがることなら、小六と中一は見える世界ごと変わる気がする。それまでみんな同じ風景を見ていたのが、それぞれ、別々のものを映し、自分だけの景色の中に行く。……高校生は、それよりもっと先で。

十六歳の男子高校生は、なんだってできるんだろう。今の拓人にはできないこと全部。

拓人は十二で、ランドセルしょってて、自分を別にガキとは思ってないけども、夏休みにはラジオ体操に行かされ、向日葵の観察日記をつけねばならない。そもそも運賃が子供料金。バスから降りる際、サヤの前で半額の小銭をだした時の、あのばかに惨めな気持ち……。拓人は畳に仰向《あおむ》けに寝転がった。雨だれが激しくなって秒針の音が消えた。拓人は世界で一人になったように思い、昼間、音の水底で一人きり奏でていたサヤを思った。

しばらくして文庫本を手にとった。ページをめくる。すごく薄いが、昔の言葉遣いで、ちんぷんかんぷんである。が、おかしなことに内容を知っている気がした。んなわけがない。彰じゃあるまいし、俺がこんな難しいやつ読むか。彰。拓人は天井の電灯を見上げた。

ザーッという土砂降りが、自分の中で降ってるみたいに聞こえた。目を閉じた。

――春昼――

夢を見た。

海のそばの寺の庵室に、若者が一人逗留している。

熱帯夜で寝苦しい晩だった。

海辺で涼をとろうと若者は庵室をでた。提灯はもたなかった。庵室の庭にも、浜へくだる小道にも、月が皓々《こうこう》と射している。

夜の浜辺に、月の光をとかした波が静かに打ち寄せていた。返る波にひかれて白い沫《あわ》が暗い海に沈んでいく。あまりに月が明るいので、海にもう一つの月がくっきり映っている。海の底には、あの水面《みなも》の月を本物の月とする常世《とこよ》の国がありそうに思える。

波打ち際をそぞろ歩いていると、向こうから、鴇《とき》色の着物を着た美しい女の人がやはり涼みにでたのか、提灯を手にした女中を連れて歩いてくる。若者は歩き続けた。

狂気めいて明るい月の光が辺りに降りそそぐ。砂浜に、岸辺の小舟に。女と、男に。

すれ違いざま、二人の瞳が合った。

若い書生は寺に帰ったあと、僧から、その美しい女はある財産家の後妻であり、誰も素性を知らぬ不思議な女という話を聞く。

若者はそれからしばしば寺をでては、散策するようになった。

一度浜で夫らしき男が、女を随《したが》えてゆくのを目にする。さながら獄卒が女をひいてゆくよう。女は青ざめ、うつむきがちで、夫の顔は墨で塗りつぶしたように真っ黒でわからない。

若者は日に日に口数が少なくなる。寺の僧はそんな彼を心配する。

ある晩、若者はぼんやり出かけた先で、不思議な谷に迷いこむ。祭り囃子《ばやし》に誘われて山路を奥へ奥へゆくと、谷間の里にでた。里の祭りで彼は夢とも現《うつつ》ともつかぬ見せ物を見る。見せ物小屋の舞台にひきだされてきたのは、うつむいて座る美しいあの人と、背中合わせに座る自分の顔をした若者……。舞台で美しい人と自分がふれあう姿を若者は目にする。舞台の自分がかの女《ひと》を見つめて指でふれると、女は小さく震え、ひとしお美しい顔でにっこりした。

翌日、若者が逗留する寺にあの美しい人が参拝にきて、優しい、たおやかな文字で柱に和歌を書き残した。うたた寝して見た夢で、恋しい人に会いました……。

若者が歌を見たかどうかはわからない。僧は気をつけていたけれど、数日後に彼は庵室から消え、死骸が海であがる。裏山へ吸い寄せられるように歩いてゆく彼を樵《きこり》が目撃していた。樵が最後に見たというそこは山の横穴で、奥は海に通じているといわれていた。

またあの晩のような芝居を見たくなって出かけたのだろうと、僧は呟く。

夢の中で、美しい女の人は、サヤの顔をしていた。

激しい落雷で、拓人は目を覚ました。

茶の間の電灯は消えていた。縁側の窓で空がストロボのように光る。

サヤがすぐそばに座っていた。拓人の指先が浴衣をかすめそうなほど近くに。稲光がサヤの浴衣を、髪やうなじを、膝でめくる文庫本と座布団のへりを、白黒に染め抜いた。

外は嵐になっていた。停電しているようで、クーラーの音もない。かわりにサヤは団扇をかたわらに置いていた。柱時計が午前三時を打った。閉めきってあるせいで蒸し暑い。サヤの湯上がりの髪の匂いがした。手のそばには仄かなぬくみ。指先を少し動かしたら、浴衣をかすめた。拓人は起きたことを言えなくなった。ものの影や、本をめくるサヤの影が、絶え間ない稲光で壁や畳にのび縮みする。拓人はじっとその影を見た。

いつか、こんな暗闇の部屋で、サヤと二人でいたように思った。幾夜も……。

サヤは拓人が起きたことに気がついた。

「何の夢を、見てたんですか、拓人さん」

「夢?」浮かびかけたものはもう消えていた。治らない傷に似た胸の痛みが残っていた。拓人は手をひっこめた。

「眠りながら、何か言っていましたよ」

それで拓人は夢を思いだした。起き直り、麦茶を飲みながらサヤに夢の内容を話すと、サヤは驚いた顔をした。文庫本の前半部分と筋がそっくりだという。でも本では男と女が出逢ってすれ違うのは昼の海で、月の射す海ではなかったらしい。

女の人がサヤの顔をしていたことは、なんだか言えなかった。

「なんだよ、あの男は」

外で木々がうなりをあげている。まるで海の底に嵐がきたみたいだった。またストロボ。夢の中で一人とり残されたのがサヤに思えてよけいムカムカした。

「夢の中でなら女と逢えるから現実より夢のほうがいいって、死んだのかよ。女はわけわかんないじゃんか。遠くから女を見てるだけで、そばにも近寄れなくて」

「……胸がつぶれそうな想いをしていても、言えないひとも、いるんですよ」

拓人には全然わからない。サヤにはわかるのかもしれない。電灯はまだ点かない。

「九条君て?」

しばらくして返事があった。

「小学校で同じクラスだった男の子です」雷《いかずち》がサヤをかき消しそうに激しく光る。「六年生の夏休みに、私は別の町に引っ越して……お別れも言えませんでしたね」

「……宿泊所に行ってみれば? 別人だったら引っ返してくればいい」

サヤは行くとも、行かないとも、言わなかった。

小学六年生のサヤ。

話したこともあまりないと、サヤは言った。なんとなくわかる気がした。小学校の男子と女子の間には、六年間一緒にいても、そばに寄れない、見えない線があって。……男の自分とは違う生き物なんだと、拓人がいつから意識したのかはわからないけれど。

冷房が動きはじめる。冷たい風が流れてくる。天井で常夜灯がぼんやり点いた。

サヤは本を置き、バイオリンと弓をとった。常夜灯の暗いオレンジの光がバイオリンに照り、立ち上がったサヤの耳や細い首、胸もとや帯をゆらめき流れる。浴衣を通して肌がうっすら滲《にじ》むようで、拓人は目を逸らした。たもとからのびるサヤの手や、指や、爪を綺麗だと思い、思ったら変な気持ちになった。

「拓人さん、ピアノは？」

「弾けないことはないけど、あんまり弾かない。……なんか、苦手なんだ、一人で弾くっていうのが。だからうまくもない。聞かせたい相手がいれば、弾く気になる。俺は、だけど」

「私も、今はそうです」

「今は？」

「昔は一人でした。誰も聞く人はいなかったから。花蓮さんと拓人さんに会う前は……」

それは拓人が初めて聞いた、サヤのこと。

外は雨。薄闇に、囁くようなバイオリンソナタが流れる。サヤのモーツァルト。

繰り返されるメロディは少しずつ変化していく。今の続きも、昔と同じじゃない。

『拓人君だって来年は中学生だし』

来年、自分も彰も水無瀬も、中学の制服を着てる。

多分、変わるのは制服だけじゃないんだろう。今だって、去年とは少しずつ違ってる。

彰は昨日もラジオ体操にこなかったし、拓人も神楽の準備に誘っていない。

焼けつくようなこの寂しさも、来年にはもうどうでもよくなっているんだろうか。自転車に彰と二人乗りして畦道を走った毎日も、児童会室から見た夏の窓に、彰と過ごした全部が詰まってると感じた一瞬も、ガラクタの箱に捨てて忘れていくんだろうか。それとも大人になっても、自分のどこかに残るのだろうか。今の自分が捨てたくないと思うものを、何十年も忘れないで、もっていられるんだろうか。小さく光る星の火のように。

雨が降りだす前、物干し竿をとりこみにいったサヤは、裏庭で夜空を眺めていた。顔は見えなかった。

木槿の花、というサヤの声が、思いだされた。

ソナタが終わる。原曲と違う、明るい終わり。拓人は感想を聞かれる前に、答えた。

「調子、いいじゃん」

サヤは顔をほころばせた。

来年拓人は十三で、中学生で、サヤは二十三。

「サヤ、来年の夏さ……、扇谷にくる?」

「いいえ」

嵐は去り、薄闇にサヤの囁きがぽつりと沈んだ。

世界滅亡前日

一九九九年七月三十日の羽矢家の朝食メニュー。

黒焦げの厚切りトースト、村井家自家製バター。大量の黒いベーコンの焼死体、ゴルゴンゾーラチーズ入りオムレツ。大根サラダ。バター醤油《しょうゆ》味の焼きトウモロコシ。飲み物は牛乳か麦茶をどうぞ。サヤは暗黒のトーストとベーコンにも文句は言わなかった。

「拓人さん、昨夜、離れでピアノ弾いてたでしょう」

「……調律のついで」

拓人は黒焦げトーストに黒ベーコンを盛ってほおばった。

「なんでわかった？　聞こえるはずねーぞ。風呂入ってたじゃん」

「今度は私がいるときに聞かせてください。サティの『Je te veux《ジュ・トゥ・ヴ》』。約束ですよ」

「……約束はしねーぞ……気が向いたらな……」

本日のシェフがトーストをグリルで焼死体にしたくらい上の空だったのには、わけがある。

「……明日の決勝、見にくれば」

サヤが齧《かじ》ると、黒トーストまでそっと可愛い音になる。齧る音がやんだ。

拓人は急に自分が何を咀嚼《そしゃく》してんのか、よくわからなくなった。

前にサヤに「試合を見に行ってもいいですか」と訊かれた時は「絶対くんな」とつっぱねた。

準決勝もサヤの弁当だけもっていった。水無瀬は暇だとかで顔を見せてたけども。

「明日で、世界が滅亡するかもしんないしさ……」

「滅亡する時は俺のそばにいろよ」つけていたテレビの夏休みアニメで、脇役が唐突に言った。

拓人はテレビを切った。彰がいたら「『どうせ滅亡するなら俺を見にこいよ』ってこと？」と茶々を入れたろう。見ればサヤはチーズオムレツを食べるより嬉しそうである。

「……なんだよ」

「いえ……花蓮さんから『拓人はいまだかつて、そういうの「絶対くんな」しか言ったことない』って聞いていたので……。こっそり見に行ったらだめかしらと思ってたんです」

「…………………」

今ならトーストどころか家ごと焼き払ってもいい。

「拓人さん、かっこよかったですね」

「は？」

「準決勝のビデオ、すず花さんが見せてくれたんです。ボールを受けて、ゴール前まで駆け上がって相手をかわして決めた時はビデオの前で二人で拍手をしましたよ」

「なにしてんのお前ら！」

けど、かっこよかったという言葉は、まんざらでもない……。

「……で、くんの？」

「行きます」

「ふぅん」

急に、明日勝つ気になった。「麦わら帽子、忘れんなよ」

「ところで拓人さん。明日世界が滅亡しなかったら、別の問題が再燃しますよ。夏休みの宿題という。拓人さん一人だけ滅亡しますよ、ちょうど一ヶ月後に。滅びの美学かなにかですか」

「小学生男子はみんなその美学をひきずって生きるもんなんだ」

拓人を毎年滅びの瀬戸際から救ってきたヒーローは、今は夏期講習中なのである。

甘じょっぱいトウモロコシがバターと一緒にほろほろと舌にからんだ。人差し指についた醬油をなめた。

(うちのオカンの見舞いに行って、おばさんに怒られなかったかな、あいつ)

空が青すぎて、自分もそこにとけそうだ。もうすぐ神楽の準備もはじまる。夏だった。けど、今年はどこか物足りない。

でもそれは多分、来年も再来年も物足りないままになる。

彰と埋めてきた時間を、これからは別々なもので埋めていく。それぞれに必要なもの。それは彰と拓人では違うし、彰には夏期講習が絶対に必要なのだ。

拓人はしばらく間を置いて、「サヤ」と呼んだ。

「午後、どうする?」

「午後?」

「うちにきてから、病院と村井さんちの畑にしか行ってないじゃん。……世界が滅亡する前に、行っときたいとこがあれば、連れてくけど」

トウモロコシの髭《ひげ》の長さが気になるそぶりで、言う。

今日は午前中のミーティングだけで、午後は暇だった。母親の見舞いに行っても当の本人は感激するどころか「あんた、小学生最後の夏休みでしょ。ここにくるよりすることあるでしょ。すず花ちゃんと一夏の甘酸っぱい思い出をつくるとかさ」などとメチャメチャなことを言って追っ払う。……誰もいない家でバイオリンを弾いていたサヤが、気にかかっていた。

水無瀬はよく女子と駅ビルで小物見て映画見てゲームセンターで占いとプリクラとクレーンゲームやってドーナツ屋でしゃべってカラオケして帰る、と言っていたけども。

（……世界が滅亡する前にわざわざすることじゃ、ねーような……）

「自転車で、海……とか行けたらいいけど」

なんの気なしに口をついた。

神社前の山道を抜けて、幾つもの峠を越えた古道の果てに、日本海が見えるという。

漠然と小学生のうちに自転車で行こうと思っていたが、去年も一昨年《おととし》の夏休みも、どうしてかその気にならなかった。

サヤを乗せて、海まで。（……って、チャリで何日かかるんだよ……）

キャンプ支度をして、入念にルートを調べて難所越えをしないと、日本海まではたどりつけない。けど、思いついたら、妙に未練があった。

サヤは黙っている。あのなんともいえない眼差しをして。

「……海、行く？　チャリで……」

あの海はどこかに実在するんだろうか。ふと拓人は思った。夢で見た月の射すあの海は。

サヤの微笑みは、とうていむりなことを知っていて、それでも拓人が自分のためにそういってくれたことを嬉しがっているようだった。

「帰ってくるまでに、サッカーの試合が、終わっちゃいますよ、拓人さん」

いいえ、というあの言葉が重なり合って聞こえた。

「拓人さん、連れて行ってくださるなら、千蛇が沼がいいです」

「千蛇が沼?」

拓人は訝《いぶか》しんだ。確か扇谷の西ハイキングルートのそばにあったはずだが。

「なんで? 俺だって行ったことないぞ。……大きな鵄鳥神社のほうが名所いっぱいあるけど。なんとか指定公園だの文化財だの……」

「いえ、昔、拓人さんと二人で行ったんですよ。一緒に蛍を見ました」

「……俺と? 千蛇が沼で?」

「はい。もう一度、拓人さんと見に行きたいです」

何も思いだせない。白紙みたいに、空白。

「……俺は覚えてない」

サヤが微笑んで、あの言葉を口にする。「いいんですよ」

空っぽの場所で反響する。かさついた、虚《うつ》ろな谺《こだま》だった。「そうかよ」風がやみ、静まり返った茶の間で、ひどく冷めたその声が落ちてそのまま残った。自分のどこからでてきたのかわからない。サヤが戸惑った顔をした。

「どうでもいいって、ことだよな」

渡会数馬

拓人は学校脇の雑木林に自転車を停めた。

耳からウォークマンのイヤホンを外す。いつもより乱暴に。半袖で顔の汗をぬぐう。暑い。蝉時雨がいやに耳障りだった。

火傷しそうなフェンスを乗りこえ、グラウンドへ飛び降りる。正門から入らなかったことと、むしゃくしゃしていたせいで、校舎に近づくまでいつもと様子が違うことに気づかなかった。先生が何人か慌ただしく職員玄関を出入りしている。正門にパトカーが二台見えた。

拓人は校舎のそばで足を止めた。地面は大量のガラスの破片でぎらついていた。一階の教室の窓が片っ端から割られている。二階と三階の教室も。それに焦げ臭い。花壇には机や椅子が散乱している。一番派手なのは校舎の外壁に真っ赤なスプレー塗料で書かれた落書きだった。拓人はその落書きを見た後、昇降口へ行った。

木原が拓人に気づいて、「よお」と手を振った。サッカー部の面々が集合していた。とはいっても、いたのは六年男子五人だけだったが。

「木原、なんだ、こりゃ」

「ミーティングはなし。俺ら六年男子だけ聞きたいことがあるから教頭が残れってよ」

「……渡会のことか？」

「多分な」

校舎の壁にも、花壇をつぶしてる机や椅子にも、スプレー塗料で渡会数馬を名指しにしてあった。髑髏《どくろ》マークつきで。

木原が最初に学校に到着したときにはこの有様だったという。

「校内もやられてる。爆竹やらかしたのかあちこち黒焦げ。渡会の六年三組が一番ひどい」

下駄箱にも赤いスプレーで『コロス』『死ネ』と書き殴られている。

「……おい、窓割って侵入して爆竹かますやつなんて、小学生か？」

「扇谷中の不良グループの仕業じゃないかって、さっき教頭と警察官が話してた」

「中学？」

「渡会のやつ、その不良グループと揉めてて、こうなったみたいやな。……三組の西《にし》と倉田《くらた》と蜂谷《はちや》、あいつら昨日、ゲーム屋で新作ソフト万単位で万引きして、補導されたんだと。そんときに、渡会が不良グループに金渡さなかったから自分らが万引きさせられた、みたいなこと言ったらしい。あいつら渡会の子分ってふりして、渡会にたかってるようなモンだからな。お前のがよく知ってんだろ、羽矢」

「…………」

渡会数馬は親のカードで好きに最新ゲーム機やゲームソフト、レアカードやアクセサリーを買い、飽きたら取り巻きに投げる。素行の悪さは有名で、遅くまで繁華街《はんかがい》を出歩き、補導員に始終追っかけられてるやつだが、喧嘩はしても万引きやカツアゲは聞いたことがない。そもそも補導されるのも毎度渡会だけで、西らは上手《うま》く逃げ散る。渡会はどうでもいいと思ってるのだろう。自分が補導員に捕まってもどうでもいいと思ってるのと同じに。拓人と喧嘩するときも、渡会が連中を頼ったことは一度もない。

「渡会、どうも終業式から家に帰ってないらしい。渡会がいそうな場所はわかるかって、さっき教頭にさぐりいれられた」

もともと渡会数馬はほとんど家に帰ってないという噂だった。

繁華街で一晩中遊び明かしてるだの、オトナの彼女がいるだの、一人暮らし用のマンションをもってるだの、どれもこれも真相は不明。「父親は愛人と暮らしていて、母親は精神を病んでる」という噂は小三の頃には流れていた。西や倉田や蜂谷たちが「家に行ってみたら、おばさんが変だった」「数馬の足にしがみついてずっと何かわめいてた」と言いふらして広まった。渡会の両親が六年間学校行事にきたためしがないのは確か。ただの一度も。

拓人はボソッと言った。

「終業式から所在不明って、俺、終業式のあとで渡会と喧嘩したけどな」

五人とも拓人を見返した。そろって苦虫をかみつぶしたような顔つきである。

「やっぱあれ、渡会との喧嘩の傷やったんか。違うって言い張りやがって」

「お前を張るのが、いちばん渡会を発見しやすいかもな……渡会ホイホイじゃん」

「なんであいつ、お前に年がら年中からむの？　小一から喧嘩してたろ」

「それ、俺が知りたい」

教頭が拓人たちを呼んだ。警官も一緒にいる。

拓人と渡会数馬が前世から角突《つの》き合わせてたとしても、だからといって『親父の愛人と寝たやつ』という真っ赤な落書きを見て気分が良くなるかといったら話は別だ。木原が「渡会はいけ好かんけど、こういうえげつないやり口はもっと好かんわ」と吐き捨てた。拓人がサッカー部だけ助っ人を引き受けたのは木原が主将だったから。

かたまって歩きながら、DFの大久保《おおくぼ》が拓人に耳打ちした。

「羽矢、今度西たち見かけても、無視しろ。逆恨みでお前にも何するかわかんねぇ。それに今の扇中の三年不良グループ、マジで頭イッてる。野良猫や犬の頭部切ってるとか、色々聞く。……行方不明の中学生、そいつらがどっかの沼に沈めたとかって……」

MFの桐谷《きりたに》も呟いた。「俺もその噂、聞いてる。渡会のやつ、ヤバイかもな……」


拓人は学校を出ると、家でなく、市中へ自転車を向けた。

正午の太陽光線が肌に突き刺さる。それも今はほっとした。体中にへばりつく塗料の刺激臭や、胸くそ悪い赤いスプレー文字を焼き消してくれるようで。

やがて道路が片側二車線になり、交通量が増えた。商店やビルが並ぶ駅前のアーケード街も夏休みで混雑していた。歩道の中高生や家族連れの間を縫って、自転車を走らせる。

駅前のベーカリーで自転車を停め、カレーパンとファンタを買った。

街路樹の木陰の下で、ガードレールにもたれた。パチンコ屋とゲームセンターから大音量の音楽が流れ出てきて車の音と混ざり、異常発生したアブラゼミの合唱にのみこまれる。何か変な世界にいると思った。音がノイズになって次第に頭の中を白っぽく消していく。世界も、自分の存在も白くのみこまれ、名無しになる。あるいは顔の消えた人間に。交差点の信号が青にかわって、拓人の前を無数の人間が通り過ぎるのに、どの顔も一瞬で消えていく。

いつもはうまいはずのカレーパンは油っぽいだけで、ファンタで胃に流しこんだ。パンの袋と空き缶をゴミ箱に捨てたあとも、拓人は同じ場所に戻って雑踏《ざっとう》を眺めた。自分の影を見てやっと、家に帽子を忘れてきたことを知る。G-SHOCKは一度も見なかった。見なくても、サヤに帰ると約束した時間はとっくにすぎていた。汗がしたたった。日が陰った。帽子のない影がずれる……。

長い時間が経ち、やがて、拓人はガードレールから身を離した。本屋の前にある無料の観光マップの棚へ向かい、千蛇が沼周辺のマップを引き抜いた。

隣のゲームセンターは夏休みの子供連れが多いが、奥の薄暗い一角の、レーシングやシューティングゲーム、対戦台は相変わらず男子中高生の縄張りだ。

その対戦ゲーム台の一つに渡会数馬がいた。

さらさらの茶髪にピアス、すらっと長い手足に、整った顔立ち。無造作に着てるTシャツもダメージジーンズも靴も、多分どっかの有名ブランド。指輪とペンダントはクロムハーツ（なんでわかるかというと、学校にもしてきてるからだ）。やつを小六とは夢にも思ってないらしい女子高生が数人、そばできゃあきゃあ言っている。本人はといえば、楽しくもなんともなさそうな顔つきでコントローラを操っている。

（なんだ、生きてんじゃねーか）

教頭の口ぶりだと、終業式以降誰も渡会数馬の姿を見ていないらしかったが、何の因果か、あっさり発見してしまった。

西らが補導されたのを数馬が知っていたとしても、気にも留めてないのは確かなようだった。ずっと家に帰らずどうしてるのかは知らないが、数馬にはどうってことはないらしい。脳裏に『死ネ』『コロス』という赤い、大量のスプレー文字がよぎった。それ以外の意味を剝ぎとったような、禍々《まがまが》しい悪意と不気味な執拗さが気になったが、数馬は拓人の忠告をきくやつじゃない。それに学校荒らしがあったせいか、補導員らしき大人があちこちにいて、何人かは数馬をマークしている。あれなら数馬がゲームセンターをでればすぐ接触するだろう。

本屋から離れると、人混みと、車道のぎらつきと、ゲームセンターからあふれでるノイズが世界を遮った。立ち止まった一瞬、数馬と目が合った。拓人はその時点であきらめた。

拓人が自転車の鍵を外してサドルにまたがった時には、もう数馬が前に立ちふさがっていた。間に人波があったとは思えないくつろいだ姿で。スポーツテストにも出ない数馬だが、拓人の次に高記録を叩きだすとしたら桐谷か、数馬のはずだった。

数馬は久々に日を浴びたみたいに目を細めた。

「お前が山奥からここまでおりてくんのは珍しいな、羽矢。俺に喧嘩売りにきたのか？」

「んな暇じゃねぇ。猿だってもっとましな理由で山からでてくるっつーの」

拓人は眉をひそめた。数馬の目つきや雰囲気は終業式の日よりずっと荒《すさ》んでいて、投げやりに見えた。ろくに寝てもいなそうだ。日の下にいるのに暗い影のようだった。

「……渡会、お前、家に帰ってねーっつーけど、まさか毎日朝まで遊んでんのか？」

「てめーに説教される筋合いは――」

ふと数馬が拓人のもっている観光マップに目を留めた。急に数馬の、荒んだ暗さが薄れた。ひどく無防備な、戸惑いが浮かぶ。

奇妙な間があった。

「……お前、なんで千蛇が沼のマップなんてもってる？」

「いいだろ、別に。渡会……会ったからいうけどな、お前、しばらく大人しくしてろ。何やったかしんねーが、中学生の不良グループに目ぇつけられてんだろ。俺に喧嘩売ってる場合か」

「売ってねーよ。訊いてるだけだ。……千蛇が沼なんざ、何もねーだろ」

「お前、行ったことあんの？」

今度ははっきり数馬が怒ったのがわかった。「お前、マジでむかつくわ」

どうしてこれで喧嘩になるのか、毎度のごとく拓人にはさっぱりわからない。

だしぬけに拓人は辺りの状況に気づいた。雑踏が途絶えている。レンガ風の広い歩道は閑散《かんさん》とし、通行人は足早に別の道に行ってしまう。プリクラに並んでた女子高生も、音ゲーで遊んでいた親子連れもいない。いつのまにか拓人と数馬の周りを何人かの中学生が囲んでいる。ゲームセンターの奥からも、男子中学生らが数人店の外に出てきた。全員扇谷中の夏服。中の一人が吸いかけの汚い煙草を路上に捨てた。

数馬も周りを見た。

繁華街の方面から単車が改造エンジン音をふかして、拓人と数馬のいる歩道に乗り上げてきた。車体中に髑髏と炎のペイントを施した派手な単車にまたがっていたのは、やっぱり扇谷中の夏服を着た少年だった。一目で拓人は嫌な感じを受けた。あの赤い髑髏の絵と、『死ネ』を見た時と同じ感じ。「数馬」と単車の少年は呼びかけた。顔と同じ気楽そうな声で。

「やっと見つけた。金、今日の約束だったろ。用意できたか?」

数馬は単車の中学生を一瞥《いちべつ》した。

「してねーよそんな約束。庸介《ヨウスケ》さん、俺はコイツに用があるんで、帰ってもらえます?」

庸介と呼ばれた単車の少年が、気怠《けだる》い仕草で、シャツの胸ポケットからつぶれた煙草の箱をだして一本くわえ、ライターで火をつけた。

「じゃ、そいつも一緒に連れてってやるから。——ツラ貸せや、数馬」

日が照っているのに、拓人はぞっと悪寒《おかん》がした。

目で補導員をさがしたが、中学生に遮られて見えない。威嚇するように単車のエンジン音が唸って野次馬を遠ざける。人混みにまぎれて西と倉田と蜂谷がニヤニヤとこっちをうかがっていた。目が合うと、三人は逃げていった。

中学生が一人拓人の前にきた。後ろから別の誰かが自転車を蹴り飛ばした。拓人は歩道に転がり落ち、自転車は横転して店のガラスに激突した。人だかりから悲鳴があがった。手をつけば、灼《や》けた歩道に皮がはりつきそうだった。

数馬は中学生と乱闘していた。ゲームセンターのいやに明るい音と、シンナーとヤニと排気ガスの暗い臭いに巻きこまれる。拓人は何度か誰かの蹴りをかわして、殴り返した。

庸介という少年が拓人のほうをじっと見ていた。

拓人はリーゼントの中学生に腹を蹴り飛ばされて側溝の縁に後頭部を打った。庸介の顔が逆さまになる。墨で塗りつぶしたような黒い顔だった。

拓人はこの黒い顔の男を知っていると思った。

腐った水の臭いがした。


千蛇が沼のマップが側溝に落ちて沈んだ。

──昔、拓人さんと二人で行ったんですよ。一緒に蛍を見ました。

覚えてない。

──いいんですよ。

(なにが、いいんだよ)

「お昼の用意をしてますね」というサヤの言葉に返事をしないで家を出た。思いだしても腹が立つ。なんでこんなにむしゃくしゃする?

大事なものをなくしてしまった小さな子供みたいに。

第四章

一九九三年八月、駄菓子屋のベンチ

ガタン、と音がして、ソーダが一本落ちてきた。

拓人は光りはじめたおみくじランプを見守った。そばのゴミ箱には、週刊誌が丸めて捨てられている。『列島異常冷夏！　凶作でどうなる』『続報女子高生コンクリート詰め殺人事件』が見出しだったけれど、六歳の拓人には読めなかった。でも制服姿の女の子の写真はチラチラ見た。写真はセーラー服で、サヤの制服とは違うけれど、幼い拓人にはぜんぶ似て見える。

蟬の声が降りしきり、灼けた日射しがアスファルトで刃物みたいに跳ね返る。カントウはさむい夏だと鷹一郎はいってたけど、扇谷は今年も暑い。おみくじランプを待ってるだけで、汗びっしょりになる。小さなほうの鵐鳥神社なら森から冷たい風が吹いてくるが、こっちの大きな鵐鳥神社の麓口は熱だまりだ。あるのは雑木林と国道とお地蔵様の祠《ほこら》と、道沿いに一軒立つこの駄菓子屋。本当は参拝客向けの店なのだが、拓人は駄菓子屋だと信じている。

おみくじランプはハズれ。ここの自販機なら当たるかもと思ったけど、ダメ。しゃがんでソーダをとりだした。ひんやりと冷たくて、気持ちいい。喉がカラカラで、一気のみしたかった。けど、唾をのみこんで我慢した。

駄菓子屋の中にいるサヤによっていき、サヤちゃんと声をかけようとして、ハッとする。近頃その呼び方は子供っぽい気がして悩み中だ。近所の水無瀬すず花に「たっくん」と呼ばれるのをサヤに聞かれたのも、気になる。拓人は無言でサヤの服の裾をひいた。

サヤは振り返った。うなじで一つに結んだ長い髪が拓人の手にさらさら触れていった。つぼんだ袖口に紺の縁取りの白い半袖、胸もとには臙脂色のスカーフ、パネルスカートも臙脂色で白のラインが入っている。足もとは紺色のハイソックスと、革靴。

制服と、白いワンピースのサヤ以外、拓人は見たことがない。どっちのサヤも好きである。

「はずれだった。あげる」

サヤが白い手をのばしてソーダを受けとる。サヤの笑顔に我慢して良かったと思う。

「拓人さん、今日は私からもお返しがあります。はい、アイス」

サヤは棒付きソーダアイスを拓人にくれた。

「花蓮さんが、私にもお駄賃をくれたんです。それと、いま夏祭り用のお札を買ったら、肝油《かんゆ》ドロップをオマケで五つもらいましたよ」

拓人はフクザツな気持ちになった。「あげる」のと「物々交換」はなんか違う……。でもサヤがすごく嬉しそうにしていたので、フクザツなキモチはどっかにいった。

店先のベンチに並んで座り、サヤはソーダを飲み、拓人はアイスを食べた。ベンチの下でバイオリンケースも一休み。今年のサヤはいつまでいるのか、気になっている。今年は結構長くいてくれている、気がする。いつも、いつ帰ってしまうのかきいた瞬間に、サヤが帰るような気がして、きけない。山の桜と似ていた。いつ散るのか問うと、明日か明後日と谺がくる。

去年は神社のバス停で、サヤに帰るなとわあわあ泣いてしがみついたけど、今年は絶対やらない。来年は俺だって小学生になるから。

それに……。

『拓人、あのね、これからずっとサヤとあんたと三人で暮らそうと思ってる。サヤにはまだ訊いてないの。あんたはどう、いい？　嫌？』

サヤは、ウンと返事をしたんだろうか。

「サヤ、ちゃん」

「はい」

「…………」

きけなくて、アイスと一緒にのみこんだ。熱くて冷たいおかしな気持ちが胸に落ちていった。

正午すぎ。駄菓子屋にお客はいない。国道も一台の車も通らない。

空で太陽がしたたり、誰もいない世界に静かに落ちる。光は色とりどりの金平糖になって降りそそぎ、灼けた風の中で七色にきらめいた。風は人知れず拓人の小さな鼻にサヤの匂いをふわっと運んだ。雑木林で蟬が鳴いていた。

「軒先に風鈴を吊しなさいと宮司さんに言われてそうしましたけど……」

「ほんとに屋根裏にあったね。あったのしらなかった。なんであるのしってたんだろう?」

「不思議な宮司さんですね。赤い風鈴は魔除けなんだそうですよ。『花蓮さんと拓人くんには、必要ないですけどね』ですって。『元気すぎて悪いモノも近寄ってこないんですよ』」

くすくすとサヤは笑って、ソーダの空き缶を、『缶』のゴミ箱に入れた。

「……拓人さんといると、不思議なことも、全然不思議じゃない気がします」

「不思議って? 小学校の裏の銀杏の木でぶらぶら揺れてた先生のこと?」

「……あれにはびっくりしましたけど……」

拓人は口をつぐんだ。「サヤといるといろいろ見える」と言った時、サヤが「……それって、いいことじゃないかもしれません」と顔を曇《くも》らせたのを思いだして。

いいことも悪いことも拓人にはわからない。わかるのは自分の胸が痛いか、どうかだけ。

ジーワジーワと蟬の鳴くこの夏が、ずっとつづけばいいのに。

「拓人さんが私を見つけて、今こうしていることが、いちばん不思議です」

「不思議じゃないよ」

ゴミ箱の中の週刊誌が風でめくれた。読めなくても、何となくわかる。そこにはいっぱい悪いことが起こってるんだろう。

「サヤが悪いものに追いかけられてるなら、俺がおいはらうよ」

「……もうそうしてくださってますよ」

「ずっと」

拓人はベンチからおりて、アイスの棒と袋をゴミ箱に捨てにいった。

振り返ると、サヤが拓人を見つめていた。七色の陽光は拓人を光でふちどっていたのだったが、拓人は知るよしもない。

拓人はサヤの隣りに戻った。

「拓人さん、今日はどこに行きます？　一昨日は男の子と遊んで楽しかったですね」

一昨日は来年入る扇谷小学校をサヤと見に行った。夏休みの校庭はがらんとして（裏の銀杏には先生がぶらぶらしてたけども）、拓人とサヤはブランコをこいで遊んだ。砂場には先客がいて、拓人と同じくらいの男の子がシャベルでトンネルを掘っていた。その子はサヤをチラチラ見て、しばらくして、寄ってきた。それから三人で、夕方まで遊んだ。いや、拓人としては遊んだわけじゃない。思いだしてもムッとする。そいつはいちいち拓人と張り合ってきた。どっちも意地でも雲梯《うんてい》から落ちず（そろって落ちた）、ジャングルジムのてっぺんをとりあい、回転ブランコを高速で回し、ターザンごっこで着地の飛距離を競い、真剣にケンケンパ勝負をした。しまいに力尽きて木陰で二体の屍となった二人に、サヤがバイオリンを聞かせてくれた。

暑かったせいか、家に帰るとサヤは熱を出し、昨日は一日布団で寝こんだ。

別れ際、男の子から「明日もくる？」と話しかけられていたサヤは小学校に行きたそうだったけれど、拓人は知らんふりをした。

サヤは駄菓子屋のレジにあった町内観光マップをもっていた。

「小さな方の鴆鳥神社は、地図にないんですね。小さいからかしら」

社は人間のお参り用で、小さなほうが神様のすみかなんだって」

「あれ、ほんとは見つけちゃダメな神社なんだって、鷹一郎が言ってた。大きなほうの鴟鳥神

「?」

サヤはどういう意味なのかしらと首をひねった。

世界は白っぽく、静かだった。人っ子一人いない。拓人が店を振り返ると、レジのそばで座布団に座りながら扇風機に当たっていたお店のおばあさんも、いなくなっている。

熱い風が国道の土埃を立てて通り過ぎ、日に炙られたアスファルトは湯気がでそうで、社のお地蔵様がぐんなり歪んで見えた。誰もいない店先の「氷」という紙がそよそよと揺れる。

「扇谷にはいっぱい沼や淵がありますね。千蛇が沼、琴音《ことね》淵、秋の鹿沢《しかざわ》……名前のついていないのも。それぞれにいわれが書いてありますけど、悲しいものが多いですね」

「そうなの?」

「ええ。盲目の夫婦が子を連れて旅をしていたら、急に子の声が途絶えた。見えない目でわが子を捜してさまようと、村人たちがその子を人柱にして池に沈めたと知る。夫婦は悲しみ、子と同じ池に入って死んだ……。以後この池で目を洗うと眼病がよくなるようになり、メノウ池と名がついたそうです。機織《はたお》り淵は村娘が夫から逃げてきて身投げした淵で、それからは雨の日に、淵の底で娘がキィキィパタンと機織りする音や、歌声が聞こえてくる……」

サヤは沈んでいた。今年のサヤは元気がない。

「サヤ、どこか行きたいとこあるの?」

「大月森《おおつきもり》のどこかに、海と川の魚ぜんぶが棲《す》んでる不思議な沼があるって、前に鷹一郎さんがお話ししてたの、覚えてます？」

「わすれた」

「うふふ。……いつもは見えない沼で、でも時々、大月森のどこかにふーっと現れるんですって。その不思議な沼を見つけたひとは……何でも一つ、願いが叶うんだそうですよ」

サヤがどこかにいきたいというのはめずらしかった。連れていってあげたかった。

「じゃあ、いこう。不思議な沼をさがしに」

世界は相変わらず白っぽい日射しと、お地蔵様の社と、雑木林の蝉の声だけ。

ベンチから立ち上がった拓人と、サヤの間を生ぬるい風が通り過ぎる。拓人はサヤの匂いを吸いこみ、やわらかい身体に頬をこすりつけたくなった。かわりに拓人は自分のナップザックをしょい、サヤのバイオリンケースを両手で抱えて差しだした。サヤは微笑んで礼を言い、肩にかけた。

それから、二人はマップを手に、白っぽい日射しの落ちる無人の道路を渡っていった。

一九九九年、サマー・バッド・ホリデー

水と土のにおいがする。

ざわりざわりと鳴るのは、

（山の葉擦れ）

生臭い沼の水をぶっかけられて、拓人は意識を取り戻した。

口に入った水を吐いた。ぬめった水が気色悪い。仰向けの視界に、空が水っぽくとけていた。投げ出した手足や首筋をのびた雑草が刺した。全身に鈍痛がしたが、どこが痛いのかよくわからない。何度も沼に顔を突っこまれたせいで、熱いんだか寒いんだかもわからない。場所もわからない。連れてこられて一時間以上経っているのに誰も通りかからない山奥なのは確か。

数メートル離れた場所で渡会数馬が起き上がるのが視界に映った。服は「事件現場の遺留品」みたいなざまだ。いつもはファッション雑誌のスナップ写真から抜けでたみたいにキメている数馬だが、今は「ヤンキー漫画で乱闘中」って感じだ。数馬から見た俺も、多分。ましなことは一つある。最初、相手する中学生は七人だったが、今は三人に減った。

庸介という少年だけは手出しせず、木にもたれかかって煙草を吸っている。左手で鳴らしてるのは、数馬の指輪とペンダント。数馬の携帯と革財布は沼の底だ。財布から札と何かのカードを何枚か抜いたあと庸介が沼に捨てた。庸介と数馬のやりとりが聞こえてくる。

「……お前らくらい生意気なガキもなかなかいねーわ。小坊二人に四人やられやがって。数馬、今日中にあと五十万いる。なんで今までみたいに素直によこさない？」

数馬が鼻で笑う。「てめーへの上納金とでも思ってたのか？　勘違いすんな。てめーみたいなくずが親父の金遣いまくってると思うと笑えるからだよ。今日中にチーマーに金流せなけりゃ、お前らが半殺しになるからびびってんだろ？　知るか。てめーの臓器でも売れや」

庸介が木から離れ、数馬に近寄った。数馬は一発はよけたが、次の蹴りはまともにくらった。数馬が拓人の視界から消える。

携帯が鳴った。蛇みたいにのぼる煙草の煙が拓人の方へ這う。

「わかった。片っ端から番号押してけ。モトキ、数馬の爪はがせ。カードの暗証番号いうまでな。……いや、数馬より、あっちのガキでやれ」

顔を雫《しずく》がタラタラ流れる。雫はあたたかで、ぬめっていた。

別の着メロが響く。

庸介がぎくりと手の中の携帯に目をやった。

「……向こう行ってくるわ。モトキ、爪で吐かなきゃ、指切り落とせ。数馬、お前がゲロんないと、あっちのガキの指が一本ずつなくなってくよ」

庸介は足早に木立の奥へ消えた。

「全部俺らにやらせやがって。おいカンダ、テツ、起きろや！ ハシモト！」

鉄パイプをもった短ラン男がわめく。ニキビ面の中坊が鼻血をぬぐい、やけくそみたいにシャツの胸ポケットから折りたたみナイフをだした。拓人の方へやってくる。

拓人は指で土をかいて立ち上がった。向こうがナイフを抜いた時点で、今までやらなかったことをする気になった。数馬の方で悲鳴が上がる。

ニキビ面の気が一瞬それた。拓人は拳大の石を軽く上に放り、左足で蹴り飛ばした。骨が砕ける音は陳腐で、他に拓人に感想はない。ニキビ面はおかしな風にひしゃげた自分の手を見て、口を開けた。悲鳴をあげかけた顔のまま白目をむいて転がった。

数馬は短ラン男から鉄パイプを奪いとって逆に相手を沈めていた。数馬が剣道をやってたのを、拓人は初めて知った。拓人との喧嘩はいつも殴り合いだ。

辺りが静まり返る。こっちは二人、向こうはゼロ（どっかに庸介）。だいぶましになった。

低い息づかいが、自分のものか数馬のものかもわからない。心臓のポンプがばかになったみたいに脈打っている。どっちから近寄ったのか、気づけば数馬と背中合わせで、草むらにずるずる座りこんだ。どっちの服もぐしょ濡れで、水滴に血が混ざってる。草むらのあちこちにシンナーの缶が転がり、刺激臭で目の奥がガンガンした。後頭部が滲みるように痛んだ。

庸介が戻る前に逃げないとならなかったが、起き上がる力もない。

「……渡会、てめー、このクソバカ。調子こいてあんないかれた中学生とつるみやがって。いいようにむしられてんじゃねーか。お気に入りのクロムハーツはどうしたよ」

「うるせーちび、寄付してやったんだよ！」

確かに渡会の方が拓人より十センチ高い。小一の頃は拓人と同じちびだったのが、にょきにょきのびやがったのであった。入学してからずっと拓人につっかかってくることだけはいっかな変わらない。理由を訊いても「気に入らない」しか吐かない。

「いい加減にしろよ渡会。六年間毎度因縁《いんねん》つけてきやがって――」

「うるせぇ」

「ばかの一つ覚えか！　おい、お前金歯にＧＰＳとかＳＯＳ発信器とか仕込んでねーのか、渡会家の坊ちゃまよ！」

「小六で金歯なんて超ダセェ！　モテねーだろ！　お前こそサッカーの笛ねぇんか！」

「お前アホなの！　俺は審判じゃねーよ、ＦＷ《フォワード》だ！　なんだって世界滅亡前日によりによって一緒にいんのがお前で、中学生ヤンキーと乱闘しなきゃなんねーんだ」

　互いの背中でなんとか倒れずにいられるだけで、しゃべってないと気が遠くなりそうだった。

　さっさと家に帰ってりゃよかったと思う反面、数馬一人でこの状況だったと想像するとゾッとする。……庸介という中学生は本気でいかれてる。庸介はどこまで奥へ行ったのか、声は聞こえない。森はトロトロとした油のような緑だった。どこの沼地なのやら。

　数馬が場違いなことを訊いてきた。

「……おい記憶喪失野郎、お前、なんで千蛇が沼のマップなんてもってたんだよ」

「はあ？　あー……」

　サヤに怒っていた気持ちも、今はおさまっていた。

（……今から帰っても、どこにも連れてけねーな……。チャリもどっかいったし……）

　数馬に後頭部を頭突きされた。目から火花が散ったかと思った。

「アー、の次はなんだよ！　いえ」

「この状況でなんなのお前。アーの次はイーだ！」

「怪人ショッカーかてめー。ざけんな古すぎだろ！」

　暗い沼地はどこにも出られない緑の闇のようだった。辺りの草むらが嫌な呻き声を立てる。

庸介はまだ戻らない。

「いい加減パトカーのサイレンくらい聞こえてもいいだろ。真っ昼間の駅前で小学生二人が拉《ら》致《ち》られてんだぞ」

「こねーよ。キク婆だって山犬が掘り返すまで誰もさがさなかったろが。のけ者がどうなろうが、気にもしねぇよ。お前だって六年前、たいしたずさん捜査だったんだぜ」

数馬がそれを知っている方が意外だった。

拓人が失踪した六年前、警察の聞きこみに近所の住民はおしなべて黙るか、「羽矢家なんてのは知らない」と返事をしたという。水無瀬の家と村井のじーさんたちは何くれとなく拓人と花蓮を気遣ってくれるが、それは例外だった。回覧板も、子供会の案内もこない。理由を考えても仕方ない。拓人もこの町は好きになれなかった。ここで生まれながら、異邦人のように根が生えない感じがずっとある。ふと数馬もそうかもしれないと思った。どこにも居場所がない、外れたピース。

拓人の大事なものは土地ではなく、記憶と繋がってる。彰と過ごした学校、鷹一郎の神楽笛、のぼった神社の石段、母と暮らす家、夕暮れにバスが消えていく音……。もう一つ。この町は拓人を拒絶しても、山や風や光は違った。お構いなしに拓人をのみこむ。吹きなびく麦の畦道を自転車で行けば、風の波が拓人をさらう。光をのむと、遙かな時がとけている気がした。自分が世界の一部で、この先どこを彷徨《ほうこう》してもそうだと思えた。あの光る海の底に、死んで消えていく蟬たちや、拓人が忘れた昔のサヤと自分も残っているのかもしれない。

草むらの音と呻き声が前より大きくなる。拓人は数馬がどんな顔をしているのか見るまでもなくわかった。俺と同じ顔に決まってる。

のびていた中学生らが何人か、意識を取り戻しはじめていた。

捨て鉢な気分になった。「助け期待しねーで自力でなんとかしろって？」

数馬が鉄パイプで地面をついた。「世界滅亡より前に死体になりたくなけりゃな。あとここら一帯底なし沼」

「……まじで」

濡れた服の生ぬるい感触に嫌気が差す。でも家に帰って着替えればすむ。

今頃サヤはどんな顔で、帰らない自分を待っているんだろう。思った以上に胸が痛んだ。

拓人と数馬は背中合わせに立ち上がった。立てたことが信じがたい。

「俺、今日、絶対家に帰るからな」

背中の数馬は黙っている。終業式から家に帰ってないというこいつは、どこに帰るんだろう。

数馬がまた訊いた。三度目。

「……お前さ、千蛇が沼に何しに行く気だったの？」続きの言葉の意味を拓人は訊き返したはずだった。余裕があれば。「不思議な沼をさがしにか？」

立ったヤンキーは三人。口や鼻の血をぬぐってぶつぶつ何か漏らす。変な形相だった。震えて、怯えている。背後の緑の闇から誰かが監視してるかのように。三人ともナイフを抜いた。だしぬけに、雑木林から風切り音がした。

中学生三人にパチンコ玉が浴びせられた。顔面や膝につづけざまに命中していく。食らった方は草むらを転げ回った。拓人と数馬の前であっというまに三人を退けた。

「拓人、渡会、こい。ずらかるぞ！」

彰が雑木林から走りでてくる。愛用のパチンコ片手に。なんでいる、と拓人はいいそうになった。けど、それほど驚かなかった気もする。小二の時から、拓人と彰はこんな風にやってきたから。彰のパチンコの腕は百発百中。ついでに趣味はダーツ。駆け寄ってくる彰を見たら、拓人は急に楽観的になった。彰は怒った顔だ。

「何へらへらしてんだ。笑ってる場合か」

「百年ぶりに、やっとお前と会えた気分」

彰の険が一瞬、やわらいだ。中学生三人は地面を這いずり、呻いている。やり合う気はないのか、こっちにくる様子はなかった。

彰は相手から目を離さず、雑木林を指さした。

「携帯が圏外で使えない。電波がなんかひどく悪い。俺のチャリまで歩けるか――」

数馬がパイプを正眼に構えた。緑の闇の奥から、草を踏んで庸介が現れた。

呻いていたヤンキーが口を閉ざした。まるで人形遣いがきたみたいに起き上がる。

「……彰、やれるか？　ここで」

「俺、頭脳派なんだぜ」

「知ってる。悪い」

「ばか。礼をいえ。まるで『アウターゾーン』だ。――世紀末だ」

漫画のタイトルがはまってた。のたうちまわった時にシンナーの空き缶で切ったのか、起きた三人は血だらけだった。手に戻ってるナイフも血染め、辺りの草むらも赤かった。ああ、境界の向こう《アウターゾーン》だと思った。緑の闇がとけだしてくる。

葉擦れが狂った音で鳴りつづける。

日が西に落ちかかっていた。

一九九三年、千蛇が沼

大月森の中に〈千蛇が沼〉という大きな沼があると、サヤがマップを見ながら言った。不思議な沼かはわからないが、そこへ行ってみることにした。

拓人とサヤはお地蔵様の祠の前をすぎ、道なりに歩いた。白っぽく灼けたアスファルトにひからびた無数のミミズの死体がへばりつき、頭のない蟬の死骸も五つ数えた。

昼過ぎで、二見《ふたみ》峠に至る国道には車も人もなく、風もない。透きとおった炎の如く地面から陽炎《かげろう》がたちのぼる。拓人は緑の帽子をかぶっているが、サヤは麦わら帽子を忘れて肌が赤らんでいる。サヤまでゆらめき消えそうで、白い腕にふれた。サヤは拓人ににっこりした。拓人は手をひっこめた。手を繋ぎたいという仕草と思われたら嫌だったから。子供っぽい。

国道沿いにあるハイキング西ルートへ入った。拓人も初めて行く道だ。

山に入ると熱波はややひいた。拓人のナップザックには、サヤの白い水筒と、自分の青の水筒が入っている。木陰を拾って進み、休憩して水筒のポカリを飲んではまた歩く。時々ハイキングの人とすれ違う。制服姿にバイオリンケースを肩にかけたサヤと、ナップザックに駄菓子屋の袋をさげた六つの拓人に向けられる奇異の目には、拓人は気がつかなかった。

山道から人がいなくなると、風がよく鳴り渡った。道沿いや茂みのあちらこちらで咲く花に、ぶうんと虫が飛び回る。山道をのぼっていくごとに、緑の濃淡が幾重にも綾なして奥へ奥へと誘《いざな》う。サヤと二人で、誰も知らない緑の世界へわけ入っていくみたいだった。

道沿いに道しるべがあった。拓人は読めなかったが、〈千蛇が沼〉と書かれてるという。沼の方に向かうと水の匂いが急に濃くなり、空気がひんやりする。山の風がさわさわとサヤの髪や制服のスカートをなびかせる。小道は途中で木の板を繋げた橋みたいなものになり、片側が森、片側が湿地になった。透明な水の中に緑の草が揺れ、夏の花が咲き乱れていた。沼の中にも林があり、そこでも花が咲きこぼれている。美しい水と緑と花の沼だった。小蛇もちょろりと草むらや木で休んでいる。

湿地はどこまでもどこまでもつづいてる。沼のふちに沿ってのびる木の散策道には落花のみ。他に人はいないようだった。こないだの台風で倒れたのか、湿地の奥で倒木がゆっくり溺れている。すごく深い沼らしく、木のてっぺんの他は全部沈んでいた。拓人は足もとに花が落ちているのを見つけて、拾った。真っ白い綺麗な花だった。どこから落ちてきたのか、辺りを見回しても同じ花は見えなかった。何の花だろうとサヤと言い合った。

花はサヤにあげた。サヤはその白い花みたいだった。

サヤが黙っていることに、拓人は気がついた。じっと沼に見入っている。冷たい沼の風が長い髪や制服にからみつき、サヤが歩《ほ》をだしたらそのまま連れ去っていきそうだった。緑の世界は色濃く、サヤだけがひどく淡い。拓人はサヤの手をとった。サヤの手は汗ばんでいるのに冷えていた。

「サヤちゃん」

心を引き戻されたようにサヤは拓人を見た。サヤの瞳には悲しげな、青い影がさしている。

「きれいだね」

「……はい、すごく」

「ここが、不思議な沼?」

「川と海に棲むぜんぶのお魚がいたら」

「そしたら、サヤは何をお願いする?」

サヤは唇を微かにひらき、またつぐんだ。ひどく迷うように。

ややあって、拓人の手をそっと握り返した。手の白い花を見つめながら。

「……ここが不思議な沼でなくても、拓人さんと一緒に夏休みにこられて、充分です。あっ、拓人さん、だめです、そんなに柵に近寄っちゃ。底なし沼なんですって」

サヤのために川と海の魚がいるか、見ようとしたのに。聞き分けのない子供みたいに両腕で抱き寄せられて、拓人は心外だった。

「でもさ、誰かいるよ」

「えっ、ぬ、沼の中にひとが⁉」

「違う、あっち」

木の散策道は少し先で行き止まり。その端っこに、誰かがしゃがんで木の柵の間から沼をのぞきこんでいる。その『誰か』は拓人ほどの子供だった。

サヤが慌てて飛んでいった。

「危ないですよ」子供の腕をひいたサヤは、驚いた。つづけて拓人も「あっ、おまえ」と口走った。一昨日、扇谷小学校の校庭で決闘《ケットウ》した（サヤは「遊んだ」というが、拓人は違うとおもっている）やつだった。

少年もすぐサヤと拓人に気づいたらしい。なんでか怒った顔でサヤをキッと睨むと、身をよじってサヤの腕から逃れ、森の中へ駆け去ってしまった。

「追わないと！」

「なんで？」

「あの男の子、迷子になってしまいます」

「わかった」

と言うより早く、拓人は森へ駆けだした。

「ち、ちがいます拓人さんはここで――」待ってて、とサヤが言う間もなかった。

森の中はねっとりとあたたかな草いきれでむせかえるようだった。

「まて」といっても相手は止まらない。拓人は速度を上げた。のちに県大会で三位に入る俊足で距離を縮めると、花蓮に買ってもらったばかりの自慢のスニーカーで地面を蹴って、押し倒してつかまえた。

「サヤ！　つかまえた。サヤー」

一昨日はやたら元気に拓人と張り合っていたやつは、今日はそれ以上逃げなかった。観念したように草むらにあぐらをかいて、むすっとそっぽをむいている。

拓人の声を頼りに追ってきたサヤは、二人が無事なのを確かめて、ほっとした。サヤは「ポカリ飲みます？」と男の子に訊いた。男の子はひどく憔悴《しょうすい》して見えた。男の子はややあって、頷いた。サヤは拓人のしょってるナップザックから自分の白い水筒をだした。そいつが遠慮無く飲みほしやがったので、拓人は憤慨《ふんがい》した。それどころかサヤは自分のおやつのクリームビスケットサンドまで残らずくれてしまった。なんということだ。

聞けばそいつも「願いが叶う不思議な沼」をさがしにきたという。

「さっきのぬまは、サメもイルカもクジラもいなかったから、ちがうよ」

「一人できたの？」サヤがたずねると、男の子は「そうだよ」と返事をした。サヤは男の子の半袖からのびた腕をとった。「この火ぶくれは？」「ころんで、できたの」

サヤはそうですか、と呟いた。「痛かったですね」サヤは制服のスカーフを抜いて、火ぶくれの上に丁寧にまいた。男の子はサヤを睨んだ。

「……どうして、昨日、小学校にこなかったの？」

「サヤは昨日熱をだしてずっと寝てたんだ」

「おまえにはきいてない」

拓人をあしらってから、「そうなんだ」と男の子はいって、少し黙った。男の子は昨日からこの山にいて、丸一日不思議な沼をさがしているという。拓人は呆れた。

「家に帰ってないのかよ。みんなしんぱいしてるだろ」

「しんぱいなんてしてないよ。だれも」

木漏れ日が波立ち、男の子が光と影になる。男の子の綺麗な顔立ちが、一瞬歪んだ。

男の子はカズマといった。


それから三人で帰り道を探した。

実のところ、てんで好きな方向に行こうとする拓人とカズマのせいで余計道に迷ったのだったが、当の二人は気づきもしない。サヤはハイキングルートからかなりそれてしまったこと、観光マップに載っていない場所に入ったことを心配したが、拓人とカズマは「大丈夫だよ」と励ました。何の根拠もなしに。

鬱蒼《うっそう》と茂る森は花と緑のだんだら迷宮だった。こもった暑さなのに奇妙に寒気がする。緑は暗く油めいてしたたり落ちる。拓人は小さな鴗鳥神社の森とは違う世界にまぎれこんだことを感じた。ここでは自分たちは異質で、森もそれに勘づいているように思われた。拓人たちを見張り合図をし合うように鳥が鳴く。虫が服の下を這い回る。木も草むらもこっちを見ていた。

まだ敵と思っていないが味方と判断してもいないものが、あちこちにひそんでいた。それらは拓人とカズマから勇気を奪いはしなかったが、畏れさせ、慎重にさせた。カズマがちょいちょいサヤと手をつなぐのは別にちっとも気にならなかった。

森の中で、茂みにうずもれた小さな石像と出くわすことがあった。風雨で顔が消えていたが、どれもお地蔵様みたいだった。顔の消えたお地蔵様は、さっき見たものと同じものなのか拓人とカズマにはわからない。行き会うたびにサヤが近くの花を摘んで、石を重しにして供え、三人でお参りするのだが、似た石は残っているのに花はないのだった。動物が花をとっていくのかもしれないとカズマはいった。サヤは花のない地蔵をじっと見るのみ。

サヤは観光マップを手にしょっちゅう足を止め、辺りを見回した。しばらくしてマップの〈猿岩《さるいわ》〉が遠くの岩壁の上に見えた。小さく。するとサヤはますます浮かない顔になり、しきりに傾く日を気にした。「……マップよりずっと広いのかも」

カズマが能天気に訊いた。

「サヤちゃん、どうして、北とか南とか、わかるの?」

サヤの微笑みに、拓人はドキッとした。「小学六年生の夏休みに、キャンプがあって……同級生の男の子が教えてくれました。星の見方、方角や時間を知る方法、目印の見つけ方……」

「どうきゅうせいってなに?」

「拓人さんとカズマさんみたいに、同じ年の友だちをいうんですよ」

拓人とカズマはそろって嫌な顔をした。誰が友だちだ。

「本当は山で迷ったら、歩き回らないほうがいいって、彼は教えてくれましたが」

懐かしむような眼差し、拓人の知らない声をしていた。

白無垢《しろむく》の花の森

その不思議な花の森を見つけたのは、日が西に暮れ落ちようとする頃だった。

油のような暗い緑に、夕日がちろちろ火をつけてゆくとき、拓人は茜色の草むらに、あの白い花が落ちているのを見つけた。今度は青い花もあった。向こうにも落ちている。

拾いに行くと、水音が聞こえた。サヤとカズマには聞こえないらしい。

水音をたどると、白と青紫の花の咲き乱れる森にでた。けむるような白と青の花の絨毯《じゅうたん》をひそひそと織っているのは、木というより見上げるほど大きな花の茂みで、奥へずっとつづいている。その果てで、天をつく連山が夕日を浴びて真っ赤に燃えていた。

サヤの髪や制服や、バイオリンケースも茜色に染まる。サヤは拓人とカズマの鼻の頭に落ちた青の花びらをとってくれた。紫がかった青で、見たことがないほど深く美しい色をしていた。花はひそひそと落ちてくる。

森はひどく静かで、鳥も蝶も虫もいないようだった。風の音以外、何も聞こえない森だった。今まで誰も見つけたことのない森なのかもしれない、そんなことを拓人は思った。

水音はずっと聞こえていた。花を踏んで音をたどると、花の茂みに囲まれて綺麗な泉がこんこんとわいていた。泉は夕映えできらめき、ほとりにつもった白と青の花にも夕日が滲んで、ふれれば淡くとけてしまいそうだ。三人はほとりで少し休むことにして、泉の水を飲み、水筒に新しく水を汲んだ。

夢幻のようにひそひそと白と青の花びらが降る。

……拓人は泉のそばで眠りこんでしまった。

バイオリンが鳴った。

拓人が起きると、辺りは夜になっていた。サヤとカズマは月の下、白と青の花の褥《しとね》で眠っている。狂ったように明るい月だった。

寄せては返す波音がした。見ると、小さな泉だったのが、いつのまにか遠くで海になっていた。波打ち際には浜辺も見えた。沖は月の光で輝いていた。

白と青の花びらが風に吹かれて浜辺へ、銀の波の中へ、落ちていく。

サヤとカズマにも見せようと手をのばしかけたら、「そのままにしておやり」と声がした。隣で、白い蛇が小さな黒い石にとぐろをまいて休んでいた。白い鱗《うろこ》が月光を弾き、真珠を散らすよう。白い蛇は頭をもたげず、赤い眼だけをあけて、拓人を見た。

「よく眠っておる。起こしたら、かわいそうだろう。眠らせておやり」

二人は疲れたように眠っている。拓人は手をひっこめた。蛇と並んで月の海を見た。

「さっきまで泉だったのに」

「夜になると時々、海になりたくなるのさ。月の綺麗な晩にはね」

「クジラと金魚いる?」

「いるよ。海坊主も棲んでおる」

『川と海の魚が棲む不思議な沼』は、ここなのかもしれない、と思った。

「この花の茂み、大きいね」

「ほっとくと、これくらいのびて茂る」

「なんていう花?」

「木槿《むくげ》の花じゃ。朝咲いて、夜にはもう散る」

「一日だけ?」

「そう。たった一日。わらわはことに、この白無垢と青紫の、一重の木槿が好きでの」

隣の蛇は、神社でも時々日向ぼっこしてる白い蛇に思えた。ふとバイオリンケースをさがした。サヤの傍で花に埋《う》もれていた。起きる前、バイオリンが鳴ったと思ったが、バイオリンはケースの中だ。

サヤもカズマも目をさます気配はない。あとからあとから散り落ちる白と青の花に、二人が埋《うず》もれていく。花びらでサヤの髪が静かに隠れ、耳が、白い指先が、バイオリンが隠れていく。拓人はサヤのそばに行き、サヤに覆いかぶさるように両手をついた。拓人の影がサヤに重なる。花の雨は拓人の背で遮られる。サヤの顔からは悲しそうな青ざめた影がすっかり消えている。幸福だけがあるサヤの唇に、拓人は指でそっとふれた。海の音が寄せては返す。

「いつになったら、起こせばいい?」

「どうして起こす？　幸せそうに眠っているのに。帰るなら、そなただけにおし。起きて帰るより、ここで眠っていたいから、二人ともそうしておるのだよ」

ひそひそと花が降る。

拓人は眠るサヤを見つめた。そんな拓人を、夜を領する月と蛇が見下ろした。

サヤを花の褥から抱き起こした。拓人の肩口にサヤの冷たい顔がしっとりふれる。長い髪が拓人の手に落ち、サヤの制服から白と青の花が流れ落ちた。月の光が雨のようにサヤの胸のふくらみや、くたりとたれた腕や、瞼や頬をすべっていく。蛇が訊いた。

「起こすの」

「うん」

「……かのミコトのような男の子《おのこ》じゃの。強くてまっすぐで、容赦がない」

「帰り道、知ってる？」

「星を頼りに南にお行き。迷ったら、月の光のこぼれる方向へ行けばよい。赤い御堂《みどう》があって地蔵がいる。そこで一晩お休み。そうしたら千蛇が沼じゃ」

「わかった。ありがとう」

拓人がサヤとカズマを起こしたとき、月の射す海もなければ泉もなくなっていた。辺りは木《こ》深《ぶか》い森ばかり、花の森も、白い蛇も、消えていた。

サヤが星を見てくれた。星が見えない時は、月の光を追っていった。拓人とカズマはもう一歩も動けないほど憔悴していたけれど、口にしなかった。

生ぬるいねっとりした暗い森だった。木々は三人を脅《おど》かすように梢を揺すりたて、下生えは何度も足をひっぱって転ばせた。月明かりはぼんやり曖昧に落ちるだけで、足から下は闇に消える。どこを歩いているのか誰にももうわからなかった。いつまでも夜が終わらない。『赤い御堂』など、どこにもないかもしれないと拓人はおそれはじめた。サヤは蛇の話を信じたのではなく、自分を信じてくれたのだと拓人はわかっていた。

と、黒い木々の向こうに小さな光が見えた。暗闇を無数に飛び交っている。

蛍だった。水のにおい、靴底が湿った土の感触になり、蛍の光でチラチラと揺れるのは水面だった。一面に月と星の光が落ちて、中から静かに輝いているようだった。ずっと向こうで、大きな倒木が影より黒く溺れていた。

拓人は岸で、明かりがぽっと灯るのを見た。

行ってみたら、小さなお堂があった。入り口にランプが吊られ、赤い欄干《らんかん》に火影《ほかげ》が落ちている。上の額に字が書いてある。『地蔵堂』という扁額だと、サヤが教えてくれた。中に入ると、奥にお地蔵様がいて、蠟燭《ろうそく》が三つ灯っている。布団が一つたたまれていた。他は何もない。前の人が蠟燭とランプを消し忘れて立ち去ったのかもしれないとサヤは言ったが、拓人はさっき火が灯ったのを目撃していたので、奇妙に思った。でも、そのことは黙っていた。

カズマは強情にへいちゃらだというものの顔色が真っ青だった。拓人より丸一日長く山にいたのだ。拓人はここまでとっておいた自分のクリームビスケットサンド三つを全部カズマにくれてやった。カズマは一つをサヤに渡した（拓人にはなしだ）。それから駄菓子屋のオマケの肝油ドロップ五つと水筒の水をわけあい、三人で一つの布団に横になった。

サヤが蠟燭を消すと、御堂の小窓からうすうすと星明かりが射して、床に窓の影をつくった。

身体はずっしりとくたびれはてているのに、拓人になかなか眠りは訪れなかった。

しばらくして、カズマは拓人がもう寝たものと思ったのか、バイオリンを弾いてと囁いた。

「雀の歌」サヤがバイオリンを手探りでとりだす気配がする。

少しして、囁くように音色が鳴りはじめる。サヤが校庭で奏でた『小雀《こすずめ》に捧げる歌』。

「……カズマさんは、不思議な沼に、何をお願いしにきたんですか？」

カズマは眠りこんだんだろうと拓人が思ったくらいの時間がたってから、カズマの返事が聞こえた。「……お父さんとお母さんが仲良くなって、お母さんの『びょうき』がすこしでもよくなるように」

バイオリンの囁きがいっそう優しくなる。

やがて、カズマの疲れきった寝息が聞こえてきた。

一九九九年、沼のほとり

夜空に月がのぼった。

束の間、拓人の意識は途切れていたらしかった。

月との間に、庸介が立っていた。

仰向けで横たわる拓人の顔を鷲づかみにする。片手で。そのまま拓人を引きずり起こす。頭《ず》蓋骨《がいこつ》をつぶされそうな力だった。人間の力じゃないのかもしれなかった。少なくとも庸介は人間らしい顔をしていなかった。緑の闇の奥から現れて「上納金が用意できねーなら、お前らの内臓売って金つくれ、だとよ」としゃがれ声で言ったときから変だった。

彰と数馬がどこにいるか気になった。

(逃げてりゃ、いいけど)

庸介からは腐ったような水の臭いがした。澱んだ川の水のような。最近噂の『黒い顔の男』みたいだな、と思った。沼や川底に引きずりこむらしい。

誰かが自分を見ている。だしぬけに拓人は手の向こうにいるのが庸介でないことに気づいた。もっと別の、真っ黒い、大人の男の顔が見返していた。

(あいつ、あいつだ)

霧の奥から自分の声がした。――あいつだ。

あの夏。駄菓子屋のベンチ。車の音。空っぽの家。ボーンと柱時計が午後二時を打つ。じっとり暑い日で、空はクレヨンでぬりつぶしたようで、焼けた畦道を神社まで走った。幼い自分の声が響く。――サヤ。サヤちゃん。どこ。

庸介の顔に二重写しになったその男が、拓人を憎々しげに睨んでいる。拓人の頭蓋骨が凄まじい力できしむ。拓人は男の指の隙間から睨み返した。

庸介の右手にはバタフライナイフ。拓人は血管の轟き以外、何の音も聞こえなくなる。

庸介が拓人を離し、数馬が投げたか、飛んできた鉄パイプを叩き落とす時も音はなかった。

彰が横から庸介に飛びかかった。庸介は邪魔くさそうに彰を蹴り飛ばした。

三人目。庸介との間に、誰かが割りこむ。やわい、あたたかな感触。

拓人を抱きしめる。拓人は仰向けに倒れながら、ナイフがサヤの黒髪を一房切り払うのを見た。誰かがサヤの名を叫んだ。それが自分の声だとも拓人は気づかなかった。拓人の背が地面を打つ。そばにサヤの顔があった。前にもサヤのこの泣きそうな顔を見たことがあったと思った。サヤの肩越しに庸介がナイフをふりかぶる。拓人はぞっとした。

生きてきた中でいちばんぞっとした。

「やめろ」

誰かがナイフを蹴り飛ばして、やすやすと庸介を地面に叩きつけた。

彰でも、数馬でもない。振り向いたのは大人の男だった。

「弓月」男の声に聞き覚えがあった。終業式の日、校門で拓人を呼び止めた男。サヤが拓人を抱きしめたまま、顔を向ける。男は庸介を地面におさえつけた。「救急車より俺の車のほうが早い。俺が運ぶ。いいな、弓月」

「うん」サヤの声は、近くて、遠かった。「九条君、拓人さんたちをお願い——」

（……おい、サヤの『うん』なんて、初めてきーたぞ……）

九条君と会えたらしい。男は校門で拓人に九条玲司と名乗ったので、鷹一郎の話の「神社にずっと泊まっている男」だと、すぐにわかった。サヤが行きたいといえば鵜鳥神社の宿泊所に連れて行くつもりだった。千蛇が沼とは思わなかった。

拓人はサヤの手を振り払った。立つ力もない。このぶんだと明日の決勝でサヤにいいところを見せるのは無理そうだ。急に拓人はそれにいちばんふてくされた。サヤはまた手を伸ばしてきたので、地べたを這ってサヤから離れた。そこで力尽きた。鼻から血が流れる。頬をこする草も自分も影絵めいていた。顔を沼に向けたけど、蛍は見えない。

昔。

俺はサヤと、千蛇が沼で何を見て、何をしゃべったんだろう。

蛍を見たというなら夜だったに違いないのに、いったいどうしてそんなガキの頃、こんなとこまできたんだ?……少しも思いだせない。

——大きくなりましたね、拓人さん。

ずっと忘れてることがあるように拓人は思うのだった。小学校の六年間ずっと。

胸の奥に深い靄で閉ざされた場所がある。

影絵の草が風でざざめく。月と、海鳴りめいた草音の中。

拓人の意識は途切れた。

一九九三年、蛍の沼

バイオリンがやんだ。

拓人も眠ったと思ったのか、サヤはバイオリンをしまって、御堂を出ていった。拓人は起きて、後を追った。闇が濃い。空を仰ぐと月はどこかへ落ちたのか、消えてしまっていた。

闇の静寂《しじま》に、信じられないくらい蛍が舞っていた。

沼のふちに佇んでいたサヤも、蛍の光を髪や制服にまとっていた。

ほとりの薄《すすき》に蛍が鈴なりにくっついて、いくつもの灯籠《とうろう》ができている。草や水面《みなも》の闇を、蛍が音もなく揺曳《ようえい》し、光っては消えてゆく。沼のずっと遠くまで点滅している。

サヤはすぐ拓人に気がついた。二人で草むらに座った。

「あの不思議な森の花、これと同じ花でしたね。白無垢で一重の、何の花かしら」

サヤは拓人があげたあの花をまだもっていた。蛍灯籠の中、サヤの掌で花は萎《しお》れて、指の隙間から一片《ひとひら》一片散っていった。拓人が木槿の花だと教えた。暗い朝咲いて夕には散る。

サヤは「木槿の花」と囁いた。それから、沼を見た。

「広くて、海みたいですね」

拓人はあの月の輝く海を見ていたので、だいぶ違うと思った。

「サヤ、海見たことある？」

「いいえ、ないんです」

「一度も？」

サヤは頷いた。頬や唇に、さびしげな青い影をうっすら一刷毛《ひとはけ》はいて。木槿の花の褥《しとね》から、拓人がゆり起こした時、再びサヤの顔に浮かび上がったもの。

起こしたらかわいそうだろう、と白い蛇がいった。でも拓人は起こした。腕にたよたよともたれたサヤの重み、幸福な夢にいるような寝顔を思った。拓人は立ち上がってサヤを、サヤの寂しい影を、抱きしめた。黒髪が拓人の手にまといつく。サヤは汗ばんで甘い匂いがした。ややあって、おずおずと、サヤの両腕が拓人に回された。幻のような儚いふれかた。

「拓人さん、不思議な沼をさがそうなんていって、ごめんなさい。こんな遅くまで……」

「なんで？ 俺がいこうっていったんだ。またさがしにこよう」付け足した。「俺がもう少し大きくなったら、サヤを海に連れていってあげる。山を越えたら海なんだって」

「…………」

「しょうがく六年生になったら、じてんしゃで遠くまで行けるから」

拓人の腕の中で、かすれ声がした。

「……拓人さんが小学六年生になったら？」

「そう。なんでもできるようになってるから」

そのとき、サヤと花蓮と自分とノラネコ一匹で暮らしていたらいいと思った。

「ええ。拓人さんなら、きっとそうなれますよ」

蛍のほのかな光を受けるサヤを見つめる。サヤは微笑みながら、少し涙をこぼした。なぜ泣くのか拓人にはわからず、サヤもわからないとささやいた。

願いが叶うという沼にいきたがったサヤ。どんな願いがあったんだろう。

不思議な沼を見つけることも、海へ行く約束もしてくれないことに気がついて、拓人はそれ以上何もいえなくなった。

夏の一日が終わるごとに、サヤの「夏休み」も終わっていく。

いつもサヤは神社前のバスに乗って帰ってしまう。どこかへ。

サヤは抱擁をといたけれど、拓人はそうしなかった。蛍が二人の周りを静かに回る。

木槿の花、と応えたサヤの声はもろくて、手から散ったその花のようだった。

サヤの頭の重みを抱きしめる。どうして胸が痛むのかわからずに。

それから、二人で並んで座って蛍の沼を眺めた。いつまでもいつまでも。

……やがて、疲れて眠りこんだ拓人を負ぶって、サヤは御堂に戻っていった。


朝日と、カッコーの声で三人は目覚めた。

気温は寒いくらいで、沼には朝靄が漂っていた。三人でほとりに出ると、夜には見えなかった〈千蛇が沼〉という看板が立っていた。木の散策道も朝靄に見え隠れしている。道なりにゆくと、たちまち赤い御堂は朝靄に隠れて消え去った。それからすぐハイキングルートに出た。下の国道をトラックが通る音が聞こえた。

……拓人とサヤが家に戻ったとき、二人ともひどい恰好だった。

家の中から警察に何十度めかの電話をかけていた花蓮の、怒鳴り声が響いていた。

不思議だったのは、木槿の花の森も、千蛇が沼のそばにあった赤い欄干の御堂も、誰にきいても存在しないといわれたことだった。

でもすず花の曾《ひい》ばあちゃんだけは拓人を見るなり、よく木槿の花の森からちゃんと帰ってきたね、とにっこりした。

世紀末、七月最後の夜に

茜色の部屋で、数馬は目を覚ました。

夕焼けの波が、布団のへりに静かに打ち寄せている。

古ぼけた和室の天井には和柄の傘つき電灯、紐の先にプラスチックのタマゴがついている。手をのばしてタマゴをひっぱると紐が伸びてヒヨコが出てきた。扇風機がぬるい風を送ってくる。小さな庭では夕方の蟬が、少し疲れたように鳴いていた。どこかで豆腐《とうふ》売りのラッパが微かに鳴ってる。汗ばんでいたが、澱《おり》が流れでたように心もちはよく、いつまでもトロトロと寝ていたかった。白地に赤と黒のチェック柄のバイオリンケースとトートバッグが映った。手をついて身を起こした。全身が鈍く痛んだ。身体のどこに傷をこさえたのかもよくわからない。でも痛みは気にならなかった。

枕元には麦茶のポットとコップ、ベル式の目覚まし時計。時計は午後五時……。数馬は浴衣を着せられ、タオルケットをかけられていた。浴衣の下は包帯と湿布だらけ。

夕焼けの縁側から優しい足音がした。

数馬が目を覚ましたことに気づいて、足音は止まった。

「起きましたか、数馬さん」

微笑むそのひとの姿を、数馬は見つめた。


小夜子は縁側から上がり、丸一日眠っていたのだと、数馬に伝えた。

数馬が覚えているのは、小夜子が羽矢をかばったこと、病院に行く気はないと葉越彰に言ったこと、自分に腕を貸そうとした男の手を振り払ったこと。それから……記憶がない。

病院には連れて行かなかったと小夜子は告げた。男の（「九条君」と彼女は呼んだ）携帯電話で知人を呼び、この家へ連れ帰り、手当てをして寝かせたと、話した。

数馬は布団に起き直り、乱れた浴衣を決まり悪い顔でかきあわせた（拓人のパジャマだと丈が合わないので、鷹一郎の浴衣であった）。

「……羽矢と葉越は？」

「病院です。彰さんは昨日のうちに目を覚ましましたが、拓人さんはまだ眠ってると彰さんから電話がありました。数馬さん、麦茶をあがっていてください。救急箱をもってきますから」

小夜子が救急箱やタオル、洗面器をもって座敷に戻ると、麦茶のポットは空になっていた。

布団で身を起こしていた数馬のそばに、小夜子は座った。浴衣の上半身を脱がすと、救急箱をあけて、手当てをし直す。血のついた包帯や脱脂綿《だっしめん》がすぐに小山になった。青黒い内出血と裂傷が痛々しかった。身体中悲鳴を上げているはずなのに、手当てする間、茶色い髪の男の子は痛いと一度も言うことはなかった。

小夜子は洗面器で手ぬぐいを絞り、数馬にこびりついた血や汚れや汗を丁寧にぬぐった。

小夜子の手の下で、数馬はおとなしくしている。

夕焼け小焼けのチャイムが聞こえてきた。数馬が初めて口をきいた。

「……まだ、この地区の夕方のチャイム、あれなんだ」

「はい」

「……羽矢が、サヤって呼ぶのが聞こえましたけど」

「はい」

小夜子は数馬の正面に回った。手ぬぐいで髪の生え際から耳をぬぐい、首筋を撫でるようにふく。傷口は慎重に、そっと。

風が風鈴を鳴らし、数馬と小夜子の髪をさわさわ揺らした。

「……無事だったんだ」数馬は小夜子を見つめた。「週刊誌とかネットニュースの……事件の続報をたまに検索してたけど、なんも書いてなかったから……」

なんのことかと、小夜子は訊かなかった。

「……羽矢のアホは全然覚えてねぇっていうけど、小夜子さん……も？」

「いいえ。昔、数馬さんと小学校の校庭で遊んだことも、不思議な沼をさがして迷ったことも、そのあと数馬さんがこの家まで私を訪ねてきてくださったことも、夕焼け小焼けのチャイムで数馬さんと一緒に帰ったことも……。全部、覚えています」

「………あいつ、小夜子さんのこと、思いだしたの?」

「いいえ」

「信じらんねぇ」

「いいんですよ、忘れてしまったのは、拓人さんのせいではないんです」

「あいつ――違う、俺が――」数馬は小夜子から顔を背けた。抜けない棘の痛みが数馬の心を刺した。それはもう六年も数馬の心に深々とつきたっていたのだった。

「……俺が、あのとき、あなたに嘘をついたから」

塞《ふさ》がれずに膿《う》んだままのような声だった。

「そのことが数馬さんを今もこれほど痛めつけているなら、そのほうが嫌です。私は数馬さんのあの嘘が、とても嬉しかったんですよ」

「嘘だ」

「なら、撤回しますけど」

「………」

「そ、そんなに落ちこまないで。冗談ですよ。いっておきますが、今回の方が怒ってますよ。傷だらけでなかったら、私も平手で打ったかもしれません」

「……だよね。いいよ、殴って」

小夜子は数馬の頭を撫でた。ややあって、薄茶の頭はオジギソウみたいになった。

「……数馬さん、夏休みですよ。世界も終わらなそうですし、これからは数馬さんの好きに夏休みを過ごしてください。どうか自分で自分を傷つけないで」

数馬は頷くことはなかったけれど、さっきまでの頑なさは消えていた。

「数馬さん、お夕飯ですけど……」

薬や包帯を救急箱に一つ一つしまっていた小夜子は、布団を振り返り、口をつぐんだ。ほんの束の間に、彼は布団に横になって寝入っていた。浴衣の片袖に手を通し、もう片袖を下敷きにして。小夜子は浴衣を直してあげた。眠ると、小学生の寝顔だった。

六年前、千蛇が沼のハイキングルートを下りる途中、消防団の恰好をした年配の男たちと行き合った。彼らはカズマと手の中の写真を見比べ、カズマだけを車に押しこんだ。それで終わりだった。小夜子と拓人の方を向いてリアガラスを両手で打った彼の、傷ついた顔を今も思いだす。

それからしばらくして、六つの数馬が一人で羽矢家を訪ねあててきた。彼の顔には大きなガーゼがあった。服の下にも。父親がしつけだといってはたくのだといった。

今もなお傷だらけの身体は、彼がこの六年、心に負った傷そのものに見えた。

ねっとりした夕風に吹かれ、朱塗りの風鈴がチリンと鳴る……。死出の錫杖《しゃくじょう》めいて。

――弓月。

赤目《あかめ》が淵にいた九条玲司の驚く顔と、変わらぬ彼の呼び方に、十一歳の自分と、工場地帯の煙と、夕焼けの電車の音が、戻ってくる。

――弓月、ここにいるのか？　バイオリン、お前が弾いてるんだろう？

チリン……。縁側の外は、変に静かだった。赤い夕日、逢魔《おうま》が時《とき》の薄闇が忍びよる。世界は燃えるようで、日が沈むごとに影だけがとり残されて、色が消えてゆく。黄昏が小夜子の指先に届いたら、自分も消えそうだった。私の影は残るかしら。ふと小夜子は胸に呟いた。

小夜子のバッグには一冊の文庫本がある。人から借りたまま、ずっと返せてない。現実では叶わぬ想いを、夢路で通わせる幻想小説。ひと目で恋をした書生の、胸のつぶれそうな出口のない想いは、やがて夢と現実の中で、不思議な形で混ざりあってゆく。

『サヤと拓人と三人で過ごして、オールド・バイオリンが調律なしで一日中家で鳴ってるなんてアホな夏の毎日。今日も明日も明後日もずっとそうだと思ってた』

六年ぶん大きくなった男の子との、夢のような夏のつづき。

——夏の、白い、一重の花、なんだっけ。

覚えているはずがないのに、夕焼けの縁側でそうたずねられた時、胸の奥が震えた。彼の指で心を弾かれたみたいに。

『サヤ、来年の夏さ……、扇谷にくる?』

赤い夕日が今日もゆっくり西に落ちていく。

小夜子は胸もとに手をやった。弦の振動《ビブラート》なら指でおさえれば止まる。胸をおさえたら、トクトク鳴る鼓動にじかに触れたようだった。いいえ、ともう一度サヤが胸の中で返したら、指先にいっそう切ない、寂しいしびれが伝わった……。

「やめろ」と怒った拓人の声が蘇る。中学生にでなく、かばった小夜子に怒った言葉。初めて三歳の拓人と会ったときと、変わらずに。

†

拓人が病院のベッドで起きると、おでこに『怪我しすぎです』と婦長さんの怒りの付箋が貼られていた。そばの椅子では、よく医療ドラマで見る患者服みたいなのを着た謎の包帯男《マミー》がチュッパチャプスをくわえ、ぼろい文庫本を読んでいた。裏表紙に『談話室』のシール。本から顔を上げもせず、棒つき飴をちょっと外して「寝過ぎ」と拓人に言ったやつは、顔も、患者服からのぞく手足も、傷パッドと包帯だらけ。

「彰、俺の見かけ、お前よりひどい？」

「いうなれば暗黒武術会でお前の対戦相手が戸愚呂《とぐろ》弟、俺は樹《いつき》がでてきた感じ」

「お前より俺のが肉弾戦だったらしいってのは、わかった」

「幸い骨折もねんざもしてない。でも痛み止めが切れたらかなり痛いって。特に後頭部の傷」

彰が放ってよこしたG‐SHOCKを受けとって見れば、午後四時すぎ。日付が間違ってると思ったら、拓人が丸一日寝続けてる間にサッカーの決勝戦はとっくに終わったと彰が言った。

くまなく錆びついてるみたいにギシギシきしむ身体を、何とか起こす。死ぬほど痛ぇ。

毛布の上に拓人のユニフォームがあり、サインペンで『優勝！』『県大会行ってくる』『心配させんな』『林間学校で会おうや』と木原たちのメッセージが書かれていた。右腕の包帯には母の付箋。『あんた元気はいいけど、たいがいにしなさい。すず花ちゃんがお見舞いにきて半泣きだったわよ』他にも身体のあちこちに大小の付箋がはっついている。……俺は伝言板か。

よくよく見れば、個室だった。壁際にある簡易寝台は彰のだという。拓人が寝てる間に警察が事情聴取にきたこと、それで病院が拓人と彰の二人をこの個室に移したこと、九条玲司という男が車で病院に運んでくれ、警察への応対を全部やってくれたことなどを彰は話した。どうやったものか、彰は警察に名前も訊かれずにすんだという。

「俺とお前の怪我はどう見ても暴行だって、医者から警察に連絡が行ったんだよ。あの場にいた中坊は警察病院送り。他の連中も補導されてる。けど、あの庸介ってやつだけ、失踪してる。九条さんが俺たちを病院に運ぶ間に消えたらしい」

「渡会は？」

「病院にゃ絶対行かねぇってさ。まあ、家に連絡行くだろうからな。この扇谷病院、あいつんちのもんだから。俺も九条さんに、渡会のことは話さないでほしいって頼んだ」

どっかの病棟に数馬の母親が閉じこめられてる、という噂を拓人は思いだした。

彰はミニ冷蔵庫から五百ミリペットボトルの麦茶をだして、拓人に渡した。拓人は掌を流れる水滴の冷たさに生きてる実感がした。やっと。

「彰。なんで昨日沼にいた？　夏期講習だったろ？」

「自主休講。大きな鵼鳥神社に用事があったから」

「合格祈願か」

「宮司さんに今年も神楽の準備手伝いますからよろしくって挨拶《あいさつ》しに、だよ」

やっとこさ蓋をあけた拓人は、手を止めた。

彰は涼しい顔つきで見返してくる。

「その足でチャリでお前んちに行ったら、サヤさんが一人で縁側にしょんぼり座っててさ。お前と午後に沼デートする約束をしたのに、お昼すぎてもお前が帰ってこないって」

拓人は咳《せ》きこんだ。鼻から麦茶が出た。

「お前なんで初デートで沼選択なの？　受け狙い？　世紀末ジョーク？」

「サヤが沼がいいっていったんだよ！　つかデートじゃねぇ。午後ヒマで――」

「お前、なんか怒って口もきかなかったって？」

拓人の顔を見た彰は、珍しいなと思った。原因は知らないが、拓人はまだ少し怒ってはいるらしい。

「サヤさん、昼飯も食べずに待ってたから、俺がサヤさんとお前のぶんの昼メシ食った」

「おい」

「そしたら、桐谷から学校荒らしの件でメールがきたんだよ。その直後、お前と渡会が駅前で扇中の不良グループに拉致られたって、俺の携帯に電話がきた。公衆電話からだった。千蛇が沼と赤目が淵の間の場所をさがせって言って切った」

拓人と数馬を助けるつもりの電話でなかったのは、電話越しの西の愉快そうな言いぐさと、倉田と蜂谷の笑い声でわかった。それも九条に話し、西と倉田と蜂谷が警察に呼びだされていることまでは彰は口にしなかった。拓人が知る必要はない。

「サヤさんには用事っていってお前んち出てきたんだけど、サヤさん、電話の声全部聞こえてたのかも。サヤさんが九条さん連れてあそこにきてくれなけりゃ……」彰は言葉を切った。

「……お前と渡会を見たとき、警察に通報すりゃよかったって死ぬほど後悔した。……最後はお前が庸介に殺されるって、マジで思った」

あの校門の男、サヤさんの知り合いだったんだな、と彰は言った。

「拓人、チュッパチャプス、グレープとラムネ残ってるけど、食う？　それと、明日まで病院に泊まってけって、医者が」

「グレープくれ。ばかいえ。今すぐ帰る」

「んじゃ、俺も一緒に行くわ。昨日からお前んちに泊まるつもりだったけど、一日ずれたな」

「へ？」

「なんで俺が昨日都合良く愛用のパチンコもってたと思うの？　自主休講したっていったろ。七月で世界が終わるなら、夏期講習なんて行くか。お前といるっつーの」

拓人は飴玉の包み紙をとって、齧った。

「……いっとくけどな、真面目にラジオ体操でてたぞ、俺。トウモロコシ担いで帰って身体ガタピシいってた翌日も」

「水無瀬からきいてる。その間に夏期講習の問題集全部解いた。サボっても問題ない。お前、うちに電話して、母さんに電話切られたろ。『勉強がありますから』って」

「彼女できると、こんな気分になんのかなって思った」

「俺の携帯に連絡すんなって母親の釘刺しを律儀に守るのがお前だよな。いっとくけど、俺がロミオでお前はジュリエットよ？　掟破《おきて》って会いにいったの俺だから」

「夏期講習のほうがなんぼか楽だったなロミオくん。世界滅亡前日に沼でヤンキー相手にストリートファイターしてそろって病院でミイラ男って、ホラーなの、コメディなの？」

「最低の夏休みの思い出ってわけじゃないだろ」

「お前がくるまではそうなりかけてた」

　彰の笑みを見たら、鍵盤を押してみたくなった。夏休みの途中で世界が終わるのも儚くて悪くないな、と彰が言った。青く青く透きとおりすぎて、砕けそうにもろい彰の音色。でも今なら、別の響きが聞けそうだった。

「で？　泊めてくれんの？　今日から」

「いつでもくればって、いったからな。いつまででもいれば」

「花蓮おばさんも同じこといったよ。それができればな」

　お前のおばさんは？　とは拓人は訊かなかった。彰も触れない。彰が病院に運ばれたことを知っているのかいないのかも、わからない。彰はなんといって家を出てきたのだろう。それも、拓人は訊かなかった。彰が何も考えてないわけがないから。

　小学生最後の夏休み。

世界が終わる前に、流氷がバラバラに離れていく前に、今しか一緒にいられない友達がいる。

理由はそれで充分すぎる。全部。

拓人がそうするのと彰がそうするのは一緒だった。拳を軽く合わせた。

「じゃ、帰ろうぜ」

花蓮が病院の売店で拓人と彰の着替えをそろえてくれていた。ナイキのTシャツにハーフ丈のカーゴ、パーカー。ずいぶん奮発してる。靴はもとのマイキー。G‐SHOCKも普通に時を刻んでいた。命名に偽りなし。

着替えながら付箋をとって見ていったが、サヤのものはなかった。

花蓮の病室に寄ると、花蓮は「やっと起きたわね」と安心したように笑い、二人の帰り支度にやっぱりねという顔つきをした。それから家までの運賃をくれた。一万円。

「バス代にしちゃ、多すぎるぞ」

「タクシー料金よ。バスだとすぐ乗客に救急車呼ばれて病院に戻ってきそうだから。それと仕事の依頼料金もコミ。拓人、サヤのバイオリン、録音して届けてくれる？　聞きたいわ」

「ここで生演奏やれればいいのにな。リクエストは？」

「『小雀に捧げる歌』。あとは何でもいい。ところで拓人、彰君や木原君から林間学校があるって聞いたわよ。あんた、言わなかったわね」

「行かないって折口先生に言ってある。じゃあ、またくるから」

そうして拓人と彰は病院から逃亡した。

そんなわけで婦長じきじきに拓人の検温にきたとき、ベッドはもぬけの殻だった。

五日ぶんの痛み止めの頓服薬《とんぷくやく》がキャビネットから消え、かわりに『帰ります。母をよろしくお願いします。飴はお礼です。羽矢拓人』という手紙と、ラムネ味のチュッパチャプスが置かれていた。

婦長は棒つき飴を手にした。

窓の外は、涙の出そうな夏の夕焼けだった。

世紀末少年

家の前でタクシーからおりるや、拓人と彰は呻いた。鎮痛剤を飲んでても一足ごとにナイフで深々と刺されてる感じ。ミイラ少年の如くヨロヨロ門をくぐる。

風のない蒸し暑い薄闇に、何かの花の匂いが甘く、ゆるゆる漂う。

夕暮れに家の灯《ひ》がぽっと滲んでいる。軒端《のきば》の上の藍染めの空に一番星が光る。

やっとこさ帰宅した感じだった。家を出たのがつい昨日だなんて信じられねぇ……。拓人はむっつりした。サヤには電話一つ入れていない。まだ不機嫌なもやもやが残っていたから。

が、それも玄関ドアを開けるなり浴衣で棒付きソーダアイスを食ってる数馬（包帯男度数は拓人と同等）を見たら、消し飛んだ。

数馬《マミー》は家主みたいなでかい態度で、「いいざまだな、羽矢。お前がいいって言ったら好きに泊まってけっておばさんと小夜子さんに言われたけど、てめーの許可なんかいらねぇから」何から何までバカ殿で意味不明なことを言った。滴るアイスをドラマかなんかのワンシーンみたいに舌で舐めとる仕草まで頭にくる。

「――なんでてめーがうちにいる！　なに俺のソーダアイス食ってくつろいでんだ！　彰！　てめー知ってて黙ってたな⁉　オカンも！」

「言った瞬間、お前病室の窓から飛び降りてサヤさんとこに帰りそうだな、と思って。そいやお前、サヤさんのことはひと言も俺にきかなかったな」

「お前んち、昔より家がコンパクトになってねぇ？　ミニ四駆の家か」

「うるせーよ！　お前マジで俺んちに居座んなら明日からラジオ体操に連れてくかんな！」

「ダセェ。お前、ラジオ体操やる小六男子がモテると思ってんの？」

「モテとかじゃねーよ！　ミイラ男が何言ってんだ。神楽の準備にも引きずってったる」

付箋には鷹一郎から『明日は休んでいいけど、明後日から神楽の支度ね』と情け容赦ない指令があった。何がおかしいのか（ちっともおかしくねぇ）彰は腹をよじって笑ってる。

サヤがリビングから出てきた。エプロンに、白い夏物のワンピース。上手に髪をまとめているので、庸介に髪を切られた部分はわからない。拓人の胸が急に痛んだ。

「……ただいま」

サヤは包帯と傷パッドだらけの拓人に、一瞬目を伏せた。

にっこりするまで間があった。「はい」

真夜中のベル

夜更け。

電話のベルで、拓人は目を覚ました。

拓人は一階で寝ていた。どこで寝るか協議の結果、三人とも茶の間の裏の和室に布団をのべて雑魚寝《ざこね》になった。拓人が帰宅したのは、サヤを家に一人にするのが心配だったのと、消えた庸介のことが気になったからだ。口には出さないが、多分彰と数馬も。

電話が鳴り続けている。いつ降りだしたのか、激しい雨音でクーラーの音が消されてる。手探りでG－SHOCKをひっぱりよせると、暗闇に午前零時の数字が光った。

彰と数馬は鳴りやまない電話にもぴくりともせず、眠りこんでいる。鎮痛剤に睡眠薬の効き目があったのかもしれない……。

拓人は廊下に出た。点けた電灯が青白い光を床に投げかけた。

受話器をとった。

「はい、羽矢です」

受話器の向こうから雑音《ノイズ》がした。ラジオの周波数が合ってないような、ひどく耳障りな機械音だった。その向こうから低い、単調な男の声がした。

『…………ユヅキ……サヨコ』

二階から、足音が聞こえた。拓人は天井を見上げた。上を歩き回り、簞笥や抽斗《ひきだし》をひっくり返すような物音がする。やがて足音は拓人の背後にある階段を降りはじめた。

とん、とん……。腐ったような水の臭いがたちこめる。電話は庸介の声だと気がつく。

『サヨコ……は……もう、死んでる…………』

だが庸介からというより、庸介の声を誰かが借りているような不自然さがあった。

『…………消えて六年……たつ…………』

古い階段がきしみ、細長い悲鳴を上げる。土砂降りがそれらを上書きする。見知らぬ男の影が廊下に落ちる。拓人の影に男の影がかぶさった。

『――六年前に――』

拓人の真後ろに、誰かが立っていた。背に視線と、水の――本物の川の――冷たい気配が寄せた。受話器と、後ろの男が、同じ声でしゃべる。

『――サヨコは、死んでる――』

拓人は受話器を叩き置いて、振り返った。

「出てけ。ここは俺の家だ。お前を招き入れた覚えはねぇ。――帰れ」

その男は顔も全身も闇で塗りつぶされていた。突然電灯が激しく点滅しだした。男が奇怪な、獣めいた悲鳴を上げ、両目を覆って拓人から後じさる。太陽をまともに見たように。黒い手の隙間から煙がでて、肉の焼け爛《ただ》れるような異様な臭いを放った。点滅がやみ、青白い光が再び廊下に落ちた時には、黒い男は消えていた。

廊下に点々と泥の足跡が残っていた。風雨の吹きこむ音が聞こえた。縁側の窓が開いていて、雨で廊下はびしょ濡れだった。赤い風鈴が落ちていた。紐にナイフで切られたような跡。拓人は窓を閉め、風鈴の紐を元通りに吊した。

家は静まり返っていた。雨音だけが響く。

拓人はサヤの休んでいる座敷に向かった。

障子を開けると、闇がもれでる。手さぐりでスイッチをつける。常夜灯が空っぽの布団を照らした。いや、そう思っただけで、やがて薄闇に白っぽいものが浮かびあがった。

サヤは隅に倒れていた。バイオリンケースに片手を置いて。拓人はサヤを腕に抱き寄せた。たゆたゆとサヤの髪が流れる。髪は夜より黒く、肢体《したい》は軽く、肌は青白い。

「サヤ」

夕闇に漂う花の、胸が苦しくなるような甘い匂いだけを抱いてる気がした。

「……拓人さん」微かな囁きだった。「電話……鳴ってませんでしたか」

「鳴ってねーよ」

サヤの指が湿布と包帯だらけの拓人の顔に微かにふれる。冷たい指先だった。

「……すみません」

「なんで謝んだよ」

儚げな重みは、拓人の両腕から今にも消え失せそうだ。

「昔も、よくふらふら倒れてたじゃん」

知らない記憶が口をついた。脳裏に絵がひらめく。

サヤが夏用の布団にくったり寝ている。額は冷や汗で濡れている。幼い拓人がタオルでサヤの額をぬぐう。布団からこぼれる黒髪や、サヤの指を拓人は小さな指でひっぱり、サヤの左耳の下を撫でる。そこにはサヤの印がある。サヤが目を開け、拓人に気がつく。縁側から夏の湿った熱い風が吹きこむ。サヤが微笑む。

――拓人さんがそばにいると、元気になります……。

「拓人さん……」サヤが何かを言いかける。多分、今まで話したがらなかった何かを。遮った。

「うるせぇ」遠いいつかこんな風にサヤを抱いたように思った。月が追いかけてくる晩に……。

薄闇の中、サヤ、と呼びかけた。サヤの胸に落ちたみたいに、ふくらみが小さく上下した。

「約束したのに、サヤ、千蛇が沼に連れてかなくて、ごめん」

「……いいんです。蛍は前に、拓人さんと見ましたもの。充分です」

「俺は覚えてない」

「…………」

「俺は覚えてない」

サヤが唇をひらき、とじる。また、いいんですよ、と言おうとしたのかもしれない。

それ以上はふれなかった。互いに。喧嘩になるとわかっていたから。

サヤは帰らない拓人を心配したことと、昼食についての文句らしきことを言った。真夏日だったのにカレー味の唐揚げ（拓人の好物）をつくってずっと待ってたのだ、と。それは、謝った。

「ごめん。食うから」

彰と数馬が全部食ったというので、拓人は憤慨した。

サヤを布団に寝かせる。しどけない背の重みから手を抜く前に、真下のサヤを見つめた。常夜灯の光は暗く、二人の輪郭を曖昧にとけあわせていく。サヤはあたたかかった。拓人はサヤの左耳の下に指を這わせた。そこにはバイオリンが当たってできる黒っぽい痣がある。聞く一方の拓人にできるのは撫でるだけ。サヤにあの表情がふっとにじんだ。拓人は黒い痣を、沼で拓人をかばった時のサヤの胸のつぶれそうなあの面持ちを撫でた。

「サヤ、俺をかばうなんてこと、すんな。死ぬかもしれなかったろ」

サヤは別のことを言った。

「……拓人さんの試合、見られなくて、残念です」

「いつでも見にくればいいだろ」

返事はない。

外ではザーッと雨が降りつづいている。

「そこにいるから」

クーラーをつける。常夜灯はそのままにし、廊下に出て障子を閉める。水滴を踏んだ。自分も雨で濡れていたことを今さら思いだした。サヤも濡れたかもしれない。

障子の閉じ目にもたれて、座った。障子越しに常夜灯が薄ボンヤリ明かりを落とす。柱時計がボーンと刻《とき》を打つ。午前一時……。

障子の向こうはしんとしている。

一枚しかないサヤの写真。寝込んだサヤが拓人に微笑んでいう。拓人さんのそばにいると、元気になります……。神社の葉鳴り、夕暮れに消えるバス。バイオリンの音色。サヤの指先が拓人の顔をかすめた時の、羽根のような感触は思いださないように努めた。

切れ切れの断片。

「……なんで俺はあんたのことを忘れてる?」

雨脚がいっそう激しくなった。

第五章

八月の万華鏡《カレイドスコープ》

七月に世界はちっとも終わらず、八月がきた。

日はまぶしく、毎朝くみたての光があふれるようだった。夏の花が咲き匂い、緑はとけだしそうに濃い。木々は日を透かした葉が無数に重なり合って、葉の色を一瞬ごとに変えていく。ソーダ色の風が吹くと、枝が日の雫をふりまいた。

その下を自転車でつっきると、拓人も彰も数馬も光をまぶされたようになる。観察日記をつけに学校へ行けば、校舎裏の黄金の向日葵畑を銀杏の木からじっと見下ろすコイケ先生も、なんとなく嬉しそうである。

彰と数馬にもコイケ先生は見えたが、前は見えなかったと言う。他のやつが見えているかどうかはわからない。まあ、どうでもいいことだった。

ラジオ体操に彰が戻り、ハンコゼロだった数馬のカードには八月一日から朝顔のマークがついた（水無瀬は数馬を見るなり頭を一発はたいた）。

彰がメシ当番の日のハンバーグは必ず焼死体にされると判明、数馬は掃除が妙に上手い（剣道場でやってるらしい）。

拓人と彰の自転車は奇跡的に見つかって戻ってきた（九条が遺失物として警察に届けていた）。二台ともひしゃげていたが、拓人と彰は修理屋のおっちゃんを拝み倒して直してもらった。小学校時代を過ごした緑と黒の自転車を拓人と彰は気に入っていたのだった。

「お前らもう世界は七月で滅亡するから、なんて言い訳通じねーぞ！　夏休みの宿題なんも手ぇつけてねぇだと？　答え写させろだ？　ざけんな。この俺が見てやるから、やれ！」

彰は毎日数時間、二人を滅亡から救うべくスーパーサイヤ人になった。

六年間勉強をうっちゃらかしてきた数馬は自他共に認める学年一のアホキングだった。拓人も算数以外はアホ侍《ざむらい》だった。しかし彰が教えるとなぜか頭に入ってくる。どんだけ間違えても怒らないのは、拓人が神社で彰と会った小二のころから変わらない。「間違えると、どこかってねぇかわかるし、正解した問題よりちゃんと覚えるから、いいんだよ。拓人、何ニヤついてんだ」「別に」ラジオ体操の後の涼しい朝や、サヤが縁側で桶にスイカを冷やす昼下がり、あるいは星が光る晩、屋根をからからと鳴らして歩くノラネコの足音を聞きながら。いつも麦茶が四人ぶん用意され（サヤが休憩にくると数馬は真面目になる）、スイカや葡萄《ぶどう》、手作りの熱いみたらし団子などをサヤが差し入れしてくれる。始終くだらない口喧嘩が勃発《ぼっぱつ》し、噂の怪談耳袋、来月の少年ガンガン予想、ゲーム攻略法、○×オセロ頂上決戦、紙相撲《かみずもう》のゴングが突然鳴ったりして不真面目極まりないのに、不思議に宿題ははかどる。

水無瀬のおばさんが羽矢家の障子を張り替える、と乗りこんできて、自分は麦茶を飲むのみで三人に障子を張り替えさせ、「お礼に」「うちの草むしりを手伝いなさい」と言うのを、三人の少年は「なんか頓珍漢《とんちんかん》な理屈だ」と思いはすれ、逆らわなかった。伸び放題の雑草と炎天下の格闘の後、ナスとキュウリと茗荷をいっぱいもらった。

サヤのバイオリンはいつも鳴っている。鳴らしていなくても風にとけて旋律が聞こえる気がするくらい、いつでも。

音色の中で、彰は文庫本や問題集をひらき、拓人と数馬は昼寝やらネットやら素振りやら、気ままにやる。たまに「絶対受けたい講義がある」と彰は電車に飛び乗り、数馬は剣道の稽古《けいこ》に出かけていく。

彰が布団を外に干しながら、「七月より時間の進みが遅い。もっと遅くてもいいな」と呟いた。拓人も同じ。時はゆっくりすぎるのに、夕日が落ちる頃にはいつも茜色の切れ端をつかんで引き止めたくなる。去年はそんなこと全然思わなかったのに。

風のない午後、すだいていた蟬が不意に鳴きやむ時、拓人も彰も数馬も、八月が掌からこぼれて流れ去るのではなく、自分の中にそそがれているのに気がつく。

毎日がトロトロととけてゆく。ゆっくり回転する万華鏡《カレイドスコープ》のような、夏休み。

拓人と彰と数馬と、サヤ。

彰と数馬の家のひとが、このヘンテコな生活を見逃してる理由を拓人は知らない。

着替えや、他の必要なものをとりに二人とも一回家に帰ったが、どっちも頑として何があったか言わない。数馬はクロムハーツと、口もとに痣をつけて戻ってきた。彰は家に携帯を置いてきたと言ったのみ。彰のおばさんからは一度電話があった。出たのは数馬で、おばさんは

（悪名高い）数馬と知るや電話を切ったらしい。それきり電話は鳴らず、おばさんが羽矢家をたずねてくることもなかった。かわりに、帽子をかぶった折口先生が呼び鈴を鳴らした。

折口先生は数馬が出した麦茶と、彰が切ったスイカと、日に焼けた三人の顔を順々に見た。三人の夏休みのワーク帳も。穏やかな眼差しをニコッとさせる様は、風鈴が凛《りん》と鳴るのと似ていた。折口先生は拓人たちの身体の具合をたずね、他は何も訊かなかった。スイカをみんなで食べながら、先生はいろんな話をしてくれた。授業とは全然違う語り方で。大学で文学と歴史を学んでいたといい、いつのまにか三人とも聞き入った。先生の人生そのものを聞いているようでもあった。木のように何十年も生きて、先生もその一部となった大地と風の物語を。また元気で会いましょうという別れの言葉は七月の終業式と同じで、拓人の気に入った。ふとそれは先生の願いなのだと気がついた。世界が終わっても、終わらなくても変わることのない先生の願い。「はい」と答えた。三人とも。

帰りは、彰が先生を自転車に乗せて、町まで送っていった。折口先生と何の話をしたのか、帰宅した時の彰はさっぱりした顔をしていた。

神楽の「奉仕」もあった。むろん拓人と彰はこの苦行を二人のみで分かち合う気はさらさらなく、断固として数馬をひきずっていった。橘宮司は数馬のピアスも茶髪もクロムハーツもいっかな気にせず、喜んで迎え入れた。

拓人か彰の自転車の荷台に数馬が乗り、吹きなびいてゆく麦の海の中を、風にのる二艘《にそう》の帆掛け船みたいに駆け、大きな鳩鳥神社への九十九折《つづらお》りをのぼっていく。

社殿を清め（百メートルはありそうな回廊の雑巾がけだけで死ぬ思い）、古いお札をかえ、白幣《しろぬさ》や盛り塩をつくり、五色の紐を結んだ五十鈴《いすず》を飾り、神具をばらして一つ一つ布でぬぐってお磨きする。何をしていても、水の青と木々の緑の光のさざ波が打ち寄せる。青と緑の影に浸る社殿は幽明の境のようだった。回廊で海鳴りに似た山の鼓動に包まれていてさえ、一切が静謐《せいひつ》。どこからか流れくる鷹一郎たちの神楽笛の音色や、鈴音、舞台づくりをする大工たちのコーンという遠い槌音も、山の彼方に吸いこまれて、二度と戻ってこないのだった。

薄暗い森の中で松明《たいまつ》にする木を拾っていると、不意に落ちてきた日の一条《ひとすじ》を浴びる。頭から爪先まで光に洗われるようだった。数馬が絶えずまとっていた暗い影はいつしか消えていた。それも日がとかしたのかもしれない。

休憩のお茶請けは塩むすび、野菜の漬物、井戸水。水は信じられないくらいこっくりとうまい。自分の中の澱《おり》が隅々まで雪《すす》がれ、死んでいた細胞や感覚が一つ一つ息を吹き返していく気がした。飲むたび、拓人はこの青い水を知っていると思う。なぜかはわからずに、ただそう感じるのだった。同時にその水ですら決して洗い流せない凝《こご》りが胸の奥にあることを。

何気ない八月の一瞬一瞬に、蟬時雨の声に、コーンと響く谺に、拓人の胸がざわめく。夏の匂いを吸いこむと、もどかしさがかきたてられる。

八月六日と九日。ぽっかり晴れた。神楽の準備もその両日は休み。

六日と同じようにサヤが縁側に座ったので、拓人たちも思い思いに腰掛けた。町の防災無線がサイレンを長く鳴らした。後ろでつけたテレビが、長崎の原爆投下の時間だと言った。

雲が流れていく。蟬の声がふっつりやみ、テレビから声が消えた。風鈴と葉鳴りだけが聞こえる。拓人の隣でサヤが流れる髪をおさえる。「戦時中は何もなくて、夏は木槿《むくげ》の花を石鹼《せっけん》がわりにしましたね……」と折口先生の声を風が届けた。

彰は葉擦れに耳を傾けた。葉音は身体の中で消えずに鳴りつづける気がした。この夏が終わっても、大人になってもずっと。そうであるといいと願った。それから、空の青さもサイレンの音も拒んで白い箱の中にいる、青白い顔の同級生のことを考えた。

数馬は脈絡もなく言った。

「九条玲司って、小夜子さんの何？　小学校の同級生ってきいたけど。たまたまあいつこの町に山登りにきて、たまたま小夜子さんと会ったわけ？　十年ぶりに？」

麦茶を飲んでいたサヤがむせた。

「小夜子さん、あいつに会いに神社の宿泊所にきたろ。国道一人で歩いて。日傘くらい差してきなよ。倒れるから」

サヤはみるみる耳まで赤くなった。

会いに行ったのか。一人で。拓人は軽くショックを受けた。いや……別に、いいけど。

「小学校の元カレ？　それとも今も？　ああいうのがいいの？」

拓人は助け船を求めるサヤの目配せに知らんぷりをした。彰も右に同じ。

サヤはオロオロし、「違います」といってその場から逃げだした。

ミーンミンミンとノンキな蟬の声が、拓人と彰と数馬の沈黙を埋めてくれた。

彰がニヤニヤした。

「で、拓人、お前は水無瀬とどーなの？　昨日のラジオ体操の帰り、水無瀬に『十五日の本祭りは行くの？』って訊かれてたろ？」

「行くってか居ると思うわって答えた。去年も俺とお前、本祭りにゃ社殿で死んでたじゃん」

彰と数馬が馬鹿を見る目つきをした。「アホだろ？」「俺よりアホだな……」


日めくりカレンダーが一枚一枚落ちてゆく。

十三日からお盆。暑さの残る夕方、どこからか線香の香が漂う。戸口に吊された家紋入りの提灯に火が入る。拓人の好きな風景だ。拓人は田んぼ道で自転車を停めて、夏の夕闇に灯っていく火を帽子の下から眺めた。今日は彰と数馬は一足先に帰ってる。

日がゆっくり暮れていく。稜線に星が光る。田んぼ道の向こうからサヤが歩いてくる。懐中電灯ももたず、一人で。拓人を迎えに。サヤが拓人を見つけて小走りになり、そばまでくるのを、拓人はずっと見守っていた。「お帰りなさい」拓人は頷いた。拓人の眼差しに、サヤはつづきの言葉を忘れた。夕闇遠く提灯が灯っていく。赤々と燃える少年の心の火に似て。薄闇の中で拓人はむせかえるような夏の匂いをかぎ、サヤは「乗る？」という拓人の、一途で、少し大人びた、初めて聞く声を聞いた。今度はサヤが黙って頷いた。

拓人はサヤを自転車の後ろに乗せて、田んぼ道をゆっくりこいで帰った。

大きな鵜鳥神社へ通う合間に母の見舞いにも行っていたものの、病院の用事は全部サヤがしてくれた。拓人はそれが後ろめたかったが、母も、サヤも、鷹一郎も、気にすることはないと口をそろえる。夏休みなんだから。「まだ子供なんだから」という意味がそこには確かにあって、それが拓人を苛立たせた。

（そうなんだけどさ）

八月十四日。彰と数馬は帰るやいなや布団に倒れこんだ。こうなると予測していた拓人は、朝、家を出しなにサヤへ「布団敷いておいて」と頼んどいたのだったが。

帰宅からして夜の十一時（橘宮司が車で送ってくれた）。今年は帰宅できただけましで、去年は彰ともども社殿で寝た。十五日夜の本祭りを明日に控え、朝からひっきりなしにあっちこっちの雑用に駆りだされて容赦なくこき使われた。「ありがとう、お陰で助かりましたよ」と橘宮司が笑顔でねぎらってくれた時には、返事をする力すらなかった。三人とも。

拓人もくたくただったが、腹のほうが減りすぎていた。風呂を浴びたら、少し元気が回復した。ちゃぶ台に二人ぶんの夕食ができていて、サヤが待っていた。

二人だけでご飯を食べるのは久しぶりだからか、落ち着かない。昨日、田んぼ道でサヤを後ろに乗せて帰ったことが蘇ってきて、余計に。

夕飯はナスと挽肉《ひきにく》の麻婆《マーボー》豆腐、塩キャベツ一鉢。揚げたてのゼンマイの天ぷら。ナスとキュウリと大根の漬物に、茗荷の甘酢漬け。それに生姜ご飯と、麦茶。うまい。

途中でサーッと雨が降りはじめたのでサヤは箸を置き、縁側の窓を閉めに行った。拓人は横着して箸をもったまま茶の間の戸を立て、クーラーをつけた。

「明日のお祭り、大丈夫かしら」

「晴れるって、宮司さんが断言してた。なんでか毎年、ホントに晴れるんだよ」

雨にこもって、二人の箸の立てる小さな音も逃げられなくなる。サヤの声や、気配が、拓人の剝きだしの腕の上を撫でていく。変にぎくしゃくした。テレビをつけようかと思ったけれど、拓人の手はリモコンにのびなかった。クーラーをつけたのに少し暑い。

「今日、すず花さんからこれを預かりましたよ。拓人さんにって。はい」

名刺サイズのカードで、海辺にカニと貝殻の絵がプリントされ、『羽矢〜。明日のお祭り、一緒に見にいかない？　すず花』と書いてある。

拓人は頰杖をついて、渡されたカードをじっと見た。

「行かない」

「どうして？」

「明日は病院に行くわ。ここずっと、サヤに母さんのこと任せきりだったから」

「十六日からの二泊三日の林間学校は？」

「それは最初から行かないっていってるじゃん」

「名簿に入ってますよ。花蓮さんが折口先生にお願いしたから」

「なにい？」

「彰さんも、林間学校に行くって」

外では雨が静かに降りしきる。部屋の隅には、彰が暇さえあれば解いてる問題集が重なってる。隣の県の名門国立中の入試問題。全寮制だ。

家から出て行くため、自由になるために彰はずっと勉強してきた。なのに夏期講習に行かずに今ここにいて、神楽の準備なんかやってるのはなんのためかくらい、拓人にもわかっている。

終末の予言は外れても、小学校の卒業がのびることはない。

来年、自分たちは校舎からいなくなる。

「……じゃあ、行く」

ごめん、と謝ると、サヤは首を振って、微笑んだ。

「すず花さんにも、行くって連絡してくださいね」

拓人はカードを眺めた。「わかった」

「サヤ」茗荷の甘酢漬けを食べた。甘く酸っぱく舌にからんだ。まるでサヤみたいな味だ。

「来年、扇谷にこないっていったのは、なんで？」

雨の音だけが返事をする。拓人はもう一つ食べた。さっきより酸っぱかった。

「今まで、母さんも鷹一郎も、サヤの話を俺にしたことは一度もなかったんだ」

答えはない。

写真のない一九九三年。

どうしてサヤは、俺に思いださなくていいというのか。どうして自分のことを一つも打ち明けないのか。どうして九条玲司が俺に会いにこの町にきたのか。

――弓月小夜子のことを、本当に何も思いだせないか。

青ざめたサヤの顔を見て、もう一度謝った。

「ごめん」

夏の冷たい雨音が激しく夜の地面を叩いていた。

夏祭り

八月十五日。ラジオの予報は外れて、朝から快晴。

彰と数馬は昼近くまで爆睡し、祭りを告げる大砲で布団からむくむく起きた。

「……まだ眠ぃ……脳みそが耳からとけだしてる……何しても筋肉痛なんだけど……」

「――風呂！　入り忘れた。汗で塩の結晶できてねー⁉」

数馬は風呂を浴びに行き、彰は布団から起きはしたものの疲労と眠気ゆえか「俺こそ筋肉マン……」と謎の呟きをして、麻のシーツをリングに倒れていった。劇的なポーズで。

拓人は顔をこすって布団の上にあぐらをかいた。寝つかれず、ずっと雨音を聞いていた。夜半から雷雨になったが、いつ晴れたのかは覚えていない。

大の字で舟をこいでる彰に目をやる。彰の腹の上に、身体を投げ出した。

「彰、俺も林間学校行くわ」

彰は目を開けて、少しして、「はは」と笑った。


正午。終戦記念日のサイレンが鳴り響いた。

ちゃぶ台で遅い朝ご飯をかっこんでいた三人は、手を止めた。

長い長いサイレンだった。

縁側に、社会科の教科書でしか見ないもんぺ姿の女の人が、防空頭巾をかむった小さな女の子と手を繋いで、群青の空を仰いでいた。お魚が跳ねてそうね、と女の子が言った。扇谷の山には雲の影が流れていた。それが今の風景なのか、五十四年前の山なのか。もんぺ姿の母子は、聞こえるはずのない一九九九年の終戦サイレンを聞いているように思えた。ありもしないラジオの、ノイズ混じりの音を確かに三人は聞いた。『……たえがたきを……たえ……』

サイレンがやむ。手を繋ぐ幻の母子も、切れ切れの玉音放送も、ふっとかき消える。

家の記憶かもしれなかった。五十四年前ここにいた、別の誰かの。

一九九九年八月の空も魚が跳ねてそうな群青色で、山には雲の影がゆっくり流れていた。

昼下がりには祭り囃子が聞こえてきた。昼は地区ごとに山車《だし》や御輿《みこし》がひきだされ、小学生が太鼓や錫杖を鳴らして練り歩く。子供会ごとに音頭も拍子も違い、法被《はっぴ》と提灯印を見るより先に、聞こえてくる太鼓の拍子でどこの地区かわかる。それぞれの地区の六年が率いるのが習わしだが、拓人も彰も数馬も呼ばれてすらいない。今まで一度も。理由は察してくれ。

「サヤ」

サヤは茶の間で洗濯物をたたんでいた。拓人は長方形の紙包みを置いた。母親から電話で聞いた通り、和箪笥《わだんす》にしまわれていた。紙包みを見たサヤの表情から、中がなんであるかは知っているようだった。ちゃぶ台に簪《かんざし》の小箱と巾着の箱も置く。

「靴箱に赤い鼻緒の下駄もあるって。これ着てサヤもお祭り見に行ってきたら。夕方、九条君があんたを迎えにくるから」

「え?」

壁際に座って片膝を机がわりにノートPCを見ていた数馬が、ちらっとこっちに目をくれた。拓人はどう言っていいかわからず、素っ気ない言い方になった。

「ずっと小学生の子守させてて、悪いと思ってるし」数馬にも念押しした。「お前も俺らと一緒に家出ろよ、数馬」

「わかったよ。……あ」

拓人が振り返る前に、後ろから頭を殴られた。サヤに。折りたたみ式洗濯物ハンガーで。

「いってぇ!」

それからサヤは無言で隣の座敷に閉じこもった。襖《ふすま》も障子もぴしゃりと閉めきって。洗濯物をほったらかして。クーラーをつける音がしたから、それはホッとしたけども。

ちょうど入ってきた彰に「……何やったの?」と訊かれても、拓人にもなんで殴られたのかさっぱりわからない。なんで数馬が呆れ顔なのかもわからない。

拓人たちが外出する時間になっても、サヤは部屋から出てこなかった。

ひぐらし

襖《ふすま》越しに「サヤ、行くから」と拓人の声がした。

玄関の鍵がかかる音も聞こえた。しばらくしてから小夜子は襖をあけた。

小夜子がうっちゃらかした洗濯物はすっかり片付き、ちゃぶ台には「合い鍵。もっていって」という拓人のメモと家の鍵があった。虫除けスプレーも。折りたたみ式洗濯物ハンガーはしまい忘れたようで、隅に残っていた。

三人の男の子がいなくなった家はがらんとして、ちくたく刻む柱時計の音がやけに寂しく落ちるようで、座布団に座った小夜子も寂しくなった。少しして、小夜子はちゃぶ台の下の長方形の紙包みをあけた。紺の朝顔柄の浴衣……。さらさら膝に広げれば、サヤ、今年は一緒におまつり行ける？　と訊いた男の子が思いだされて、胸が詰まった。

ちくたく針は進む。

小夜子は物思いから我に返った。急いで座敷に行き、支度をする。浴衣に袖を通し、小さな手鏡でお化粧する。粉を薄く顔にのせ、胸もとと首筋にもはたく。鏡の中で、小夜子の指先が左耳の下の痣をなぞった。それから痣は粉に隠れた。頰紅をほんのりのせ、唇に紅《べに》を小指でさす（小夜子のお化粧道具はこれだけだ）。髪をピンと簪で結い、後れ毛を撫でつける（綺麗に見えるまで何度もやり直してしまった)。玄関に赤い鼻緒の下駄もだした。茶の間に戻って座布団に座り、巾着にハンカチとちり紙、いくらかのお金と、合い鍵を入れる。柱時計は四時半。サヤはそれまで見ぬふりをしていた折りたたみ式洗濯物ハンガーに顔を向けた。浴衣の膝にハンガーを置いて、撫でて、撫でた。それで拓人の痛みが減るわけではないのだけども。そのうちまた腹が立ってきて、撫でるのをやめ、ぺしっと叩いた。理不尽にも。

縁側でカナカナとひぐらしが鳴く。今日も暑く、夕方五時になっても暑気が去らない。扇風機をつけても汗が玉を結ぶ。何度か化粧をし直した。祭り囃子が微かに届く。誰もくる様子はない……。小夜子は下駄をつっかけ、門まで出て首を巡らしてみた。

夕焼け色の畦道を、九条玲司が歩いてくる。家に引き返しかけたら、「弓月」と後ろから呼び止められた。

「思いっきり目が合ってたろ」

「…………はい」

小夜子が下駄を返した時には、玲司は目の前にいた。視界に黒のスポーツシューズと濃いめのジーンズが映る。そろりと視線を上げる。鈍色のチェーンと、麻のシャツからのぞく右手は尻ポケットの方へ消えている。襟足に無造作に髪が落ちているところまで見て、それ以上は顔を上げられなくなった。指をのばせばシャツをかすめそうなほど近い。

「少し……あがっていきませんか」声がうわずった。「麦茶を入れますから」

「これ飲もう。出店で売ってたから、二本買ってきた。ラムネ。くるまでにだいぶぬるくなった。悪い。あそこの縁側で、いいか」

夏はラムネだな、と彼が言った遠い昔が蘇る。

——……弓月、ラムネ飲んだことないの？

——飲むって？ ラムネって、駄菓子屋で売ってる白いつぶつぶのお菓子じゃないの？

玲司は勉強も体育も一番だった。図書室の本棚にもたれていつも本を読んでいた。話しかければ普通に返事をするが、口数は多くなく、クラスメイトとすすんで打ち解けることもない。彼が合気道を習っていることを知るクラスメイトは小夜子以外いなかったはずだ。教室で一人でいることが多いのは小夜子と同じだったけれど、その理由は正反対だった。

小夜子も彼と話せたのは数えるほど。思いだせば今も胸が詰まる。でも彼が、十一年も昔に小夜子にしたラムネの話を覚えているはずがない……。

「弓月」玲司が縁側へ歩きながら、言った。「ラムネ、まだ飲んだことないとかいう？」

蒸し暑い、もうどことも覚えてないあの町の、夏の夕暮れを、少しの悲しみを、小夜子は吸いこんだように思った。電線だらけの茜空、いっせいに風になびいていく川原の草と、川向こうをガタゴト走ってゆく電車、煙突だらけの工場……。前をゆく、夕日に染まったシャツが、小六の玲司の背に重なった。

「ないんです、まだ」

夕日の中で玲司は振り返った。笑いも、茶化しもしなかった。十一年前であってもきっとそうしたような真剣さで「じゃ、あけてやる」玲司が小夜子にそう言ってくれた。

縁側に座って、玲司はラムネをあけてくれた。それだけなのに小夜子は嬉しかった。瓶を受けとり、口をつけた。汗ばむ身体にすうっと甘くとけていく。

「おいしい」

「だろ。でも冷えてたほうがもっとうまいよ」

カナカナ……と遠くで響く。夕日がゆっくり落ちていく。また夏の一日が終わる……。

「……九条君、どうしてこの町にきたの？」

玲司はラムネを飲むのをやめ、小夜子に顔を向けた。まっすぐな眼差しだった。

「最後に会ったとき、お前がこの町の『願いの叶う不思議な沼』の話をしてたから」

夕日が二人の影をのばす。小夜子はどんな表情《かお》をしていたのか、玲司の指が近寄り、小夜子にふれる前に下に落ちた。カナカナカナカナ……。

この町に玲司がきていると知らず、知っても、会い難かった。

赤目が淵のほとりにいた玲司が、驚いたように小夜子を振り返ったのを覚えている。「九条君」と言った自分の泣き声も。「助けて」玲司はそうしてくれた。何も訊かずに。

拓人を助けてくれたお礼を言いに、勇気をかき集めて一人で宿泊所を訪ねた。

ジーワジーワと蟬の声ばかりが落ちる旧道を、日傘も麦わら帽子も忘れ（忘れたことすら自覚がなかった）、バイオリンだけ抱いて歩いた。宿泊所まできてもサンダルばかり見ていたが、思いきって仰向けば、二階の窓辺で本を読んでいた玲司もふっと小夜子の方を見た。玲司はすぐに出てきてくれた。冷たいポカリの缶ジュースを手に。小夜子がポカリのプルタブをひくとき、冷えピタをおでこにはっつけられた。

小夜子はお礼にと呟いて、バイオリンを奏でた。

木陰といっても外で暑かったのに、玲司はずっと聴いていてくれた。

『……小六のとき、廃工場で鳴ってたバイオリン、やっぱり弓月が弾いてたんだな』

――弓月、ここにいるのか？　バイオリン、お前が弾いてるんだろう？

玲司は当時と変わらずまっすぐに小夜子を見ていた。まるで十一歳に戻った気がした。あるいは、最後に玲司と会った十六歳の夏に。

「弓月は」声があのころに重なる。昔より低い、大人の男性のものになってはいたけれど。

「学校にいたころより、ここのほうが、ずっと幸せそうだな」

小夜子の胸に鈍い痛みが走る。痛みと幸福がないまぜの疼痛《とうつう》だった。小学校のころの自分が玲司にどう映っていたか、小夜子にはわかっていた。

夜逃げして、町からも小学校からも消えたことを、玲司は一つも口にしない。

声がかすれた。「はい」それから、うなだれた。

「九条君、お願い。あと少しだけこのままでいさせてください。拓人さんには何も言わないで」

「……訊きたいことがないとは言わないが、今日は神社で縁日があるっていうから、誘いにきただけだ」玲司は呟いて、ラムネを飲み干した。

「そんな顔をさせたかったわけじゃない。……帰るよ」

小夜子は顔を上げ、立ち上がった玲司へ手をのばして、袖をひっぱった。

玲司は小夜子を見下ろした。玲司の視線が夕日みたいにあつい。

小夜子が小学六年生だったとき。

ずっと好きだったひとがいた。

すず花のようにカードを書く勇気も、話しかける自信もなかった。いつもみすぼらしい服を着て、教室の誰からも好かれず、やがてなかなか学校に行けなくなり、勉強にもついていけなくなった小夜子を、なんでもできるそのひとがどう思っているのかもわからなくて。

良いことのない学校にそれでも通った。……そのひとがいたから。

そのひととお祭りに行きたい気持ちも、綺麗な浴衣を着てみたい気持ちも、うまく話せなくても一度でいい、そのひとと並んで話したい気持ちも、ぜんぶ胸の奥にしまいこんだ。

来年、小夜子がバスに乗ってここへくることはない。

(一度だけ)

彼が貸してくれたあの本の書生のように、夢でもいいから。一度だけ……。

耳たぶまで染まっているのは夕日のせいだと、思ってくれたらいい。

「……私、も、九条君と一緒に……お祭りに行きたいです」

「うん」玲司の返事は簡潔で、真実だけでできていた。「俺も」

大人になった彼の手が、後れ毛に、白い首筋にそっとふれ、小夜子は仰向いた。薄闇が迫り、遠くの祭りの火が赤々と灯る。拓人の眼差しはあの火のようで、玲司のそれは水のようだと思った。

「弓月、俺がこの町にいるのは、八月二十八日までだ」

日没になった。カナカナ蜩の声がやんだ。

「俺がここにきたのは、六年前にお前が消えた理由を、知りたかったからだよ」

——弓月、ここにいるのかと、小夜子をさがす彼の、遠い声がした。

祭りの夜

大きな鵼鳥神社の参道口にある地蔵の祠が、水無瀬との待ち合わせ場所だった。

神社へ続く九十九折りの参道には祭り提灯が幽遠《ゆうえん》に連なり、赤々と夕闇を照らしていた。屋台のテキ屋が流す祭り囃子のテープや有線のヒットチャートを聞きながら、拓人はたくみに混雑をすり抜けていった。地蔵の祠あたりに目をこらすと、水無瀬……っぽい女の子がいた気がする。薄紫の浴衣姿のあれが水無瀬なら。

人混みから「羽矢君じゃん！」と呼び止められた。

同じ組の桐生綾香《きりゆうあやか》だった。取り巻きの女子メンバー五人が勢揃い。それぞれヘソだしキャミソール、ホットパンツ、フリルドレスと気合いが入り、髪型も念入り。イヤリングに腕輪に指輪にタトゥーシール、メイクにネイルに足の爪にもなんか塗ってる。厚底サンダルは十センチはありそうだ。竹馬か。手のクレープとリンゴ飴と水風船だけが小学生だ。あと、照れ笑いも。

「中学生との話聞いたよ～。病院送りになったって？　あ、傷バン。はがれそう。新しいのあげる、ハイ。知ってる？　倉田と西は二学期前に転校、蜂谷の親はリコンするかもってよ。ねえね、お祭り一緒に見て回ろ？　小学校最後だしさ。向こうに木原たちもいたから合流できるよ」

「だめ」

「なんで？」

「一緒に回るやつがいるから。じゃーな。傷バンはもらっとく」

近くにいた背の高い高校生グループを盾にして、拓人は姿をくらました。

薄紫の浴衣は水無瀬だった。普段のポニーテールでなく、編みこみの入ったまとめ髪に小さな向日葵のピンを飾ってる。葉っぱつきのやつ。手もとには赤い巾着。ラジオ体操で会っていたのに、拓人は久しぶりに水無瀬と会う気がした。拓人の方は帽子、ハーフ丈のズボン、黒のタンクトップの上にノースリーブのパーカーをひっかけた恰好だ。靴はいつものやつ。

拓人は水無瀬の前まで行き、G－SHOCKを見た。

「五時半。ぴったりだろ」

水無瀬はなんでかすごく心細そうである。

「羽矢、一人なわけ？」

「そうだけど」

「……葉越も一緒かなって、思ってた。渡会——はきたら殴ったと思うけど。あっ、葉越がいたほうがいいって意味じゃないから——いやひどいかそれも。ご、ごめん……。今日、暑いね」

急に拓人まで暑くなった。水無瀬の緊張が静電気みたいに伝染して、うなじをおさえたら、うぶ毛がふわっと逆立った。『パチパチわたあめ』みたいな音がして、身体が微かにしびれるようで、足もとがふわふわした。息を吸いこんだら、甘い味がした。

「神楽、見に行こうぜ。はぐれたら、この地蔵のとこで待ち合わせな」

「うん」

拓人が面食らうほど、いつもとは全然違う可愛い笑顔だった。

ごった返す人混みを縫いながら歩きだす。夜店の並ぶ九十九折りの参道坂を上へ向かう。

「実はさ、昨夜見たんだ神楽。宮司さんが前夜祭を見ていきなさいって」

夕方には祭り支度はすべて完了した。いつのまにか橘宮司が真っ白な浄衣《じょうえ》に着替えて、奥の殿で精根尽き果ててへたばっていた三人のそばにいた。愉快そうな微笑みで。前夜祭？　三人はろくすっぽものを考えられなかった。拓人が立てそうにないです、と正直に具申《ぐしん》したら、宮司はそこで休みながら前夜祭を見ていきなさい、寝てしまっても構わないからといったのだ。

去年彰と放心しながら見たのは、神楽殿での本祭り。

前夜祭はそれとは違うものだった。夕闇が迫るにつれ、神社を包みこむ不思議な木々の緑と水の青は昼よりも濃密に、昼よりも透きとおっていった。三人はぼんやり壁にもたれて座っていた。床に投げだした手や足に、あの青い水が寄せては返してゆく。いつしか御神楽の音《ね》が流れていた。鷹一郎は横笛《おうてき》でなく神楽笛を吹いていた。高く低く、神をも呼ぶ音色を。

庭燎《にわび》歌とともに、夜の奥庭に篝火が一つ一つ焚かれてゆく。誰かが灯しているはずなのに、ひとりでについていくよう。篝火に揺らめく殿の内は、笏拍子が鳴るごとに邪気が祓《はら》われていき、ますます透明に、清らかに澄んでいく。三人は嵩《かさ》を増した緑と青の水にとぷんと沈んだ。水が梁《はり》まで満ちていくのが見えると思った。どこまでも凍てついた白の世界だという万年雪のつもる扇谷の空気の色は、こんな風なのかもしれない。

いつのまにか舞人が奉仕していた。

神おろしに入る。神楽歌に合わせて舞人たちが踊る。それぞれ手にした榊や幣《みてぐら》、杖、篠《ささ》や弓に火明かりがてらりと流れる。影が踊る。火が踊る。音があるのに、何も聞こえない影の舞だった。殿の向こうで彼方の星々が冴え凍っていく。三人の少年は深山の神々が星の火に気がつき、神楽歌にひかれて、地上の舞を眺め下ろしてる気がした。

神を呼び寄せる舞人たちの舞はいよいよ高みに達していき、調べはいっそう艶《なま》めかしく、神の手をひそかにとらえて地上に抱き寄せようと誘いかける。

三人に鳥肌が立っていく。

透明な緑と青にひたった社殿に、暗い夜に、篝火が揺れる。影が踊る。

永遠につづくような神楽。

……そこで、拓人は眠ってしまったらしかった。次に目を覚ましたのは橘宮司の車の中。

午後五時から始まって十時に終わったから、五時間ぶっ通しだったということだ。一時間半の本祭りよりずっと長い。本祭りの予行演習みたいなものかと想像していたけど、全然違った。

（鷹一郎からやってるって聞いたことないけど……。あの前夜祭って、毎年やってたんかな）

「前夜祭？　羽矢、見せてもらえたの？　あれ、秘祭だって曾ばあちゃんがいってたよ。うちのおじいちゃんいたでしょ？　おじいちゃんも七十過ぎてやっと昇殿を許されたって」

「へっ？　村井のじーちゃんいたの？　全っ然気づかんかった……。ステッキと草履と羽織袴でタンゴ踊りまくるジェームズ・ボンドじーさんはいなかった」

ハイカラでバンカラな村井のじーさんは下駄でもチャチャチャを踊りこなす。孫娘はむりそうだ。水無瀬のおぼつかない足取りに合わせて、拓人は歩調をゆるめた。

「……んん？　水無瀬、縮んだんじゃねえ？」

「どころか下駄履いてるよ。羽矢がのびたんじゃないの？　節々痛かったりしない？」

「……筋肉痛だと思ってたわ。オカンが一七五はいくっつーたな。ホントかなあ」

「あのさ、羽矢はさ、高校どこ行くの？　あっ、あの雑貨屋の手作りアクセ、可愛い」

昔から水無瀬はポップコーンみたいにあれこれ話題が飛んで、戻ってこない。

「いきなり高校かよ」

「だって、中学は、扇中じゃないの？　違うの？」

「だよ。そいやお前、彰と同じ塾行ってるけど、中学受験すんの？」

「んー……。あっ羽矢、これ、おば様に。ちゃんと祈禱《きとう》してもらったんだよ」

水無瀬は巾着から赤いお守りをだした。「快癒」とある。単なる骨折で、祈禱。水無瀬は真剣だ。「こっちの緑は羽矢のぶん。もう死にかけないでよ」うつむく。「……でも傷バンの方が……役に立つかも」「このお守りで不良に拉致られるのを回避できたら傷バンいらないだろ」

拓人は赤と緑のお守りを受けとって、にやっとした。「どーも」

水無瀬は何か言いかけるように口を微かにひらき、つぐんで、こっくり頷いた。

「お返しに、何か買ってやる。五百円以内な。お好み焼きとかき氷セットはどーだ」

「そんなの食べたらおしまいじゃん！」

「じゃあなんだよ」

水無瀬は参道を引き返し、手作りアクセサリー屋で悩みまくったあげく、四八〇円のブレスレットを選んだ。二巻きの細い茶色の革紐に、色石と銀の星形チャームを通してある。チャームの裏に、水無瀬は今日の日付を入れてもらった。１９９９．８．１５．

拓人が払ったら、店主に冷やかされた。

なだらかな坂の参道は途中から石段にかわる。夜店でお好み焼きとジュースを買い、石段の隅に二人で座って食べた。ふとした拍子に膝や袖がふれあうような時、ぎこちない沈黙が落ちて、ふわっとあのパチパチわたあめの感電がまといつく。

はぐれないようにお互いをさがして石段をのぼるのも、カラ、コロという水無瀬の下駄の音も、知らない近さで見る水無瀬も、いつもと違って、時々拓人は鼓動をのみこんで、普通のふりをする。一緒にいるのは拓人とずっと過ごした幼馴染みで、でも違う女の子だった。それを初めて強く意識した。

（祭りの今日だけ、ってわかってるからかな）

夜に浮かぶ提灯と夜店の火。今日だけ屋台で売られるお面、リンゴ飴、ピーヒョロのびる紙笛。スーパーボールすくい。浴衣と向日葵のピンの女の子。今日だけの夢のようなもの。明日には全部、幻のように消えてなくなる。

麓までつづく祭りの火も、お囃子も、人の熱気も、そわついた気持ちも、全部神様がもっていくから、明日には一切が夢になるのかもしれない。

てっぺんの境内も提灯の火で煌々《こうこう》ときらめいていた。

神楽の奉納はもうまもなく。観覧席は人でごった返し、なんとか舞台が見えそうな場所に身をねじこむ。水無瀬がつぶされないよう足を踏んばってこらえた。熱気で暑い。拓人は帽子をとって、夜風に一息ついた。脇の水無瀬の頬も上気していた。篝火は一つ残らずついていた。

遠くて鷹一郎の姿は見えなかったけれど、月をも射抜くその音は聞き間違えようがない。

神あそびの御神楽、催馬楽《さいばらぶり》曲が始まった。

(サヤも、どこかにいるのかな)

神楽が終わると、小学生は帰る時間ですと間抜けなアナウンスが入った。アナウンスにおとなしく従う小学生がどれだけいるかはあやしいところ(特に小六の連中)。九時だった。

「帰るか?」

「そだね」水無瀬が髪をおさえてぽつんと答える。拓人はどうやって帰るのか訊きかけて、やめた。「じゃ、一緒に帰るか」

水無瀬が向日葵みたいに微笑んで「……久しぶりだね」と言ったので、拓人もそうだったと思った。何年ぶりかわからないくらい、久しぶりのことだった。

「昨日ここにチャリ置いていったんだ。とってくるから待ってろ」

二人の家は市中から遠ざかる方なので、麓におりて少し裏道を行くだけで人がいなくなった。電信柱の電灯がぽつりぽつりと青白い光を落とす他は、拓人の自転車のライトと、追ってくる月が夜道の明かり。

拓人は自転車に乗らず、押して歩いた。夜道にカランコロンと水無瀬の下駄が鳴る。

橋のぼんやりした電灯が見え、月ヶ瀬川の瀬音が聞こえはじめた。

橋を渡り終えたころ、下駄の音がゆっくり止まった。

「羽矢」

水無瀬は拓人の初めて見る女の子の顔で、囁いた。

「今日、きてくれて、嬉しかった。羽矢のことだから、本気で全然わかってないかもって思ってたけど、一人できてくれたから」

「…………」

「あたしがさ、『たっくん』じゃなくて『羽矢』って呼びはじめたの、いつか、覚えてる？」

「小二か小三だったと思うけど」

「小二。綾香たちに『あんた羽矢君好きなの？』ってからかわれてさ、次の日から、変えたの。でも呼び方変えなくてもさ、六年間で色々、ちょっとずつ、違っていったね」

「……そうだな」

だんだん一緒に遊ばなくなった。学年が上がるにつれ前のようには話さなくなり、なんとなく距離をとるようになった。言葉や態度を、慎重に変えて、でも周りに気取られないように。意識して離れたこともあれば、いつのまにか埋められなくなったものもあった。

小学生の男子と女子の間は、淡く、もろく、名前がつけられなくて、変わってしまえばもう戻れない。戻りたくても。一度一緒に帰らなくなったら、卒業までそのままになるほど。

「中学生になったら、羽矢ともっと離れてくって、わかるんだ。綾香たちに誘われても、まいてきてくれた。雑貨屋の兄ちゃんに冷やかされても『そんなんじゃない』ってあたしの前で絶対言わない。単なる幼馴染みにだってそうなんだもん。小学校を卒業してさ、背がのびた羽矢はすごくかっこよくなって、同級生とか後輩の女子に放課後の教室だの保健室だのに呼びだされて好きですって、告白されるわけよ。羽矢は優しいからさ、今本命いないからって付き合っちゃって、大事にするわけ。あたしってばそれを横で見てるわけ？　って」

「…………待てお前妄想がドリフトしてない⁉」

「お祭りの、今日だけだから、って、羽矢、思ってた？」

暗闇から早瀬の音が轟く。血管の轟きに思えた。自分の。

「あたしは今日だけじゃ嫌だなって、思ったよ。お地蔵様の前で待ってる時から足震えて、心臓ばくばくしてた。今さら上手に話せないってなんなのって頭真っ白だし神楽だって羽矢が近すぎて身じろぎもできなくて、手汗でるし制汗スプレー忘れるし。いつ終わったんだかもさっぱりわかんなかったよ。あたし絶対今日変すぎ。でも、何年かぶりに羽矢とちゃんと一緒にいて、ちゃんと本当のことを話してるって、思えた。一緒に帰るかって言ってくれた時、嬉しかった。世界が滅亡するならラジオ体操一緒にいきたかった。でも終わらないなら。このまま羽矢と離れていくだけなのかなって思ったら、いてもたってもいられなくてさ」

「泣くなよ」

「あと、いつ浴衣のこと言ってくれるかなって思ってたけど、まあ言わないだろうとも思ったよ。ちょっぴりでも似合ってるって思ったらベル二回鳴らしてください」

ややあって、拓人は自転車のベルを鳴らした。一、二、……三回。

「どっちよ」

「向日葵のピンぶん追加……」

水無瀬は眉を寄せ――笑いだした。

「羽矢らしいよね。……あたしさ、羽矢にまた『すず花』って呼ばれたい」

拓人にできたのは、逃げださずにいることくらいだった。たったそれだけ。

「困らせるかもって、思ったけど。言いたいよ」

揺れる声はビブラートとなって拓人にまっすぐくる。「いつからかわかんないけど、羽矢が好きだよ。返事は今じゃなくていいから。あたしと付き合ってください」

水無瀬は震える唇を結んで、ぺこりと拓人にお辞儀した。

何度も何度も、練習してたみたいに。

月が川面にあった。

祭り囃子が遠く聞こえた。パチパチわたあめの静電気が、拓人の手もとや髪や鎖骨をすべり、困ってうなじを撫でた拓人の赤い耳で、ぱちんと弾けた。

月のバイオリン

追ってきた月が開けた窓から皓々と射したから、拓人は電気をつけなかった。

夜気が窓から吹きこむ。クーラーも必要ないくらい涼しい。

ここずっと神楽の手伝いにかかりきりで、離れにきたのは久々だった。今夜は彰と数馬もいない。明日からの林間学校の荷物を詰めに家に戻った。

月明かりの中、アップライトピアノを開ける。時計は十一時すぎ。

ぽーん……と夜に、合っていない鍵盤の音が落ちる。

道具箱をとった。母が昔知人からもらったものだといい、古ぼけてはいるものの調律だけでなく整調と整音の道具もそろってる。拓人は気ままにこのアップライトピアノをいじくっている。ピアノ弾きがいる家でもないので、拓人の気分でピアノの仕上がりは変わる。

けど、結局調律はしなかった。

淡く、もろく揺れる、合っていない音のままでいい気がした。その音だって綺麗だった。

「サヤ」

拓人は後ろも見ずに言った。

「ラの音だすから、バイオリンの調弦して」

拓人はピアノのラを鳴らした。サヤが音合わせをする。……合ってる。拓人がピアノでラをだす時は寸分の狂いもなくA《アー》を合わせてくるが、サヤ一人で調弦するとなんでかずれる。

「弾く?」

「はい」

サヤを振り返る時、前髪に手をやって顔を隠した。なぜだか今の表情《かお》をサヤに見られたくなかった。薄暗がりに立つ拓人がサヤにどう映ったかはわからない。

散らかし屋の母のせいで、室内は楽譜立てやらアンプやら機材の配線やらでゴチャゴチャで、ソファテーブルも肩身が狭そうに縮こまっている。ソファにも雑誌や書籍が山積みで、拓人はそれらを床に落として、座った。サヤは拓人のすぐ横に腰掛けた。

サヤが弓を張って松脂をつける間、バイオリンを預かる。

何度もってもその軽さに驚く。拓人は今日も魂柱《こんちゅう》の位置が気になった。あと僅《わず》かずらせば、サヤに一番ぴったりくる気がして。が、魂柱はバイオリン職人が細心の注意を払い、もっとも豊かに歌う場所に置くもの。拓人がむやみに手を出していい場所ではない。

布でバイオリンを軽くぬぐう。漂ってくるサヤの肌のぬくもりや、髪の香りに、ぽろぽろ気が散った。でも、おかしなことにしっくり落ちつく気持ちもあるのだった。

サヤはいつもの白いワンピースに、はだし。拓人が帰った時には、朝顔の浴衣は洗濯カゴに、帯や簪は包みにしまわれていた。九条君とお祭りに行けたらしかった。

（……俺、サヤと縁日に行ったこと、あるのかな）

あったとしても、何も思いだせない拓人には、一度もないのと同じ。

「拓人さん、昼間は頭をぶって、ごめんなさい」

「ああ」そんなことはすっかり忘れ果てていた。水無瀬とのことで。

サヤは弓に目を落とした。

「子守をしてるなんて、一度も思ったことはありませんから」

拓人はサヤでなく月明かりに映るサヤの影を見ながら、訊いた。

「サヤが小六のときって、好きなやついた？」

「…………いました」

「九条君？」

返事を聞かなくても、サヤの顔を見ればわかった。「あ、そ」

サヤはそれから今もずっと好きなのだ。

庭で梢が鳴る。窓からまた夜風が吹きこみ、楽譜や紙片が舞う。床の梢の影もまた、水面《みなも》のようにさざめく。

誰かが特別な相手だと、どうやって知るのだろう。

海とカニのカードを見て拓人はやっと、水無瀬には何か伝えたいことがあるのだと朧気《おぼろげ》に気がついたくらいで。――何年かぶりに羽矢とちゃんと話してるって思えた。小一、二の時、クラスで仲間外れだった拓人に変わらずに話しかけ、二人で一緒に下校したあの頃、水無瀬との間には何の屈託もなく、何の線引きもなかった。……拓人が、すず花と呼ぶのをやめたのはいつだったろう。覚えていない。

さざめきつづける梢の影絵に、バイオリンをとったサヤの影が重なる。

拓人はソファに寝そべった。影絵のサヤが音もなく弓を弦にのせる。

母のために新しいテープを録音する気でいたが、やめた。

旋律が鳴った瞬間から、……自分一人のものにしたくなった。

蟬時雨。金平糖が降るような夏の光、サヤのリボン付きサンダル。木槿《むくげ》の花。

ソーダ色の風と、麦畑を競走する二台の自転車、篝火と鷹一郎の神楽笛、向日葵の髪ピン、すず花と歩いた祭りの夜の、確かにふわふわした気持ち……そんな小学校の六年間ぜんぶ、アスファルトの後ろに置き去りにして行かなくちゃならない。彰も、数馬も、俺も、みんな。

十曲目から数えるのをやめた。拓人は旋律の中でサヤに顔を向けた。弾いているサヤと、自分は、同じ音を聞いているんだろうか。それとも別の音なのか。

サヤがほっそりした首を傾げて拓人に目を向け、拓人がサヤの名を呼ぶ前にもうわかってるというように弓を静かに弦から離す。

サヤのモーツァルト、バイオリンソナタ・アレンジがやむ。

髪に、弓をもつ指に、身体の輪郭に、星の光をまとうようだった。

視線が合うと、サヤは息をのみ、あの夕闇の田んぼ道の時と同じ表情を浮かべ、無意識のように身を引き、たこ足コードに蹴躓《けつまず》いた。オールド・イタリアン（多分）が宙に飛ぶ。拓人は慌ててバイオリンと弓を右手と左手でつかみとった。直後、同じくバイオリンに手をのばしていたサヤと激突してソファに押し倒された。

……拓人はバイオリンと弓をそろそろ置いた（どこに置いたかは自分でも定かでない）。拓人の上でサヤが身じろぐと、足もとで雑誌がなだれた。コードがサヤの足にからまってるらしい。サヤは今にも床にすべり落ちそうだ。拓人は両手でサヤを抱きしめた。長い黒髪がさらさら手にまといついた。寂しい匂いがした。小さな鵜鳥神社の、物寂しい夕暮れの匂い。六年間石段をのぼった拓人の、記憶の匂いかもしれなかった。サヤはじっとしている。

月の影がゆらゆらと、ピアノや壁をゆらめく。月の射す影の海に、抱き合いながら溺れていくみたいだった。

「サヤ」

腕の中に閉じこめていても、雪を抱いてるように頼りなかった。

「明日から林間学校だけど、十八日の夕方には戻るから。それまでは、帰らないで、待ってて」

サヤは拓人の胸で顔をもたげた。朧な表情をしていた。「十八日なら……」

いつまでいると、サヤは言わない。拓人もきかない。知りたいのはそんなことじゃない。

サヤの首筋にあるバイオリンの痣を撫でた。サヤの白い喉が微かに動く。

「サヤ」

昔の俺は、サヤに何を言っていたんだろう？　何を言えなかったんだろう。

拓人の夏には欠落がある。霧の奥に閉ざされた場所がある。

『お前はさ、思いだしたいって、思うの?』

彰に聞かれたとき、拓人は「わかんねぇ」と答えた。

「思いだすから、六年前のこと」

サヤの身体がまだ鳴っているように、震えた。

拓人はサヤから手を離した。サヤの答えは聞かなかった。

第六章

夏の夢

翌日、小夜子は一人で庭木の水やりをした。ちゃんと麦わら帽子をかむって。

拓人は今朝早く家を出た。小夜子は抜けるような青空に、独りごちた。「お魚が跳ねてそうね」風がワンピースの裾をひるがえしていき、梢から日を揺すり落とし、庭中に光のアイシングをまぶした。

見渡すすべてに、幸福があるように思えた。ジーワジーワと鳴く蟬の声に、吹き渡る熱い風の中に、ノラネコのミルク皿に、神様が百色の絵の具で描いたような気の遠くなるほど美しい風景に。麦わら帽子のことを念押しして林間学校のバスに乗った、男の子の声の名残《なごり》に。

――思いだすから、六年前のこと。

「…………」

小夜子は如雨露《じょうろ》を置いて、縁側に腰掛けた。本の一節が口からこぼれた。

「『目が覚めるから、夢だけれど、いつまでも覚めなけりゃ、夢じゃあるまい』……」

男が海に入って死んだあと、女は現世《うつしよ》に一人残る。

寂しさ。

夏が終わり、秋と冬が過ぎ、のどかな春も、女には切なくやりきれない。恋しい、懐かしい方《かた》がある。逢いたくて、苦しくて、春の暖かさにも心が絞られるようで、私はずたずたに切られるようで。世界はうららかで、それでいて涙が出てくるほど寂しい。それは治ることはない寂しさ。

もう逢えない苦しみにゆるゆると煩《わずら》い、出口のない想いに昼も夜もやんわり切り刻まれながら、女は男と違って簡単に命を絶たない。

恋しい人が残してくれたのは、その寂しさだけだから。

女は孤児の兄弟に駄賃をやり、思いついて紙切れを託す。どこにも届けなくていい、ただもっていてくれればいい、落としたらそれっきりで構わないからと言付けて。

――あなたとまた逢えるという証があったなら、四方《よも》の海の底へ潜《もぐ》って逢いに行くのに。

女が気まぐれにそう書き付けた紙片を、預かったのは幼い弟のほう。

手紙をもった弟だけが、そのあと海で波にさらわれていった。翌日、その子を腕に抱きながら死んでいる女の死骸が、海から上がる。

女がいつわたつみをのぞみ、白足袋を濡らして男に逢いに海へ入り、友染《ゆうぜん》の褄《つま》、櫛と簪をさした黒髪に雪の身を、波がさらうに任せたのかは本には書かれていない。それは真夜中の、月が狂ったように輝く海だったかもしれないと小夜子は思う。

小夜子は夢にいるようなこの夏を思い、胸が痛んだ。幸福で。

夢から醒めても、覚えていたかった。いつまでも……。

庭先で、誰かの靴がさくりと土を踏んだ。

さらさらの茶髪にピアスの男の子が立っていた。光のアイシングが髪や服からこぼれるよう。片手にボストンバッグ。すらりとしてることもあって、知らなければ小学生にはとても見えない。

「数馬さん。林間学校は？」

「自主変更」

「ここに？」

風が小夜子の麦わら帽子をさらう。数馬はそれを宙でつかみとって、ぽつっと呟いた。

「……夏休みは好きに過ごしていいって、言ったから。小夜子さんが気にしなければ……」

風鈴の音にもまぎれそうな、自信のない声だった。

not forget me not

水槽のポンプめいた機械音がブーンとうなる。

花蓮は目を開けた。視界が暗い。入院病棟の電気は消灯され、しんとしている。ひどい頭痛がした。検査で飲んだ薬の相性が悪かったらしい。ここ最近寝苦しく、あまりよく眠れてもいなかった。気分が悪くなって、冷や汗がふきだした。

割れるような頭痛の向こうで、バイオリンの微かな音色が響いてきた。花蓮を慰めるように。

痛みやだるさが薄らいでゆく。メロディが少しずつはっきりする。

　小雀に捧げる歌。

「サヤ？」暗くて、闇から聞こえるのは弦の音だけ。「そこにいるの？」

　メロディがやんで、枕元の読書灯がついた。

　ステージライトみたいにオレンジ色の光がサヤとバイオリンを浮かび上がらせる。窓をあけてくれたのか、心地いい夜風が吹きこんでカーテンがふくらむ。窓の満天の星と欠けた月を背に、サヤが花蓮に微笑みかけてくる。花蓮は白い一輪の花を見ている気になる。サヤはバイオリンを置いて、パイプ椅子に座った。暗闇でサヤをさがしてシーツをさまよっていた指を握ってくれる。気の遠くなるほど優しいぬくもり。

　サヤは毎日きてくれる。拓人が林間学校に出かけた日も、その報告と、すず花ちゃんのお守りをもってきてくれた。昼間、明日拓人が林間学校から帰ってくると聞かされたように思う。サヤと一緒にきた数馬くんに冷蔵庫のコーラをご馳走したのも覚えているけど、それから記憶がない。眠ってしまったらしかった。サヤはずっとそばにいてくれたらしい。

「数馬くんは？」

「談話室のソファで寝てます。……先に帰っていいっていったんですけど」

「久しぶりに会ったけど、よかった。数馬くんのこと、心配してたからさ」

　拓人と校長室へ呼び出しをくらうと、いちばん感情のやり場のない顔をしていたのが、数馬だった。見るたび荒んでいくようで。でも病室に入ってきた数馬は見違えるほど精悍《せいかん》で、無軌道さはもう感じなかった。

数馬は早起きで、サヤより先に起きて素振りをしている。サヤと庭の水やりをし、朝ご飯を二人で食べる。一緒に皿洗いしたら、数馬は夏休みの宿題。サヤがバイオリンを弾くといつも手を止めて聞いてくれる。拓人の自転車でどこでも乗せていってくれる。戸棚の奥から見つけたかき氷機でかき氷をつくって、村井のおばあちゃん特製梅シロップと梅をのせて食べました……。花蓮はサヤの話を聞きながら、もしかしてそれらは、数馬が一度も過ごしたことのない夏休みかもしれない、と思った。昨夜は買ってきた花火セットで花火をしたといい、サヤも数馬も浴衣を着たという話には、つい訊かずにはおれなかった。

「……紺に朝顔のやつ？　サヤ、数馬くんに浴衣着《そ》たら《れ》っていわれた？」

「いえ、数馬さんが鷹一郎さんの浴衣を着て待ってたので」

「…………やるわね、数馬くん」

六年前、お祭り用におろしたサヤの浴衣だったけれど、サヤが着ることはなかった。拓人はあの浴衣を着たサヤを見ることもなく、サヤとお祭りに行くこともできなかった。一度も。

夕方、すず花さんのお母さんがお見舞いにきて、空豆の種をくださったので十一月十五日に植えてください、とサヤがいう。「なんで日付指定？」「その日に植えると、空豆が元気に育つらしいです」サヤは真面目くさっている。ジャックと豆の木の豆はその日にまいたに違いないわ、と花蓮は笑った。笑いやむと、静けさがました。ブーンという機械の音だけ。

「サヤ、拓人が録音してくれたテープ、毎日聴いてるんだよ」

クラシックからセリーヌ・ディオン、B'zに相川七瀬《あいかわななせ》、『シティーハンター』のOP曲まで、あっというまにサヤ・バイオリンバージョン。サヤがどこでも気まぐれに弾きだすのを拓人が録音しているらしく、たまに蟬や風鈴が生音で入っている。

「ふふ、一曲だけ、ピアノ伴奏があったじゃない。よく弾かせたわね」

「……どうでした?」

「拓人から、とびきりの『調子いいな』でなかった?」

サヤはもじもじと頷いた。

モーツァルトのバイオリンソナタ第21番ホ短調。ピアノ伴奏つき、原曲通り。いや、少し嘘である。最後だけは原曲と違うサヤ・アレンジ。それを見越していたようにピアノ奏者がサポートしたのは褒めてもいい。他はピアノ、褒めるところなし。

(照れてんのが丸わかりの伴奏だったわ……。すごい気の散りようだったわねー……)

花蓮が幾度となく聴き返しているのが、このソナタだったけども。

一人だけでは弾けない原曲。

サヤ、と囁いた。

「ありがとう。サヤがきてくれたから、小学校最後の夏休みに拓人を家に一人にしないですんだの。余計な心配しないで友だちと向日葵の観察日記やら草むしりやら神楽の手伝いやって、夏祭りにすず花ちゃんとお出かけして、林間学校にも彰くんと行く気になったのよ」

サヤはぽつんと言った。

「…………私も……花蓮さんと拓人さんに、会いたくて……」

「うん」

「……くるべきではないとわかってたんですけど」

「ねえサヤ。拓人はきっと思いだすよ」

常夜灯がサヤの青ざめた顔を照らす。しらしらと夜が落ちていく。重ねられたサヤの手を花蓮は逆に包みこんだ。

「……あのあとさ、わりと周りで色々あって、私はいいんだけど、拓人が入ったばかりの小学校から毎日傷だらけで帰ってくるようになってさ」

「…………」

「この町を出ようかと思った。拓人にも言ったわ。『引っ越そうか』って。春だった」

今でも覚えている。

拓人は絆創膏と青痣だらけの痛々しい手足を踏ん張って、『嫌だ』と怒った。火のような目だった。『絶対にいやだ』帽子をつかんで、家を飛び出した。

日暮れまでさがしまわり、花蓮はやっと長い石段の上の小さな神社で拓人を見つけた。拓人は山桜の散る社で、賽銭箱に寄りかかってうつむいていた。

――ほんとうにひっこそうとおもってるの？　おかあさん。

のぼった月がぼんやり霞んでいた。春の宵は真綿のようで、寝ても覚めても花蓮は毎日トロトロと心が絞られるようで、曖昧なあたたかさもただ苦しくて。逃げたかった。拓人のためじゃない、自分が苦しくてたまらなかった。でも、拓人は逃げないという。息子を前に、花蓮の奥から思いがひっぱりだされた。

──ううん、拓人、あたしもここにいたい。たぶん、あんたと同じ理由でさ。あんたがひっこさなくていいっていうなら、あたしもここにいる。二人であの家にいよう。だから、帰ろう。

ややあって、拓人は簀の子から降りた。

花が舞い散った。何時間も神社にいた六つの拓人に降りつもった花だった。

途方に暮れた泣きそうな顔で立ち尽くしていた花蓮の手を、拓人は強く握りしめた。

月と花の下、二人で、手を繋いで帰った。

「……サヤのこと、ぜんぶ忘れてしまったのに、サヤはあの夕暮れの最終バスでしかこないって、あいつちゃんとわかってたんだね」

あれから何度、花蓮は息子を迎えにあの神社の石段をのぼったろう。

時々は賽銭を入れていろんなお願いごとをし、並んで隣に座った。そんなとき花蓮は、今にもバイオリンを抱いた黒髪の少女が、石段をのぼって帰ってくるんじゃないかと夢想した。けれど拓人は理由すら忘れても通いつづけた。

春も、夏も、秋も、冬も。

自分がどうしてそうするのかもわからずに……。

「拓人はきっと思いだすよ。どんな記憶だとしても……拓人には取り戻したい記憶なんだよ」

花蓮はふと忍び笑いをもらした。

「あたしも一つ思いだした。あたしがサヤと三人で一緒に暮らそうって拓人にいったとき、あいつ自分がサヤと結婚するからだって勘違いしてさあ。サヤが好きだったんだね。……どうして泣くの、サヤ。笑うところよ?」

サヤはぽろぽろと泣いて、花蓮の胸もとに顔を伏せた。白い一輪の花が、休む場所に花蓮の胸を選んでくれたみたいに。サヤの涙がシーツにたまった。花蓮はサヤの頭を撫で、涙の流れる頰を撫でた。その手にサヤが頰ずりした。

「サヤ、あたしが退院したら、今度こそ三人で暮らそう。ノラネコに餌をやって、十一月十五日になったら、空豆の種を庭にまくの。拓人の下手なピアノで、バイオリン・ソナタを聞かせてよ」

拓人とサヤ、二人いないと弾けない曲を聞かせて。

涙をこぼしながら、サヤは頷いた。

「はい」

サヤが笑ってくれたので、花蓮は嬉しかった。

深夜、婦長が羽矢花蓮の病室を巡回したとき、カーテンが風でそよいでいた。

前の見回りでは確かに窓は閉まっていた。羽矢花蓮が起きた様子もない。病室にはしらしらと月が射し、しまったはずの椅子が、一つ、ベッドのそばにある。誰かが腰掛けていたみたいに。

でも長く病院に勤めていると、こういう不思議なことはよくあるのだった。

羽矢花蓮は、何かとても嬉しい出来事があったみたいな顔で眠っていた。

林間学校の夜

消灯後の巡回が通り過ぎたのを見計らい、二段ベッドの上と下から影が忍び出た。布団の下に荷物をつめて一応の偽装工作をして、窓から抜けだす。靴は川遊び用のビーチサンダル。拓人も彰もすべりこみ参加者だったせいか、割り当てられたのは外れのロッジで、六人部屋を二人きりで使えたのもラッキーだった。

周辺は林間学校の送迎バスやキャンプ客の車しかこない山奥で、夜は涼しく、風は寒いくらいだった。満天の星屑《ほしくず》が冷たく光っている。

見上げていたら、彰に懐中電灯を渡された。

「拓人、懐中電灯つけて。あと虫除けスプレーしろって。ほら」

「お前は虫除けスプレーのCMタレントか」

パーカーの袖や帽子に、キャンプファイヤーの明るい炎の名残がある気がする。

「……ったく、数馬の野郎」

数馬が林間学校のバスに乗らなかったと知り、拓人はよもやとサービスエリアの公衆電話で家に電話をかけてみた。そしたら、実に偉ぶった調子で「誰だ?」と数馬がでた。「そりゃ俺のせりふだ！」「なんだよお前か。ノラネコのミルク皿に水いれといたぜ」電話が切れた。

「サヤさん一人で家に残すのも、心配だろ。数馬がいたほうがいいんじゃないの」という彰の言葉は忌々《いまいま》しいが一理あったのでそのままにしたが――。「今の俺はお前とサヤさん二人のほうがまずいかも、と思ってる」と付け加えたのは不可解きわまる。

林間学校はしいていえばみんなどこかしら「去年と同じっぽく」やろうとして、逆に小学校最後という空気になった感じだった。六年の半数以上が不参加だったなか、拓人と彰の参加はかなり意外だったようで、普段あまり話さない他のクラスのやつが話しかけてきたり、全組シャッフルのオリエンテーリングで今さら仲良くなったりした。

水無瀬と祭りに行ったのを誰かに目撃されていたらしく、男子連中からひやかしが飛んできたものの「いいだろ別に」で押し通した。水無瀬と話すほうが緊張した。乗りこんだバスの中では、水無瀬のほうから拓人に「きたじゃん」と笑いかけてきた。拓人もいつも通りの口調で「小学校最後だから」と返したつもりだけど、やれたかどうか自信はない。この二日も普通に振る舞おうとして何度か失敗した気がする。それでも、水無瀬のことを意識するのも、夏祭りから残ったままのぎこちなさも、拓人は嫌とは思わなかった。

が、肝試しで綾香とペアになったのには、参った。

「なあ拓人、肝試し、綾香と何があった？」

林道をぶらぶら照らしていた懐中電灯が大きく逸れるのを、彰は観察した。

「…………別に」

「嘘つけ。綾香、泣いて帰ってきたろ。あいつ普段は気ぃ強い女王様だけど、肝試しはからっきしダメなんだよ。俺幼稚園同じだけど、昔っからそう」

「……うん。あれは意外だった。こんにゃく踏んづけても固まってしくしく泣いてた」

「泣いても喚いてもどんなみっともないざまさらしても、お前みたいに絶対見捨ててかない男に心底弱いんだよなー。お前、肝試しの最中、綾香に告《こく》られて速攻ふったんじゃない？」

「…………ごめんって、謝った」

「やっぱりな」

男は下僕と見なしてる綾香だが、惚れるのは決まって下僕にできない男なのだった。多分ペア決めのくじ引きも綾香グループがなんか細工したのだろうと彰は踏んでいる。怖いのを我慢して、準備万端でのぞんで（彰が見てもメチャメチャ可愛い恰好をしていた）玉砕したのだから、相当ショックであろう。何せ小一から拓人にバレンタインチョコを渡していたから（正確には毎度彰に下駄箱へ入れさせていた）。

小学校最後だと思うのは、何も拓人と彰だけじゃない。

星がチラチラ揺れて、落下してきそうだと彰は思った。あれは何の音だろう。……鳥の羽音だ。隣でずっと聞いてきた拓人の靴音。

「俺、羽矢家で少しは料理のできる男になったと思ってたんだけどなあ」

「人参とジャガイモ生煮えだったな……。カレーは俺に任せろっつーから任せたら。彰、玉子《たまご》粥《がゆ》とカレーくらいはつくれるようになれよ。来年の四月までに」

彰が拓人に視線を向けた。拓人はなんでもない風に遊歩道を歩きつづける。

しばらくして、彰のほうから「拓人」と呼びかけた。

「俺さ、絶対受かる。あの家から自由になる。ずっとそう思ってきた、けど……けどさあ、本気で何度も思ったわ。お前と一緒なら、扇谷中に行くのもいいってさ」

「……ばかいえ」

何の音だろうと拓人は思った。……松虫と、水の音だ。聞き慣れた彰の腕時計の微かな秒針。

彰はもう忘れてるだろう。紫陽花の咲く神社にある日、彰がやってきた。

喧嘩ばかりで友だちと呼べる相手のいなかった拓人が、誰かと一緒に宿題のプリントをやったのは小学校に入学して初めてだった。

翌朝、彰に気がついて、思い切って声をかけた。誰もいない時に拓人に声をかけるやつは、結構いた。けど、人前では全部なかったようになった。何度も何度もあった。

彰が笑い返してきたとき、自分がどんな気持ちだったか、彰は知らない。

彰が塾の講習に通いはじめたとき、拓人はなんでか理由がわかった。本当の、、、、。

来年の春に彰がいなくなって、別々の中学に行き、別々の時間を過ごしたら、彰とは今みたいではなくなり、当たり前みたいに毎日一緒にいたことも、思い出も、薄れていくんだろうか。

たとえそうなったとしても、それがなんだというのだろう。

そんなことと、彰の苦しみを、どうしてひきかえにできる?

「ずっと決めてたことだろ。落ちんなよ」

「……拓人」彰は笑った。「それいうまで、沈黙長すぎ」

「…………」

「うん」と、彰は言った。それだけを。

互いの拳をとん、と軽く合わせた。どちらからともなく。

ザーッという水音が大きくなる。林道が途切れた。〈星の滝〉の名の通り、夜空から星の光が滝壺に落ちては流れていく。滝壺のふちで肩を並べた。彰の声が低くなった。

「それで、拓人、お前の『神隠し』の話だ。それと、小夜子さんのこと」

拓人の返事は簡潔だった。「頼む」

瀞《とろ》に星屑が溜まって、チラチラ揺れていた。拓人は懐中電灯を消した。

もう一つの神隠し

七月三十一日――拓人と彰が病院を遁走した日、家に帰る前に二人はタクシーで大きな鴉鳥神社に向かった。花蓮にもらった一万円で料金を払い、宿泊所まで歩いていった。

九条玲司は宿泊所の外で夕焼けを眺めていた。血のような夕焼け雲だった。

「あんたに訊きたいことがある」

拓人は単刀直入に切り出した。夕闇に黒い影法師が三つのびる。包帯の下がじくじく疼いたが、拓人は意地でも平気な顔をした。九条はつづきを待っている。なんでここにいるとか、怪我はどうだとか、言う気がなさそうなのは安心した。拓人の知りたいことを九条もまた考えていたのかもしれなかった。

「六年前の俺の神隠しのことだ。あんたが知ってることを全部教えてくれたら、俺もあんたの訊きたいことに答える。全部」

自分でなく、自分の黒い影法師がしゃべったかに思えた。

じっとり暑い夕方だった。夕闇の茂みで南国めいた花が咲きこぼれている。彰が前にどれも木槿だと言っていたけれど、拓人が知るそれとはずいぶん違っていた。

「わかった」と答えたのも九条の影法師に思えた。病院に戻れと説教もしなかった。九条には拓人の気持ちが手にとるようにわかるらしかった。どうしてか。

「六年前、消えたのはお前一人じゃない。お前と一緒に、弓月も消えたんだ。一九九三年の、夏休みの終わりに」

†

「……九条玲司が話したことは、全部本当だった」

九条から話を聞いた後、彰は数馬と手わけしてネットの情報や過去の新聞・週刊誌の記事まで、できるだけ調べて突き合わせてみる、と言った。

「お前と一緒に、当時高校二年生だった弓月小夜子さんが失踪した。でも、新聞には出ていない。いくつかの週刊誌にはお前と小夜子さんの記事があったけど、それもほとんど後追いがない。お前が『神隠し』って騒がれたのは、『見つかったから』なんだ」

『警察は当初、君と弓月の失踪を公開せずに捜査していた。当時、女子高校生の失踪や殺害、幼児誘拐の凶悪事件が頻発《ひんぱつ》していたこともあって、模倣犯や、愉快犯、ガセネタでの捜査混乱を避けるために、警察は非公開にしたらしい』

「──六年前の一九九三年八月二十八日、お前と小夜子さんは忽然《こつぜん》と行方不明になった。それから二ヶ月後の十月十五日、お前だけが発見された。山にキャンプにきてた夫婦が雑木林にいたお前を見つけて保護した。服装は失踪時に着ていたものとまったく同じもの。俺も覚えてる。あのとき宮司さんや大人たちが印半纏《しるしばんてん》着て、山で金だらいとか鍋とか叩いてたよ。『神隠し』にあった子供がその音を聞いて出てくるようにって習わしらしい」

子供が帰らぬ時の、葬儀がわりの儀式でもあったとは、彰は言わなかった。

「当時から変だと騒がれて、週刊誌に追っかけられた理由、お前が一番知ってるよな」

「……二ヶ月近く行方不明だったのに、俺はメシ食ってたみたいだってことだ。服も靴もくたびれてたけど洗濯してた形跡があった。誘拐されて、誰かの家にいたんじゃないか、変態になんか色々されたんじゃないかってな。が、俺は何も覚えてなくて、言ってることは意味がわからなかった。行動も変だったらしい」

「……それまではお前も小夜子さんも、被害者と考えられていた。何か事件に巻きこまれたんじゃないかって。お前と小夜子さんが同じ日に失踪したのには関連があると思われていたし、小夜子さんが一人で山の方に走っていったっていう目撃情報もあった。警察は県外ナンバーの不審な車や不審人物の聞きこみを重点的にやった。けどお前が保護されてから『連れ去り犯』は小夜子さんじゃないかと警察は考えを変えた」

『君に弓月のことを訊いても、「しらない」と繰り返す。弓月の名にも写真にも何の反応も示さない。記憶の混乱というより、弓月の存在ごと消去したようだった。今までどこにいたのかと訊いてもそのたび違う答えが返ってくる。記憶を抹消するほどの、ひどいことをされたんじゃないか、容疑者は外部の人間でなく弓月だったんじゃないかと警察は軌道修正した。その前にも制服の少女と幼児が沼に行くのを見た、という情報提供があった』

九条の最後のひと言に拓人は反応を示した。

『……もちろん君だけが逃げられた、という可能性もある。弓月は連れ去り犯じゃない、弓月の行方を捜してほしいと言いつづけたのは、君のお母さんだった。だが唯一の手がかりである君は何も思いださないまま、弓月の捜索は打ち切られた』

弓月小夜子が蒸発したことを一部警察関係者は「『被疑者』は死亡した」という見解でいると、彰が読んだ週刊誌の記事は結んでいた。

「それから現在に至るまで、小夜子さんは失踪したまま見つかってない……」

じっとりと暑さのこもるあの夕方の終わり、九条は拓人を見返した。

『弓月のことを知っているとしたら君だけだ。なぜ君と弓月が失踪したのか、その間二人はどこでどうしていたのか、……なぜ「君だけ」が帰ってきたのか』

雑木林のざわめきは、鵼鳥神社の海鳴りのよう。

サヤがきた日の夕暮れも、こんな風に葉擦れがいつまでも鳴っていた。

拓人も彰も数馬も、サヤに何もきかず八月を過ごした。そんなのは、サヤと過ごす夏休みより大事なことではなかった。全然。銀杏の木にコイケ先生だっている。

サヤが奏でるバイオリンの音色の中で、ゆっくり流れていく小六の夏休み。それが日一日と終わってゆく予感と比べれば。

「お前が何も覚えてないっていう神隠しの二ヶ月、本当に小夜子さんと一緒にいたなら、小夜子さんの最後の目撃者は、お前の可能性が高い。でも……」

彰は言い澱んだ。

拓人は滝壺にかがみこみ、流れてきた花を手ですくった。一重の白無垢の花。拓人にとってはこれが木槿の花だ。花は、拓人の手の中で散って水に沈んだ。

滝から星屑が流れ落ちてくる。流れ星だったなら、願いがいっぱい叶いそうだ。

でも拓人は一つ叶えばいい。

――大きくなりましたね、拓人さん。

超がつくほどインドア派の母が、毎年夏になると何日もかけて扇谷にわけいった。病室のベッドで窓から山を見ていた母。

来年は扇谷にこないと言ったサヤ。

深い霧に閉ざされた場所でずっと鳴りつづけている、サヤのモーツァルト。

「俺が生きて戻ってきたんだから、サヤだって生きてる」

彰は答えない。

雪を抱いているようだと思った。手でさわれそうなサヤの鼓動が腕に残ってる。

「思いだして、俺がサヤを連れ帰ってくる」

花は散り、手には花びら一つ残らなかった。

聞かない理由

花蓮は病室のベッドでウトウトし、起きたら、もう夕方だった。

パイプ椅子にサヤはいなかった。かわりに土産物屋の袋が置いてあった。付箋に『寝過ぎ』と『ギプスはずれて、よかったな』という息子の字。拓人が林間学校の帰りがけ、ここにきたらしい。面会終了時間の五時まで椅子にいたなら、一足違いだった。

袋の中身は絵葉書と、小さな木彫りの置物。どうやら拓人が林間学校で彫ったもののよう。ヒヨコの一羽は帽子つき、もう一羽のヒヨコはバイオリンつき。ニワトリがどうやら花蓮らしい……。花蓮はたちまちデコボコな三羽と森の家が可愛くなった。

七月末、不良と大乱闘して病院に担ぎこまれてきたのにはさすがに仰天したものの、本人はどこ吹く風。あれから病室にくるたび、息子は「男の子」になっていく気がする。

あの日、包帯ぐるぐる巻きで看護ベッドにのびてる拓人を前に、思ったものだった。

（いつのまにか大きくなったなあ）

いつのまにか十二歳になり、岐路《きろ》を前に立ち止まるようになった。友だちとの別れの予感に眠れない夜を過ごしながら、その寂しさごと受け入れていく。時間に押し流されながら、流れの中に光るものを手につかんで、未来へ歩いてゆく。幼馴染みの女の子と二人で夏祭りに行くようにもなった。いつかは息子も恋をするのだろう。誰かに。

それもぜんぶ、六年前に拓人が帰ってきてくれたから。

なぜ拓人一人が戻ってきたのか、花蓮はそれだけはわかっていた。

八月頭だったと思う。拓人は花蓮の病室にやってくるなりパイプ椅子に座り、考えごとをしていたので、花蓮から水を向けた。

「拓人、あんた、あたしには何も訊かないね」

「……訊いたら、答えてくれんの」

なつかしい、火の目だった。

あの頃、花蓮は目覚めるたび身を切られるようで（サヤがいなくて）、夜ごと涙が流れて、そんな花蓮を、月の霞む春の宵、幼い拓人が手をつかんで光のもとに引き戻してくれた。

「いいよ」

「知ってること全部？」

「全部。でもサヤのことなら、あんたのほうがずっとよく知ってる」

拓人は何も訊かなかった。「全部」という花蓮の返事で気がすんだみたいに。

あるいはそんなことは知ってる、と言いたげにも見えた。無意識の、拓人の表面に一瞬浮かび上がった閃光にすぎなかったけれど。拓人の身体にはサヤとの記憶《レコード》が焼きつけられてる。夕方の最終バスを待ちつづけたように。それは誰にも奪えない。神様でも。

五時の面会終了時間までいたくせに、花蓮が訊かなければ夏休みの思い出一つ話さない。話しても嫌そうな顔でしぶしぶだ。サヤの話は絶対しない。つまりは拓人はずっとサヤのことを考えているようだった。でも、拓人は昔からそう。

(他の誰でもなくあたしのとこにきたくらいには、ちゃんとお母さん扱いされてたのね……)

母親として、花蓮が自信をもてたことは一度もない。

「休むのはいーけど、もう入院すんなよな。サヤも鷹一郎も心配するから。……俺も」

誰もいないパイプ椅子に息子が現れ、そう言って、消えた。花蓮は椅子に「うん」と返事をした。少し気怠かった。風がなく、汗をかいていた。夕暮れの蝉の声は本物? 幻かしら。

窓で暮れなずんで燃える山が、この世のものとは思えないくらい綺麗だった。

一九九九年の花蓮は、あの山にのぼらなくていい。拓人とサヤのいる夏休み……。

花蓮は森の家で仲良く寄り添う三羽のニワトリ家族に、キスをした。

†

拓人は病院から出ている市営バスに乗り、橋の近くで降りた。山が夕日で燃えていた。

昼の暑さが焼け残る道を歩いていく。

ひぐらしの声が稜線に吸いこまれて小さくなってゆく。鳴き疲れたように。

知らず、いつかのように田んぼ道をくるサヤをさがした。薄暮には誰の影もない。

拓人はパーカーのポケットから小さな紙袋をだした。

工芸体験の場所が楽器工房も併設していたので訊いてみたら、特別に専用の松脂と材料をくれて、つくらせてくれた。バイオリンの形に型抜きした松脂ケース。中の松脂も、ちゃんと弓に塗れる上等のやつ。楽器屋で売っているのは拓人の小遣いでは手が出ない。

袋をポケットに戻した。太陽を振り返った。夕日を浴びて、拓人自身が火のようになる。帽子のつばをおろす。前を向いても、夏の火は拓人の目に残っていた。

家が見えたとき、拓人は不審を覚えた。G－SHOCKに目を落とすと午後六時すぎ。家は真っ暗で、カーテンがひかれ、戸締まりがされている。

家の中で、電話のベルが鳴っている。

(サヤも、数馬も、いないのか?)

足早に戸口へ行き、合い鍵をとりだした。一台の自転車が門から入ってくる。彰だった。汗だくで、数時間前に林間学校のバスで別れたときと様子が違う。

「拓人」

彰は強張《こわば》った顔で、短く告げた。

「水無瀬が家に帰ってない」

第七章　兆し

電話は折口先生からだった。

折口先生の電話は、すず花の姿を見かけてないか、という確認と、児童全員今日と明日は自宅待機という連絡だった。折口先生はやんわりと彰の行方も訊ねてきた。

そばで聞いていた彰が電話をかわって、拓人と一緒にいること、今日は羽矢家にいることを伝えた。漏れ聞こえる会話からすると、どうも彰のおばさんは彰が「塾の受験合宿」に行ったと思っており、緊急連絡網が回ってきて初めて林間学校に行っていたことを知ったようだった。

「母が先生に何か失礼なことをいっていたら、すみません」彰は電話を切った。

「……お前が心配なんだよ、おばさん」

「母さんは俺を心配してるわけじゃない。お前もわかってるだろ、拓人」

彰は拓人には絶対向けない表情をした。

「俺のためだって言い張る全部が母さんのためでしかなくて、それが俺を台無しにするってことを、母さんはわからないし、理解する気もない。俺は母さんと別の考えをもつ別の人間だなんてさ。あの人が俺に望むものと、俺の望みは違うってことも」

同級生が家に帰らなくても、彰の母親は心配ねのひと言もなかった。壊れたテープレコーダーみたいに「どうしてお母さんの言うことを聞けないの」とヒステリックに繰り返す。父親はその横でずっとビデオを見ている。そんな親を静かに見限り、「出かけてくる」とだけ告げて、彰は拓人の家にきたのだった。

「夏休みをどう過ごすかくらい、俺が自分で決める。俺さ、ずっとこんな風に過ごしたいっていう夏休みがあった。やっと叶った」

俺も、と拓人は言いたかった。夏休みが終われば、彰は家に必ず戻る。彰はそういう奴だと拓人はわかっていたけれど、彰のおばさんにはわからないのだった。ようやく、声がでた。

「彰。俺も。……でも俺は到底むりだと思ってたわ」

彰はやっと、拓人の知ってる笑みをこぼした。

「……俺のことより、もっと大事なことがあるだろ。なんでサヤさんも数馬もいない？」

廊下には電灯の光と、柱時計の音だけ。家中薄暗い影が這い、こもった暑さを静かに喰っていた。二人ですべての部屋を見て回ったが、書き置き一つなかった。

外は日没。拓人と彰は雑魚寝をしている和室で落ち合い、顔を見合わせた。

「……お前、十八日の午後に帰るって、サヤさんに言ったんだろ？」

「ああ」

「数馬の携帯、沼の底だしな……待てよ」

彰はたたまれた布団の脇の、数馬のノートパソコンの電源ランプを見た。「スリープだ。……あった。これだけ書いて出て行ったらしい」

ワード画面に、短文の羅列。『庸介から電話があった。二見トンネル。水無瀬。チャリ借りる。小夜子さんには黙って行く。十六時』

「水無瀬?」彰の顔色が変わった。

「……彰、なんか知ってんな?」

「サヤさんと数馬がいりゃ、きてすぐ言うつもりだった。俺の携帯に、綾香から電話があった。綾香の様子がおかしかったから、問いただした。林間学校のバス、小学校で解散したろ。その後、綾香たちは水無瀬を二見トンネルに呼びだしたっていうんだ」

「二見トンネル?」

「学校で噂の怪談あったろ。『ずぶ濡れの黒い顔の男が現れて沼に引きずりこむ』ってやつ。最近はこうなってる。二見トンネルを子供が通ると『バイクに乗ったずぶ濡れの包帯男』が出てきて、『扇谷小? 何年何組? 六年一組? 六年三組?』って聞くんだと」

「……おい、六年一組と三組って」

「一組は俺ら、三組は数馬だ。『バイクの包帯男』、誰をさがしてんのやら。この怪談、水無瀬は知らなかったらしい。綾香は水無瀬を二見トンネルに呼びだして、自分たちは行かなかったっていった。そのあと水無瀬が消えた。綾香は『少し怖い目に遭えばいいと思った』って電話口で泣いてたけどな……」

　――庸介から電話があった。二見トンネル。水無瀬。チャリ借りる。小夜子さんには黙って行く。十六時。――すでに二時間が経ってる。拓人は踵《きびす》を返した。

「拓人。二見トンネルは通行止めだ。午後にまた二見峠でガードレール突き破る事故があって、今も警察に規制されてる。行っても警察に追い返されるだけだ。第一、二見トンネルに数馬と水無瀬がいりゃ、とっくに警察か消防が見つけてる」

　振り向いた拓人は、彰の上に自分の好きな表情を見出した。

　付近が緊張に包まれているのを拓人は感じとった。折口先生は口にしなかったが、水無瀬の靴の片方が雑木林で見つかったことは彰から聞かされていた。サイレンが鳴り、遠くで水無瀬をさがす大人の呼びかけが聞こえる。それでいて家々は鳴りをひそめている。嫌なものが通り過ぎるのを閉じこもってやりすごすように。

　柱時計の秒針がやけに緩慢《かんまん》で、重苦しい。家にこもってこのチクタクを聞いているのは、拓人はごめんだった。

「……児童会長よ、水無瀬はともかく、数馬のバカ、誰かさがすと思うか？」

「俺たちくらいだろ？」彰は返事した。「補導されても、親は一度もひきとりにきたことねーんだぞ。担任でもないのに折口先生が毎度迎えに行ってるっていう」

「折口先生は今日はめっぽう忙しすぎる。――行くか」

「児童会長だしなぁ俺」

拓人の好きな顔で、彰が応じる。拳がふれあう。が、問題はそっくり残っていた。

「庸介のことはまだ俺たちしか知らない。どこさがすか。水無瀬の靴が見つかった雑木林と、二見トンネルが全然別方向なのも気になる。中学生のたむろしてる場所も、千蛇が沼の件で警察が入ったはずだし……そもそもあいつ、半月以上どこに隠れてたんだ?」

彰の疑念に、拓人の脳裏をかすめたものがあった。ずっと隠れてられる場所、場所……。

チリンと風鈴の音が聞こえた。縁側は閉まってるはずだ、と二人は奇妙に思った。チリン……。祭りで鳴らし歩く錫杖の響きにも似て。チリン……。急に上の笠電灯が点滅しだした。真っ暗になる。拓人と彰の前に不思議な光景が広がった。

サヤがバイオリンを奏でている。山寺か庵を思わせる場所だった。板敷きで、古びた梁や柱にべたべた巡拝の札が貼られてる。掛け軸みたいな細長い窓からは、山が見えた。外は太陽ののぼらないような奇妙な薄明るさ、昼ともつかず、曇りともつかない。夏の光の射さぬ葉はしたたらず、濃密な緑が凍りついたまま揺れている。サヤのリボンつきサンダルの足もとには、数馬と水無瀬がいた。堂の壁にもたれて、ぐったり目を閉じている。数馬のTシャツは血だらけだった。水無瀬のマリン柄のシャツとスカート、白のロングカーディガンはバスで別れたときに着ていたもの。水無瀬の靴は片っぽだけ。

電灯がついた。もとの六畳の和室だった。

「彰」拓人は短く訊いた。「今の、音、聞こえたか」

「音?……いや、映像だけだ。細長い窓で梢が揺れてたけど、葉擦れは聞こえなかった。サヤさんの弾いてるバイオリンも無音だった」

「今もか？」

「今？　柱時計の音がチクタク」

「そりゃ俺も聞こえる。……彰、俺、多分数馬と水無瀬のいる場所、わかるわ。俺の頭が変になったみたいなことというけど、付き合う？」

「今さら」

トロトロとゆき過ぎたこの八月の夏休みより、信じがたいものなど彰にはない。

「だいたいお前チャリ数馬にもってかれて、俺のしかないだろ。一目散に飛び出すなよ。リュックに包帯や傷薬つめてからだ」

傷薬。拓人は念頭にもなかった。真面目くさった顔つきを装い「そぉだな」と答えた。


玄関を出ると、橙色の最後のひとすじが稜線に吸いこまれてゆくところだった。星が二つ三つ軒端で光る。水無瀬を捜す消防のサイレンが町の遠くで鳴りつづけている。どこかの飼い犬がびくついて遠吠えしてる。夕闇が拓人をのみこむ。彰が自転車のライトをつけて待っている。拓人は光の方へ歩いていった。彰の瞳にはそれが闇を振るい捨て光をまとうように映った。

拓人は前カゴにリュックを二つおしこみ、彰のうしろに乗った。

「帽子のお客さん、行き先は？」

「ちっこい鴟鳥神社まで全速力で。水無瀬捜索隊に見つかったらゲームオーバーです」

「クリア条件オーケー。タクトとカズマをおさえるマリオカート常勝キング、最速レコード保持者アキラ・葉越にお任せ下さい。帽子を落としても引き返しませんので。三・二・一――」

どんなに最悪な瞬間も、彰と一緒なら大したことじゃない。

拓人は帽子をおさえた。彰も笑ってる気がする。世界が暗くなる。いつかまた世界が滅亡する日がきても、彰と笑っていられたらいいと思った。

束の間、メロディが聞こえた。『innocent world《イノセント・ワールド》』

声が重なった。「ゴー」

見知らぬ小道

彰は石段のとば口に自転車を停めた。街灯は点いていたが、珍しく一匹も蛾がたかっていない。夜の闇に青白い光が頼りなげに浮いていた。

この辺りはパトカーも、捜索の人手も出ていないのか、サイレンも聞こえない。

拓人は闇でできたような石段を見上げ、のぼっていった。彰も懐中電灯をつけて、つづいた。

小さな鵐鳥神社のてっぺんは、月で明るかった。

見慣れた神社が、違って見えた。狛犬《こまいぬ》の顔つきも、古池の様子もどことなく違う。白い玉砂利にのびる二人の影法師は長すぎる気がしたし、古ぼけた掲示板の貼り紙も、見知らぬ年号と文字が書かれてるんじゃないかと思える（彰は見にいき、黙って戻ってきた）。

葉擦れのざわめきが波濤のように冷たく打ち寄せてくる。ドロドロと山が低く轟いている。拓人は参道を逸れて、木立の方へ向かう。白い梔子《くちなし》の咲く茂みがあった。そこから山の中へ一本の小道がのびている。道の両脇に点々と山百合と撫子《なでしこ》の花が月の光を浴びてつづいてる。彰は驚いた。

確かに見落としそうな細道ではあった。草や土を踏み固めてできたような小道だったので。が、昔からこの神社で遊び、森に入って虫取り木登り隠れんぼをしてきた拓人と彰である。今の今まで、社のこんなすぐそばにある小道に気づかなかったはずがない（あんなところに梔子の茂みもなかった）。思考が混ざった。……でも、あった気もする……。

彰は頭をおさえた。

「拓人、こんな小道、なかった…よな？」

しばらくして、拓人から答えが返ってきた。「わからない……」

細道は木々の間を抜けるようにくねくねと山の上へつづいている。拓人は道をのぼりはじめた。と、白幣《しろぬさ》がまかれた一本の大杉があった。根元にはちっぽけで簡素な白木の祠。閉じた観音扉の前に、ちゃんと真新しい榊と盛り塩と神酒が供えられている。こんな大杉も、祠も、彰はやはり覚えがない。振り返れば木の間《こま》に小さな鵼鳥神社が見えた。神明《しんめい》造りの屋根が月に照る。他は、ねっとりとした闇の海に溺れている。

拓人は闇に浮かぶ白幣を前にいう。

「……彰、宮司さんの戒《いまし》め破るぞ」

「いいよ」

拓人は何かいいたげである。

「お前は理由がなけりゃ、絶対に破らない。でも俺は、お前がいなけりゃ、いつふらっと破るかしれない人間だからな」

拓人はよくわからない顔をしていた。

「サヤさんのバイオリン、この先から聞こえるんだろ?」

「聞こえる。家よりはっきり」

『俺の頭が変になったみたいなこと』というのが、それだった。家であの不思議な情景を目撃した時、彰にはバイオリンは聞こえなかった。でも拓人には聞こえたといい、あれからずっと鳴っているという。

「携帯は圏外。万が一お前とはぐれたら何も聞こえん俺は遭難する。準備するから少し待て。お前は虫除けスプレー(山用)をしてろ!」

「お前はほんと虫除けスプレー忘れないね! お前、よく信じるなあ」

奇妙な九十九折りの小道と、杉の祠がなかったとしても彰は信じたろう。

彰はリュックから一巻きのビニール紐をとりだし(羽矢家地袋から持ち出したお徳用一巻き千メートル・四巻セット)、杉の根に結びつけた。紐には鈴つきのお守り(花蓮が旅行先で買っては増えるお守り)を十個ほど通してある。玉をリュックに戻す。

「この紐が切れたり、紐が尽きたら、一度引き返す。それだけ約束しろ。じゃなかったら今、ここでお前を連れ帰る。……二度も失踪したら、花蓮おばさん泣くぞ」

道の彼方に心を奪われたような拓人は、入学式の時のあの拓人だった。彰の呼びかけがやっと届いたように、遅れて頷き返す様に彰は胸騒ぎを覚えた。

「彰、もし俺とはぐれたら笛吹け。防災グッズの呼び子、もってきたろ。そしたら俺が絶対見つける。お前だけ遭難てことはない」

「二人そろって遭難ってことね……」

白幣の先の小道を、二人で見た。道の先は闇に消えている。木々がざわめいた。

白幣の先へ行ってはいけない。そこは境界。異界。

『そこから先は扇谷。立ち入ってはならず、枝を切っても木の実をとってもいけない』

月の小道から風がふうっと吹いてくる。気味悪い風だった。

「拓人、俺がお前に関して不安に思ってることは一つだけあるけど、別のことだ」

「なに」

彰は答えなかった。

二人で、小道へわけいった。白幣を越えて。

——ここから先は立ち入るべからず……。

山の空気が変わった。

ぞうっとするところ

気づけば上弦の月は空から消えていた。

霧がでていった。気温も急落していった。二人とも長袖のパーカーを着てきたが、それでも寒い。モヤモヤとまとわりつくのは霧でないのかもしれない。妖しいような山の霊気が霧になったのかもしれず、二人のうなじや腕を這って鳥肌をたてていく。かわるがわる水無瀬と数馬へ呼びかける声も、懐中電灯のライトも、霧に吸いこまれて消え、別の世界の谺や影になっている気がした。

霧は濃くなり、やがて道の目印みたいに点々とあった山百合と撫子が見つからなくなった。霧で見えないだけか、小道を逸れてしまったのかもわからない。

霧の彼方で梟《ふくろう》がホウ、ホウと鳴く。不愉快そうな木々の囁き声、木下闇から無数の赤い眼が光るようなのも、この妖しい山気も、拓人は覚えがあった。いつだったか、この山百合と霧の道をたどった。遠く、暑い夏の日に……。

――サヤ、どこ？　返事して。

蟬が疲れた声で鳴いていた。風が光っていた。……バイオリンが鳴っていた。

彰は方位磁針と腕時計がばかになったと漏らした。拓人の腕時計も秒《セコンド》が逆進していた。

時間と方向感覚が消え、距離感が消えた。山をのぼっていると思ったら、いつのまにか下っている。懐中電灯の光のほかは闇ばかり。何度か崖や谷のふちを通った気もしたが、それすらよくわからない。お守り袋のたてる小さな鈴音も、霧の奥から誰かが鳴らしてるよう。時々休んで、ペットボトルのポカリを飲み、夜露に濡れた髪を絞り、カロリーメイトを齧る。彰はお徳用ビニール紐の残りを気にしなくなった。巻いた玉は一向減らなかったので。ひっぱると毎度抵抗があることも、彰は疑い始めた。「俺がひくたび、小猿どもが順番にひっぱる遊びをしてるってこともありうる」でも拓人の、バイオリンの音をたどってるという言葉を、彰が疑うことは決してなかった。

拓人は耳を澄ました。ドロドロと低い山鳴りの底。か細く聞こえてくるひとすじの音色、サヤのモーツァルトの方へ。

拓人は空を仰いだ。欠けた月がまた出てきていた。

いったいどこまで奥へきたのか、縄文杉《じょうもんすぎ》にも似た巨木が黒々と林立する林にいた。

「拓人」彰のライトが、林の一点を指す。

そこに、不似合いな人工物が横倒しになっていた。月の光がしらしらと落ち、破損した太いタイヤのホイールを光らせている。単車の胴体は真っ二つに折れ、ミラーやハンドルも原形をとどめていない。巨人にへしおられた死骸みたいに転がり、ぽたぽた地面に流れる黒いガソリンは血のようだった。ひしゃげた金属板に描かれた髑髏と炎のペイントに見覚えがあった。彰は辺りを照らし、「変だ」と硬い声で呟いた。「タイヤ痕がない。周りの草も花も綺麗なままだ……木の枝だけやたら落ちてるな……なんだ？　上の枝が折れてる」

彰の言う通り上を見れば、十メートル以上の高みで枝がそこだけ不自然な折れ方をしていた。

拓人は「空からバイクが降ってきたのかもな」と言った。彰は冗談だと思った。

「だいたいバイクがひとりでに山にのぼってくるかよ……乗ってたやつはどこだ」

彰の声が途切れた。拓人はあの腐った川底めいた臭いをかいだ。

拓人がライトを向けると、庸介の顔があった。顔面を包帯で巻いていて、そうと気づくのにややかかった。両目の部分が変だった。色つきビー玉をいれたよう。霧が濃いせいか、庸介の顔が浮かんで見える。変にのっぺりした顔だった。

「悪かったよ」声までのっぺらぼうだった。「謝るからさ、助けてくれよ。助けてくれって。俺をひっぱって行こうとすんだよ。ぞうっとするとこに」

救いを求めるようにのばされた両手は、血が抜けきったように白い。手は弱々しくもがいて再び霧にひっこんだ。「たすけてくれたら、数馬と女の居場所を教えてやるよ」

「なんだって？」彰はへたりこみながら訊き返した。

腐った川底のような臭気がいやまして、包帯がはがれ、黒い顔が現れた。

「小夜子は死んだ」電話と同じ声がニヤニヤと言う。「小夜子は俺と同じところにいる。今も昔も。生きてるときも死んだあとも、小夜子は俺と——」

「黙れ」

蟬が低くじっとり鳴いていた。光る風も朝顔も色褪せていた。乾いた土埃を蹴立てて走った。黒い顔の男と、車を追って。コスモスが揺れていた。――サヤ、いかないで。

――あの日、こいつがきた。

「サヤがお前と同じところにいるわけねぇ。同じところにいねぇから、連れにきたんだろ。また」

彰は戦慄《わなな》いた。拓人に。拓人から吹き寄せる瞋恚《しんい》に。

「もう二度とお前にサヤを連れて行かせない」

男が拓人の中に何を見たのか、笑いが消えた。日に貫かれたように後ずさり、震え始めた。

「――帰れ。ぞうっとするところへ。お前はそこに永遠にいろ」

炎が噴き上がり男の全身をみるみるなめ尽くした。彰にはそう見えた。男の悲鳴は唐突にやんだ。黒く焼け爛《ただ》れたそいつは、小さく身震いした。フィルムをはがすように黒い人型が落ち、地面に水のように吸われた。黒い顔は庸介に戻った。

「俺はあいつじゃねぇ」のっぺりした顔は身の毛もよだつ恐怖でひきつっていたせいだった。

「助けてくれたっていいだろ。数馬と女の居場所を教えてやる。俺の仲間にも入れてやるよ」

別の顔が霧に浮かび出た。誰かは拓人も彰もわからない。中学生ほどの少年だった。顔は奇妙に低い位置――庸介の腰のあたりにあり、庸介を恨めしげに睨んでいる。庸介は少年を見ようとしない。「たすけて」庸介が言うや、うしろから力ずくでひきずられるように庸介が霧へのみこまれた。断末魔がはりついたような顔つきを残して。霧に消える刹那、あの少年が確かにニヤニヤと嬉しげに、憎悪の笑いを広げた。

何か動かないものを霧の奥にひきずっていく音がした。音は次第に遠ざかっていった。辺りに静寂《しじま》が戻る。拓人も彰も凍りついていた。拓人のライトの中にはもう何もない。

「……拓人、千蛇が沼で、春から、中学生が一人行方不明になってるんだ。不良グループに底なし沼に沈められたんじゃないかって噂」

拓人に聞こえるという彼方からの声を瞳に宿したら、今の拓人の眼差しになるのかもしれない。拓人が言う前に答えた。

「帰るかって訊くなよ。お前が今それ言ったら、俺、うんって言いかねない」

彰はなんとか立った。ありったけの勇気を奮い起こして。

「お前の言う通り誰が数馬をさがすの？　俺とお前以外にさ。庸介と十把一絡《じっぱひとから》げにされて、夏休みに数馬のやつも蒸発したよ、で終わりだよ。でも数馬は、庸介じゃない。数馬と水無瀬の場所、わかるんだろ？——どこでも付き合ってやる」つづけた。「お前、俺と帰っても、一人でまたここに引き返す気だろ？」

返事がないのが、拓人の答えだった。

山百合と撫子のつづく細道を奥へ奥へ進むごとに、拓人の口数が減った。彰は暗闇で木立が音を立てるだけで怖じ気づき、とてつもない不安をやっと退けてここまできた。でも拓人は何があろうが、もう引き返す気がないと彰には知れた。数馬と水無瀬のためであり、拓人自身の理由があるようにも思えた。時折拓人に浮かぶ、別の世界を見るようなあの顔つきで、彰には聞こえないバイオリンの音色を追って、露草《つゆくさ》を踏んで、深い深い霧の奥へ。

いつからか、決して振り返らず神社の石段をのぼる拓人を見るとき、あるいは此処《ここ》でないどこかに心を飛ばすその眼差しに気づくとき、彰は不安になった。

（いつかお前は其処《そこ》を見つけて、行ったきり、今度こそ、消えてしまうんじゃないかって）

拓人と彰は大破したバイクのそばを立ち去った。

巨木の林は、さまよいでた濃い霧に包みこまれて消えていった。

どれくらい歩いたか、少しずつ辺りは白みはじめ、梢の合間に曇ったような空が現れた。なのに朝ともつかない。懐中電灯がなくても歩けるようになり、緋や紺の小さな野生の朝顔が青竹や篠笹《しのざさ》に巻きついてひらいているから朝のはずだが、いつまでたっても太陽がのぼらない。

篠笹がサラサラ鳴り、風に散る。空寂《くうじゃく》に、鳥のはばたきが聞こえた。

こうべをたれて咲くカタクリ、露草、アザミの花……。途絶えることなく細い糸のように流れるサヤのバイオリンを、拓人はたどった。

（いつか）

こうして、サヤの音を追って走った。

肌寒い。霧のせいか、それとも森のどこかにあの川筋が流れているせいか。神社を浸す透明な青の水の水源。

――サヤちゃん、ほら、あった。川だ。水音が聞こえたもん。飲んだら元気になるよ。

なぜ。

『なぜ君と弓月が失踪したのか、……なぜ「君だけ」が帰ってきたのか』

霧の彼方から、バイオリンが響いてくる。

いつまでたっても太陽がのぼらない山。青々と流れる川。観音堂。月の海に舞い散る白と青の花。雨の音。月明かりで本を読むサヤ。――またバイオリン。

一九九三年に撮られた写真。制服姿で微笑むサヤ。

微笑むサヤ。

第八章　小夜子のこと

小夜子は自分がどこの誰なのかわからない。

物心つく頃には施設を転々としていたらしいが、それも定かでない。親もわからず、弓月小夜子という名も誰がつけたかわからない（施設では『サヨ』とだけ呼ばれ、自分の名を知るのも小学校に入ってからになる）。

自分がいつから、どうして、古ぼけたバイオリンを抱きしめて寝るようになったかも覚えていない。バイオリンを見つけたときの記憶は朧気ながら残っている。幼い頃の唯一と呼べる記憶だったけれども、自分でも夢としか思えないものだったので、誰にも話したことはない。誰もバイオリンを取り上げなかったのも不思議ではあるけれど、弓はなく弦もすっかり切れていたので、玩具がわりに与えておくことにしたのかもしれない。小夜子がその男に『ひきとられる』（いつもこの言葉には身震いする）とき、もっていたのはそのバイオリンだけ。

どういうわけであの男にひきとられたのか、何歳の頃だったか、遠縁というのが本当なのか、なぜ一緒に住むのかもわからなかった。あの男は『誰』なんだろうというのが、一番近い気持ちだった。蛭《ひる》めいた男だった。男が用意した書類はすべて嘘っぱちで、小夜子のために入る多少の公的手当を男が吸いあげていたことなど小夜子は知るよしもなかったが。初めてこの嫌な男と引き合わされた時、身の毛がよだった。——この男のもとにいかされるくらいなら。

（どこかとおくへいってしまいたい）

こみあげた強烈な感情を今も覚えている。

蛭男に連れてかれた家は、ごみごみした長屋のようなところだった。

脳裏に残るのはピンナップみたいに断片的な風景だけ。すすけた空、狭い路地裏、横倒しの汚れたポリバケツ、それを漁る野犬、首のない仔猫の死体、どこからか聞こえる接続の悪いラジオ。

他は奇妙なほど記憶に靄がかかり、そこでどう暮らしていたかはひどく曖昧だ。食べものや着るものが必要なときは、自分でさがした。家にはよく女のひとが出入りし、中には小夜子を気にかけて面倒をみてくれた人もいたが、すぐに家から消えた。消えた、というよりない感覚だった。女たちがどこへ消えたのかはわからないが、風呂場かもしれない。

蛭男がある日一升瓶で女の頭を殴り、女は動かなくなった。畳も壁も血まみれだった。男が女の両脚を引きずって風呂場へ行くのを、小夜子は押し入れの破れ穴から見ていた。だからみんな風呂場にいるのかもしれないと、小夜子は押し入れでバイオリンを抱きしめながら思った（押し入れが小夜子の隠れ家だった）。男が女を風呂場でどうしたのかはわからない。

記憶は少し飛び、バイオリンを抱いた小夜子は、前の長屋より汚らしい部屋に突っ立っている。電灯すらなく、夜は外のネオンが明かり。壁や天井は染みだらけ。じめじめして畳はふやけ、暗く、饐《す》えた臭いがした。濁《にご》った沼の底みたいだった。今度の家はここだと蛭男がにたにたした。

何度も棲み家はかわった。そうしてあの蒸し暑い、もうどこともわからない町に移り住んだ。電線だらけの茜空、夕風にいっせいに吹きなびく川原の草。川向こうをガタゴト走ってゆく電車、煙突だらけの工場……。友だちもなく、放課後も、いつも一人。古ぼけたバイオリンだけがそばにいてくれる。川原の丈なす草は小夜子を隠してくれた。一日が永遠みたいに長い世界から。やがて家で負う火傷や傷が服で隠せなくなり、学校に行けない日が増えた。ある日、授業が全然わからなくなっていた。

サヤは御堂で横たわる数馬とすず花のためにバイオリンを奏でながら、過ぎ去った日が弦からこぼれ落ちていくのを聞いた。祭りの晩も、拓人のために弾きはじめたはずが、いつのまにか小学生だった自分のことを考えていた。ソファで拓人に抱きしめられたとき、サヤの全部――十六年ぜんぶ――両手で抱かれた気がした。

夕暮れの川原を鳴らす枯れ草の音。小さな小夜子とバイオリンはその波音の中。

すすけた空に陰鬱《いんうつ》な太陽が沈んでいった。女の首を絞める紐に似た電線がだらしなく垂れている。世界は破けて見えた。水だけが光っていた。

……恋をしていた。

左手でおさえていた弦を解放する。弦が震える。十二歳は、この弦のよう。恋や、痛みや、苦しみに震えて音を立てる。それぞれの。それはひたぶるに純粋な音だったように思う。

鉛筆を買えず、一本だけ万引きしたら、お店の人に見つかった。担任の先生が警察にきた。先生は帰り道、真新しい筆記具をそっくりくれた。教科書も。去年の卒業生のものですよ、と先生はいった。クラスの女子に教科書も筆箱もノートも焼却炉で燃やされたことをどうして先生は知っていたのだろう。夏休みのキャンプにきませんかと優しい声で先生がたずねた。行けませんと返事をしようとして、絶句した。目からあの澱んだ沼の水が流れた。

小夜子はドロボーで、とっくにあの蛭男《ひるおとこ》と同じ、濁った暗い沼の生き物になっていたのだった。口走ったのかもしれない、先生は「大丈夫」と呟いた。何度も。それから小夜子はバイオリンを弾くのをやめた。女の首を電線で絞めるように自分の心をきりきり絞って殺した。汚れた手でさわれば、バイオリンも、誰かを好きな気持ちも、汚してしまうと思ったから。

どうしてあの夏休みのキャンプに行けたのかはわからないけれど、神様がくれたものだったのかもしれない。……あるいは、先生が。今のサヤはそう気づけるだけ大人になった。

バイオリンを弾きながら、思いだす。綺麗な夏のメロディみたいに、繰り返し。

「大丈夫」サヤは言った。あの日先生が言ってくれたみたいに。御堂で疲れ切って眠る数馬と、すず花に。繰り返し。「大丈夫ですよ……」

夏はラムネだな、と彼が言った。

ハイキングで列から一人遅れてしまった小夜子のもとに、どうしてか九条君が引き返してきた。並んで林の中を歩きながら、色んなことを教えてくれた。山の歩き方、星の見方、本の話、合気道をやっていること……。涼しげな声で。いつも口数の少ない九条君とは別人のように。

不意にバイオリンをやってないかときかれたときは、驚いた。やってないよ、と小声で答えた。

小夜子が九条君に言葉を返せたのは、この返事と、ラムネの話の、たった二つだけ。

——……弓月、ラムネ飲んだことないの？

——飲むって？　ラムネって、駄菓子屋で売ってる白いつぶつぶのお菓子じゃないの？

——炭酸のジュースだよ。瓶にこの空を詰めたようなやつ。縁日で飲むととびきりうまい。

木漏れ日の雨の下で仰向けば、木々の向こうに破れていない空があった。透明で綺麗で、日のとけこんだ青。あの頃は何て言えばいいかわからなかった七月の青空。

（お魚が跳ねてそうね）

キャンプから三日後、廃墟の工場で、小夜子は何ヶ月かぶりにバイオリンを弾いた。

弓がふれたところから、がらんどうの音が鳴る。がらんどうの自分。小夜子は涙を流した。

このバイオリンと、好きな人を好きでいることしか、小夜子のものはなかった。

どうか神様。

もっているのをゆるしてください。

（ごめんなさい）

ごめんなさい。

「そこでバイオリン弾いてるの、弓月か?」

廃工場に放置された黒い巨大タンクの列に、九条君の声が響いた。

「夏休みのプリント、先生から預かってる。お前はいないって、おっさんに門前払いされたけど。心配になったから、さがしにきた。……弓月、聞きたいことがある。お前、学校にこないんじゃなくて、これない理由があるんじゃゃないのか」

靴音が近づいてくる。奥へ。

「弓月、どこにいるんだ? いるんだろ?」

小夜子は涙をふいて、バイオリンを抱え、九条君から逃げだした。

壊れた非常扉から外に出た。夕暮れの鉄橋を列車がガタンゴトンと渡っていく。

あの列車に乗れば、どこかとおくへいけるのだろうか。パトカーのサイレンが聞こえた。空も川面も夕日で燃えていた。燃え殻《がら》の世界で、弓月と呼ぶ彼の声だけが透明で綺麗だった。

その夜の内に蛭男に引っ立てられ、小夜子はアパートからも町からも出て行った。

ぼうしの男の子

また幾つもの町を転々とした。

中学校にあがると、ほとんど学校に行かせてもらえなくなった。バイオリンだけが一緒にいる。一度蛭男《ひるおとこ》に持ち去られたことがあった。「二束三文にもなんねぇとよ」と戻ってきて、それから関心を失ったらしかったが、小夜子はバイオリンを隠す場所を変えた。布でぬぐって小夜子よりも綺麗にしているが、綺麗にしているとまたとられるかもしれないと心配になる。ある夜、今度バイオリンが消えたなら、一緒に自分も消してほしいと、沼の底の闇の中、カーテンのない汚れて曇った窓でゆっくり回転していく逆さまの星空に祈った。

どこに棲んでも沼の底めいていて、黒ずんだ畳の上や埃の溜まった四隅に昼でも闇がわだかまる。いくら家移りしようがその澱みはついてきた。それは蛭男の穴という穴からもぐりこみ、男を侵蝕していったのかもしれない。蛭男は頻繁に出歩く一方、外出するときはベランダを塞ぎ、ドアに外から鍵をかけ、小夜子が出られないようにした。まもなく小夜子の口と足にガムテープを巻き、手錠をはめ、トイレのドアノブにつないでいくようになった。

蛭男が外で何をして生計を立てていたのかついぞ小夜子が知ることはなかったし、蛭男の顔もひどく不鮮明だ。実際男の面《つら》つきは淪落《りんらく》するごとに別人の如く変貌していった。

相変わらず日は煤《すす》け、世界は破けて見えた。バイオリンと、透明で綺麗な夏の思い出だけが、小夜子の持ちもの。一日は永遠みたいに長すぎて、昨日と同じ今日しか知らなかった。

どこかとおくへもいけないまま、小夜子は中学二年生になっていた。

七月の、暑い夏の日だった。

台所の曇りガラスが外の光をうすうすと落とす。

蛭男が窓も雨戸も閉めきっていったので、それだけが光源。台所には放置された黒いゴミ袋が積まれ、わいてでた蠅《はえ》の羽音がわんわんうるさかった。蠅たちは時々埃を薄明かりに巻きあげる。六畳一間に唯一ある染みだらけの布団は闇が咀嚼していた。小夜子はそっちを見なかった。トイレの戸に背をもたせ、「夏はラムネ」心の中で呟いた。口にガムテープをされてなかったら、微笑んだろう。

夏日で、室内は蒸し風呂だった。セーラー服は汗でぐっしょり濡れて、肌にはりついていた（小夜子の服は制服だけだ）。小夜子自身は少し前から汗がでなくなった。一人は好きだった。頭の中でバイオリンをいくらでも弾ける。弦も、強くしなやかな弓も、頭の中にある。両手に手錠をされても弾ける。弓でそっと弦にふれる。耳を澄ませ、糸巻きをたぐって音程を合わせていく。教わった通りに。顎《あご》と鎖骨にすべらかな木の感触、左手の指先で渦巻きを撫でた。右手に弓の重心を感じる。小夜子の耳から蠅の羽音は消え、バイオリンの音だけ響くようになる。

——トントン、と戸がノックされた。小夜子はぼんやり意識を取り戻した。いつの間にかトイレの前で横たわっており、身をもたげようとしてもなぜか指一本動かせない。トントン……。『客』かもしれない。常に敷きっぱなしの布団を、男は『客用布団』だといって嗤《わら》う。

トントントン……。『客』にしては明るい叩き方である。『客』たちは昼でも影のようにもやもやときては去っていく。会話が聞こえてきた。安普請なので、筒抜け。

「拓人、本当にこの部屋でバイオリン鳴ってるの？　あたしにゃ何も聞こえないわよ」

「ぼくがトントンってしたら、やんだ。でも、ここに、いるよ。バイオリンが言ってる。女の子がとじこめられてるって」

「……あんた鷹一郎さんちでも、三百年行方不明になってた笛、本当に蔵の奥の長持ちから見つけたもんね……。『此処《ここ》におりまするー、って笛がいってる』って。……猛暑日なのに雨戸全部しめきって、室外機もない木造アパートの戸に、六つも外鍵つけてさ。窓格子もこの部屋だけ、ね。……女の子がいるのね、拓人？……いいわ、言い訳はなんとでもなる。この格子なら、ドライバーですぐ外せそうね。車にあったわ」

小夜子はまた気を失ったようだった。ガラスが割れる音で我に返ったから。

暑い風が、こもった臭気をはらう。小夜子は朦朧と瞼をあげた。

台所の窓があき、男の子が身軽に入りこんでくる。「何この臭いと蝿――拓人、待ちなさい」女の人の制止も、ガラスの破片ももののともせず、男の子は自分のちっちゃなぼうしで蝿を払うと、流しから飛び降りた。まっすぐ小夜子を見つける。

「いたよ、お母さん」

「いたって――」

横たわる小夜子に、あたたかいものが激突した。かすむ目をこらせば、ちっちゃなぼうしの男の子が小夜子に抱きついている。日向のにおいがした。男の子は小夜子のガムテープを外してしまった。簡単に。足も、口も全部。

「おねえちゃん、おなまえなに？」

返事まで時間がかかった。自分の名すら忘れかけていたのだった。「……さ、小夜子」

「サヤ、サヤちゃん。こんなあつい日なのに、身体が冷たいよ」

しゃべろうとしたが、呂律《ろれつ》が回らない。頭痛と耳鳴りが小夜子を切り苛んだ。首に、頬に、手錠のはまる手首に、小さな手がふれる。誰かが小夜子の背を支え、ドアノブと手錠を繋いでいた紐をガラス片で切る。額を清涼な風が撫でたと思ったのは、その女の人の手だった。ぼうしの男の子が日向なら、女の人は五月の光る青葉みたいだった。綺麗で鋭くて凜としてる。

「拓人――あんたでかしたわ。行くわよ。窓から出て」

「サヤちゃんはぼくがはこぶ」

「ダメダメ。サヤちゃんはあんたじゃむり。あんたはもう大手柄立てたわ。次はお母さんが頑張る番。帽子忘れるんじゃないわよ。あっ、こら拓人、どこ行くの」

小夜子はぼうしの男の子が奥の暗闇に飛びこんでいくのを見た。勇敢に。太陽が闇を切り払うみたいに。どうしてわかったのだろう。男の子はすぐに、地袋に隠していたバイオリンをさがしあてて戻ってきた。女の人が驚きの声をあげた。「バイオリンだわ」再びぶうんと集まりはじめた蠅の大群が、あの蛭男を呼び寄せる気がした。身震いを感じとったのか、女の人は小夜子を負ぶった。手錠の環《たまき》の中に自分の首をくぐらせて。「拓人、バイオリン頼むわよ。手錠させたままでごめんね。すぐなんとかするからね。さあ行こう」

外に出たら、灼けた日射しと風が小夜子の肌に吹きつけた。

雨戸で閉じこめられたことのない日と風だった。

小夜子はゆらゆらと気持ちよい揺れのなかで、目を瞑った。

どこかとおく

起きた時、小夜子は夢を見ているのだと思った。

小夜子はお日様のにおいのするふっかりしたお布団で寝ていた。見知らぬ和室で、障子も襖《ふすま》もカラリとあけ放たれ、縁側から朝の涼しい風が入ってくる。身を起こすと、清潔でいいにおいのする浴衣を着ている。扇風機がカラカラと、小夜子と男の子に風を送ってくれていた。小夜子のすぐ隣に、あのちっちゃな男の子がタオルケットを敷いて眠っていた。にゃーとどこかでネコが鳴いた。「起きた？」と声をかけられた時、小夜子はネコがその女の人に変わったのかと思った。Tシャツにジーパン姿で、新聞片手にとびきりの笑顔で小夜子を見下ろしている。姿より声に聞き覚えがあった。

あれから四日経ってるのと、彼女は言った。三日間、小夜子は病院で処置を受け、昨日この家に連れ帰ったこと。小さな男の子は彼女の息子で拓人といい、「サヤちゃんと一緒に寝るってきかないから」タオルケットを敷いてやったのだという。男の子が寝返りを打ち、小夜子の布団を握った。小夜子は夢見心地のままでいた。彼女があの澱んだ部屋や手錠のことを全然口にしなかったからかもしれない。手首に手錠の痕がありはしたのだけども。

彼女は羽矢花蓮と名乗った。

「朝風呂って好き？」

小夜子はおずおず頷いた。いつぶりかのお風呂だった。

お風呂からあがったら、男の子がちゃぶ台にご馳走を並べていた。「この赤いお箸がサヤちゃんの」と渡された。スダチをしぼった熱々の焼き魚が口の中でじゅわっと広がる。こんな美味しいご飯は生まれて初めてだった。小夜子は見よう見まねで、柚と小魚をちらした大根下ろしにお醤油をかけ、ご飯にのっけて口に入れた。以後今に至るまで小夜子の大好物の一つだ。

食べている間、花蓮は小夜子の髪をドライヤーで乾かし、梳《くしけず》って、リボンでまとめた。

「制服はクリーニングにだしたから。それと、バイオリンもあるからね」

男の子が朝ご飯を途中にして、隅にあったケースをひっぱってきた。

白地に赤と黒のチェック柄の素敵なバイオリンケースにおさまったそのバイオリンが、本当に自分のものか小夜子には自信がなかった。本物の弦がちゃんと張られているのを、小夜子は初めて見たのだった。本物の弓もあった。そっと弓をとるその仕草に花蓮は目を惹かれた。親指と小指が軽く丸められて力の上手に抜けた美しい持ち方だった。花蓮が驚いたのはそれだけではなかったけれど。

「ケースも、その弓もあげる。アジャスターないから、E《エー》線はごめん、糸巻きだけじゃ、あたしにゃ合わせられなかった。……にしても、このバイオリン……」

不意に艶のある低音が泉のようにあふれでた。茶の間から庭へ、さらに先へのびていく。小夜子は首を傾げて弓を離し、糸巻きで調弦した。覚束ない手つきで。また弾く。「あってない」といったのは拓人だった。小夜子は都合八回三歳の拓人から「まだあってない」とだめ出しを受けつづけた（実のところ花蓮は五回目で合ったと思い、小夜子も六回目でもういいのでないかしらと思った）。八回目は拓人の口ずさむ「ラー」を頼りにAを合わせてE線と奮闘した。

その間、花蓮は黙って音色に耳を傾けていた。それから息子に「あんたの耳は本物だわ。お母さんもわかった」やっとのことで呟いた。

バイオリンをしまうと、三人で朝ご飯のつづきをした。麦茶のコップでカランと氷が溺れていく。縁側を、斑《ぶち》のノラネコが通り過ぎて、朝顔の鉢のそばで丸くなる。

小夜子は空を見たくなった。と、目眩がした。手から箸を取り落とした。

起きたらまたお布団で、氷枕があてがわれていた。「サヤちゃん、おねつでたの」拓人がそばにいて、ちっちゃな手で小夜子の頭を撫でた。すごく真剣な顔つきで、大事なものみたいに、そうっと。夏の夕暮れが畳に滲んでいる。小夜子の胸にまで夏の入り日がさしこんだようだった。胸がしめつけられた。切ないような、でも悲しいのとは違う。手の中につかまえておきたい。バイオリンが弾きたくなった。

そのおうちがどこだかもわからないのに、小夜子はちっとも不安を覚えなかった。

拓人に撫でられているうちに、本当に熱が下がった。

明くる日、小夜子は縁側で空を仰いだ。破けていない世界があった。九条君の言っていた、ラムネの瓶に詰めたみたいな甘くて青い空が。日めくりカレンダーは七月二十五日。

……夏休みだった。

夢の中にいるような、不思議な三週間だった。

弓月小夜子は、そこでは「サヤ」という名の女の子になれる。

朝は花蓮と拓人に挟まれて目を覚ます。もうそれだけでバイオリンを弾きたい気持ちになる。拓人と朝の支度をする。ちゃぶ台にお箸を三つのせ、扇風機をつけ、朝顔の水やりをする。ノラネコ用の皿にミルクをそそぐ頃には庭木で蟬がミンミン元気に鳴き始める。

花蓮は書き物、小夜子は好きなだけバイオリンを奏で、拓人と遊ぶ。古ぼけたバイオリンはすっかり機嫌がいい。聴いている花蓮のほうは不思議がる。バイオリンの構えから重心の移動、力の抜き方まで一切ムダがない。何を弾いても指先から爪先までむりなく繫がって少しも崩れないので、疲れ知らずに何時間でも弾いていられる。なのに小夜子はバイオリンの手入れの仕方も、譜面の読み方も知らず、弦の張り替えもたどたどしい。弾ける曲も「譜面でなく耳で聴いて教わった」というが、それらの曲さえ小夜子は作者もタイトルも知らなかったりする。

(……教わった……って、『無伴奏ソナタとパルティータ』六曲ぜんぶ弾きこなす弾き手がそんじょそこらにいると思えないんだけど………)

花蓮に譜面の読み方を教わってから、小夜子は色々な曲を弾いた。離れのピアノで拓人がラを押して、小夜子が調弦する。雨の日は拓人が「らんらん」と歌うのにバイオリンを合わせる。バイオリンだけで弾けない曲は二人でアレンジ。拓人は会心の出来の時しか、絶対「じょうず」といわない。『モーツァルトのバイオリンソナタ第21番ホ短調・サヤアレンジ』がお気に入りで、弾くと拓人はすやすやお昼寝する。小夜子も一緒にお昼寝したくなって、バイオリンを置いて、そうする。タオルケットをかけて微睡《まどろ》む小夜子と拓人に、バイオリンが勝手にソナタのつづきを鳴らしてくれる。

小夜子は拓人に秘密を打ち明けた。拓人と同じくらいの頃、綺麗な音色が聞こえてきたのでたどってみたら、このバイオリンを見つけたこと。廃墟になったお屋敷の奥だったような気もするが、全部夢かもしれないと思ってること。弓や弦がなくても、細い枝や拾った棒で弾くマネをすると弓に変わり、駒《こま》や弦がフーッと現れて弾けるようになるとある日気がついたこと。月が綺麗な夜はひとりでに曲が鳴りだすこと。

小夜子はこのバイオリンに弾き方を教わり、曲を教わったのだった。拓人は信じてくれた。花蓮が『……最初弦は絶対なかったし、てことは駒《こま》もなかったわけで。魂柱があったかはわかんないけど……あったとしても絶対ずれてるはずで、工房に出さなきゃって思いながら楽器屋で弦と弓買ったのまでは覚えてるんだけど……いつのまにやらあたし弦張ってたのよね……。駒がもうあったのよ。なんで？』と首をひねっていたと、小夜子に話した。

「それに、ぼくも鳴ってるの聞いたから。女の子が閉じこめられてるっていってたよ。このバイオリン、すごく古いものなんだって」拓人はもう一つ不思議な話をした。「あのとき、サヤちゃんの『たすけて』って声も、バイオリンにのって聞こえてきたよ」

花蓮は自分のこと、この家の住所や電話番号など、包み隠さず伝えた。警察がくるまで待たなかったことも。「警察に行かないほうがいいこともあるから。他人なら犯罪でも、そうじゃないと家に戻されることもあるから……」

……家？

（『家』ってなに）

花蓮があの沼の底めいた木造アパートのことに触れたのはこの時きりだ。それは一滴の恐ろしい黒い染みだった。蛭男《ひるおとこ》と離れても決してぬぐえぬように思われた。その予感が小夜子をよく寝つかせたのかもしれない。長年の狂った生活のためにひどく衰弱していたことを小夜子自身は知るよしもなかったが。この毎日が夢ということはわかっていた。いつか終わる。

蝿の羽音がすると小夜子の頭はしばしば空白になった。床についていると、たいてい拓人がそばにいる。食欲のないとき、花蓮がかき氷機でイチゴとイチゴジャムをのっけたかき氷をつくってくれ、拓人が匙《さじ》ですくって小夜子に食べさせてくれた。あんなに美味しいものは知らず、一鉢ぜんぶ食べてしまった。

拓人の姿が見えないと、どうしたかしらと小夜子は寝こんでいても気になった。拓人は小夜子の右手の人差し指を撫ぜ、左手を撫ぜ（どっちにもバイオリンでできるふくらみがある）、小夜子の左耳の下の黒い染み——黒い染み——を撫でてくれる。小夜子が心細い思いでいると、拓人はその痣にずっとほっぺたをあててくれた。小夜子が微笑むまで。

小夜子は何度か落涙した。なぜ涙がでるのかはわからない。

そんなとき決まって、サヤちゃん、とちっちゃな指が小夜子の顔にふれる。なかないで。

夢かうつつか、ふとわからなくなるほどの見知らぬ幸福だった。

日は矢のようにすぎた。幸福はそんなものなのかもしれない。

八月半ば、小夜子は蛭男と警察に連れ戻された。

「家」

警察は花蓮に未成年者略取《りゃくしゅ》だとかなんとか言った。

小夜子はそれが誰か本当にわからなかった。蛭男はこんな顔をしていたろうか。どうしてこの男と一緒に暮らさないとならないのか、わからない。

蛭男は土足で廊下にあがりこみ、小夜子の顔を殴りつけた。小夜子はやすやすと壁まで叩きつけられ、床に転がった。花蓮や警官が何か言ったように思う。耳鳴りの中で聞こえたのは、「サヤちゃん」と叫ぶ男の子の声。「しつけです。殴んないとわからないんですよ。口出ししないでください。いつもやってます」という蛭男の猫なで声。

蛭男にくってかかった拓人を、男が蹴り飛ばすのが小夜子の目に飛びこんできた。

玄関先の二人の警官が割って入った。そこから先の記憶は混乱している。「帰りますから」と告げた自分の声が遠くから聞こえた。胸に拓人を抱きしめていた。小夜子が這い寄ったのか、拓人がそうしたのかは覚えていない。冷え冷えとした腕に、日だまりを抱いているよう。サヤちゃん、おねつでたの、という声がなぜか場違いにも思いだされた。

切れ切れの情景の点滅。腕の日だまりは消え、湿った太い手が自分をつかんでいる。沼の饐《す》えた臭い。「事情を聞く」ために花蓮が警官に連行されていく。鷹一郎が血相を変えて門から駆けてくる。日は陰っていた。

「サヤちゃん」と追いすがる男の子の声を、小夜子は蛭男の車の後部座席から聞いた。こめかみから血の雫が滴り落ち、膝のクリーニング店のビニール包みを汚した。痛みは感じなかった。花蓮がクリーニングにだしてくれた制服と、バイオリンケースをいつどうやってもってきたのかも、わからなかった。


拓人は車を追いかけようとした。鷹一郎が腕ずくで止めた。車が遠ざかっていく。拓人は鷹一郎の腕で、ぽろぽろと悔し泣きした。男に蹴られた腹が痛くて、痛くて、惨《みじ》めだった。

パトカー騒ぎに隣近所の人が門前に集まっていた。村井義森夫妻が花蓮を引き取りに警察へ出向いたことや、男の「目に余る」振る舞いのために警察が花蓮への処分を「連れ去りと誤解される行動をとらないよう」と厳重注意に引き下げる出来事などが、夕方までの間に拓人の与《あずか》り知らぬところで起こるのだが、拓人にはサヤが連れ去られたことだけがすべてだった。

残った警察官が甘ったるい口ぶりで話しかけたことも余計拓人を怒らせた。サヤとどこで知り合ったの、なんて、ばかじゃないのか。あの真っ黒い顔の男にサヤが殴られてどこかへ連れていかれたのに、大勢の大人がいるのに、誰ひとりサヤを追いかけない。

蟬がうるさくて、腹立たしいくらい暑い日だった。

拓人は火のように癇癪《かんしゃく》を起こし、鷹一郎に「ばか。あっちいけ」と百ぺん殴りかかった。夕方には警察も近所の人もいなくなった。静かになった庭に、夕日が射した。拓人はサヤと二人であげていたノラネコのミルクを、一人で用意した。それから縁側に座った。鉢の朝顔はしぼんでいた。拓人もうなだれ、涙をふいた。

村井のじいちゃんの軽トラが門前に停まり、花蓮が拓人の前に立った。

花蓮は周囲を一瞥した。

茶の間では麦茶のポットが倒れてコップが割れ、洗濯物は散らかり、障子や襖も破れて、テレビのリモコンは庭に墜落していた。花蓮はリモコンを拾って、ちび台風息子の隣に座った。

拓人は黙っている。

赤トンボが赤い空へ帰っていく。蟬の声はやんでいた。もの音のない夕暮れだった。バイオリンがどこからも聞こえない。聞こえるのは寂しさの谺《こだま》だけ。軒下から斑のノラネコがでてきて、拓人の足もとに座る。トンボにもミルクにも目をくれず、拓人の足を尻尾で二、三度たたいた。いつもはそんなことしないのに、慰《なぐさ》めるように。

「……サヤちゃん、おねつがさがったばかりだったよ」

「そうだね」

「サヤちゃん、いつかえってくるの」

「わからない」

花蓮は正直に答える。

「でも、サヤにあげたバイオリンケースあるでしょ。内側のポケットにね、この家にくる方法と電話番号を書いた紙と、お金を入れておいたの。電車とバスの時刻表と、テレホンカードも」

夕日のせいか、拓人の瞳は火のようだった。

「バス？」

「そう。峠を越えて、山の前で停まるバス。サヤが乗ってくるとしたら、夕方の最終バスかな。サヤのいたとこは遠いから……。バス停なら、あんたでもサヤを迎えに行けるよ」

「そのバス停で待ってれば、サヤちゃんと会える？」

「サヤがバスに乗って、きてくれたら」

「明後日のおまつり、サヤちゃんといける？」

「………」

花蓮は拓人の肩を抱き寄せた。

「待ってよう。サヤがこれなかったら、お母さんと行こう」

「やだ。サヤちゃんとしかいかない」

「お母さんもあんたとお祭り行きたいよ。あんたとさ、お祭り行ったことないんだもん」

しばらくして、拓人は頷いた。「いってあげてもいいよ。でもサヤちゃんがかえってきたら、サヤちゃんといくから」

「あら、いうわね。いいわよ」

「おかあさん、どうしてあいつ、サヤちゃんをぶったの。なのにどうしてサヤちゃんはあいつと一緒にいっちゃったの」

稜線に太陽が沈んでゆく。夕日と一緒に自分も世界から消えてしまえたらいいのにと、昔、花蓮はよく一人で思ったものだった。薄暗くなっていく時間、遠い海辺の町で。

「……サヤが何もしなくても、ぶちたくなる人間なんだと思うわ。自分より弱い者が、自分の思い通りにならないってだけで、我慢ならない人間がいる。でも強くなるって、そうならない人間になるってことなの。サヤがあんたを全身でかばったみたいに」

幼い息子の目に金色の夕日が吸いこまれてゆくのを、花蓮は見守った。もうこれ以上花蓮は遠くに逃げなくともいい。花蓮の隣に世界の光のすべてがあった。

「……どうしてサヤを行かせたのかって、怒ったあんたが、正しい。ごめん、拓人」

廊下で鷹一郎はその会話を聞いていた。

それから花蓮と拓人と鷹一郎の三人で、片付けをした。

翌日、雨が降った。篠突く雨だった。花蓮は拓人に帽子つきのレインコートを着せ、二人で傘を差し、手を繋いで石垣前のバス停に出かけた。歩く二人を麦畑の案山子《かかし》が見送る。

古ぼけたバス停には、ベンチと街灯と自販機一台のほか、何もない。花蓮は自販機でポカリを二本買った。牛乳と書かれた庇《ひさし》つきのベンチに、山から吹かれてきたか、白い花があった。

拓人が拾おうとしたら、白い花は落ち、雨に打たれてくずれた。

世界は雨でかすんでいた。

「雨の森の、いろんな音がする」と拓人はいった。「どんな?」「いきる音と、しんでく音」

街灯にも、石垣にも、森の蟬の死骸にも、雨が打つ。「うん」花蓮と息子の上にも。

ベンチに座って待つ間、拓人は癇癪を起こさなかった。拓人にいわれて初めて花蓮は、苔むした長い石段と、小さな神社があるのに気がついた。三時間で旧道を通った車は一台きり。

やがてガタゴトとバスがやってきた。時刻表通り、夕方五時二十四分の最終バス。

オンボロバスは停留所前で速度を落として、停まった。けれど花蓮も拓人も乗らないとわかると、発進して、二人の前を通り過ぎていった。雨の流れる窓に乗客の姿はなかった。

二人はバスを見送り、傘を差して、手を繋いで、帰った。

明くる日もそうした。その次も、そのまた次の日も……。

でもサヤが最終バスに乗ってくることはなかった。

夏が終わっても、サヤは戻ってこなかった。

半年後、春……。

拓人は縁側でノラネコ用の皿に牛乳を入れた。庭には市中より遅い春がきていて、やっと咲いた桃と雪柳が散り敷いている。朝顔の鉢は、土ばかり。

家の電話が鳴った。

花蓮は「お母さん昼までねる」といって二階にいったばかりだった。母が徹夜で雑誌の記事を校正し、ファックスで送信して一仕事終えたことまでは拓人にはわからない。拓人にわかるのは「朝にねるといったお母さんは、電話が鳴ってもぜったいおきない」ということだ。

廊下にいったら、ベルは鳴りやんだ。

昼を過ぎても母は起きてこなかった。拓人は時計を見て、冷蔵庫からラップに包んだ手作りのサンドイッチと林檎《りんご》のパックジュースをだして、リビングのテーブルにならべた。椅子に座ってストローで林檎ジュースをのみ、サンドイッチを食べる。

すず花は今日から「ようちえん」だという。拓人は行ってないが、もう数字を五十までいえるし、かけるといったら、「どうして？」とびっくりされた。お母さんや鷹一郎や家にくる変な楽器弾きのひとたちに教わった。サヤが「あんまり勉強をしたことがない」としょげていたので、がんばっておぼえたのだ。これでサヤに教えてあげられる。それにとけいもよめるようになった（でも、どうして『よむ』というのかはぎもんにおもっている。本でもないのに）。

時計の針がちくたくと四時をすぎる。

拓人は針を見たあと、裏の白いチラシをさがしてクレヨンで絵を描いた。神社とバス停と、サヤと自分の絵。まだ字がうまくかけないので、それをテーブルに置いて「れんらく」にする。

家の窓をしめて、外出用の帽子をかぶり、玄関でズックをはいた。半ズボンのポケットには、花蓮からもらった大事な大金をいれる。ぴかぴかの百円玉。

「いってきます」と静かな家にいいおいて、玄関をでた。

「もう少し大きくなるまで」ひとりで神社のバス停に行ったらダメだといわれていたけれど、すず花が「大きくなったから、今日からはひとりでようちえんバスにのるの」といっていたから、拓人だって「大きくなった」はずである。

綿のような風がやんわりまつわりつく。かぐと少し甘く、奥はまだ少しひやっこい。遠くの山脈は残雪をいただき、麓だけが春の花で色を塗られてる途中。鶯があちらこちらと鳴く。つくしとタンポポと蝶々の畦道を通り、曲がり道がわからなくなるたび、そばの畑で案山子が指さしたほうへ行く。一人だといつもより遠く思え、街灯と自販機とバス停が見えてくるまで、ひどく時間をくったような気がする。

自販機にも、石段にも、赤い花びらがつもっていた。山桜が雨のように落ちてくる。

拓人はベンチに腰掛けた。隣にモンシロチョウが行儀良くとまる。

ホーホケキョと、山の鶯がさえずる。ホケキョ……。

日がほのぼの暮れていく。鶯もモンシロチョウも山に帰り、山桜が音もなく散るだけになる。やがて街灯が身震いして点灯した。バスはこない。もう「ごじにじゅうよんぷん」をすぎてしまったのではないかと、拓人は心配になった。とけいがないので、わからない。

神社ならとけいがあるかもしれないと思って、石段をのぼった。花びらが石段に落ちて、とけ残った白い雪に口づけ、寄り添い、横たわる。境内にも一面花が散り敷いていた。辺りがだんだん暗くなる。とけいをさがそうとしたとき、バスの音がした。拓人は石段の下を見た。

停留所におんぼろバスが停まる。バスが発車したあと、バス停に誰かが残っていた。後から後から山桜が散る。自分が名を呼んだかどうか、定かでない。バイオリンケースを肩にかけた女の子が、石段を振り仰いだ。

拓人は石段を駆け下りていった。途中で花びらに足をとられ、帽子と身体が宙に投げだされる。山から一陣の風が吹いた。花つむじに包まれたと思ったら、サヤに抱っこされていた。サヤは拓人を抱き留めたあと、重みに尻餅をついて目を白黒させた。

「??　拓人さん?　公衆電話からかけても誰もでませんでしたけど。それに今——」

のちにサヤが『ラピュタ』の女の子が空から降ってくるシーンを前に、「あのとき拓人さんもこうでした」と真顔で主張するのだが、拓人には空を飛んだ記憶などない。石段から停留所までは距離があり、確かに空でも飛ばないとつじつまが合わないのだが、幼い拓人にはそんなことは全然どうでもいいことだった。

サヤを抱きしめた。サヤの鼓動と自分のそれが重なるまで。

「サヤ、むかえにきたよ」

弦を指で弾いたように、腕の中でサヤが震える。

長い長い時間がたって、サヤは「はい」と囁いた。山に日が落ち、二人が身をほどいたとき、サヤと拓人の髪につもった花びらがはらはら落ちた。

自販機のランプがついていた。

サヤは拓人の帽子を拾いながら、拓人が自販機に寄っていくのを見た。

拓人はポケットの全財産を投入して、サヤのためにほっとここあ（砂糖なし）を買った（お母さんが寒い日はこれだといったから）。取り出し口にしゃがんだら、おみくじランプが光って『当たり』と音楽を鳴らした。最初で最後の『当たり』になるとも知らず、拓人はほっとここあをもう一つ押した。拓人はおおきくなったから、苦いのもだいじょうぶだ。

「サヤちゃんにあげる」とほっとここあをわたすと、サヤは嬉しそうに両手でうけとった。

二人でここあを飲みながら、家路についた。ここあは拓人には苦くてまずかった。

道路の向こうから、拓人をさがす花蓮の声がした。

一九九九年――どこかの観音堂

暗闇に『小雀に捧げる歌』が響く……。

バイオリンが聞こえる――。

山中でこのちっぽけな御堂を見つけたのがどのくらい前なのか、数馬にもよくわからない。扁額に『観音堂』とあったから、数馬の隣の小さな仏像が観音様なのは確かだろうけども。

数馬は目を開けた。

何枚も貼られた巡礼の札。数馬は眠る前と同じ、壁にもたれて座ったままの恰好だった。水無瀬に目をやった。水無瀬は横になって眠っている。もう何時間もこうしているのか、はっきりしない。数馬はペットボトルをひきよせ、何口か飲んだ。

一つきりの細長い窓が、きたときと同じ光を落としている。

明るいのに太陽は見えず、ものの影もいつ見ても同じ場所にある。腹も減らない。

(……一日たったのか、数時間なのか、時間の感覚が全然わかんねーな)

水無瀬にひっぱたかれた顔がまだ痛む気がする。あんたいい加減あんな連中とつるむのやめなさいよこのばかぼん! とガミガミ説教された。

水無瀬を助けに行ったのは数馬なのだが、水無瀬の言うとおり元凶は自分であったから、ムスッとするのはお門違いではある。それに水無瀬の説教にはなんでか腹が立たない。

向日葵の観察日記をつけに（数馬は向日葵の絵なんぞ生まれて初めて描いた）、学校へ出かけたとき、銀杏の木のコイケ先生に『二見トンネルには行くな』と言われたのを今さら思いだす。拓人と彰と数馬は小さな向日葵の花を三、四輪剪っていたところだった。如雨露を花瓶代わりにして銀杏の根元に向日葵をおいたら、コイケ先生はほとほと泣き、それからにっこりして、すうっと消えてしまった。次に三人で観察日記をつけにいった時も、コイケ先生は木にいなかった。金曜日だったから、音楽室に出かけたのかもしれない。

どうして水無瀬が二見トンネルなんかに行ったのかはともかく、数馬が庸介の電話をとったとき、後ろから確かに水無瀬の声がした。

庸介は同級生を沼に落として殺しても忘れる奴で、恨みはどんな手を使っても晴らす。

小夜子には「稽古に出かけてきます」と告げて、羽矢の自転車で二見トンネルへ向かった。トンネルに入ったとき、峠のほうから単車が猛スピードで突っこんできた。後ろに水無瀬を乗せていた。水無瀬は庸介の腹の前で手錠をかけられていた。庸介はアクセルをふかして数馬を執拗に追い回した。逃げるうちにいつのまにか二見峠側へ追いやられていた。そこからはよく覚えてない。背後はガードレール、『二見峠。この先崖。急カーブ危険』という看板、庸介がめちゃくちゃにハンドルを右に左に切りながらすぐそばまで迫ってきたこと、「よけて」という水無瀬の悲鳴、バイクにひっかけられた衝撃と崖に放り出される感覚、庸介がブレーキをかけずにガードレールへつっこんでいくのが映った。

（……なんで生きてんだか、全然わかんねーけども）

気づけば数馬は、水無瀬に負ぶわれて、この不可思議な霧の山中をさまよっていた。

霧の山道になぜか水無瀬のボストンバッグが落ちており（林間学校用にもってったやつだと水無瀬は呟いた）、その先にこの御堂があった。

数馬は窓景色に顔を向けた。

太陽は見えないのに、外の風景は絵巻物のように移り変わる。少し前は雪が降りつんでいた。今は夏。緑は濃く、鳥の声や樵《きこり》の音、空谷《くうこく》に流れる川音が聞こえる。

水無瀬は数馬をこの観音堂に運びいれ、数馬の言うとおり添え木を見つけてきて、ボストンバッグにあったハンカチやタオルでしばって、手当てをした。携帯電話は？　と訊かれたからないと答えた。水無瀬もないと言った。あっても扇谷は圏外だったが。

それから二人でバッグに残っていたペットボトルの水と菓子をわけ、休むことにした。

数馬は何度か覚醒した。でも水無瀬は起きない。数馬も意識が戻るまで、自分がどれだけ気を失っていたのかわからない。起きない水無瀬の顔には泣いた痕があった。

休む前、一人で山を下りられるか、と訊いた数馬に、無理に決まってるでしょ、と水無瀬は答えた。「あんたを置いてくのも、一人で霧の山中をさまようのも絶対いや」

水無瀬の声は震えていた。数馬は床に投げだした足に目をやった。

左足が折れていた。

額は汗でべっとり濡れていた。身体が燃えるように熱い。血が止まらず、体外へ滲みだしていく。水無瀬にはいってないが、左足の他にも色々いかれていた。水無瀬が目を覚ませば、数馬がゆっくり血だらけになった姿を見るはめになる。

数馬の隣には小さな観音像。観音様は緑の帽子をかぶってる。水無瀬は見るなり、帽子を裏返した。タグにサインペンで「はや・たくと」。窓から雪が降りこんでも、観音様は帽子で寒くはなさそうだ。雪の日に六歳の羽矢が自分の帽子を観音様にかぶせる姿が目に浮かぶ。多分小夜子と一緒に。そんなこともきっと羽矢は忘れてるんだろう。

(ちゃんと思いだせよな)

警察で引き合わされたとき、数馬のことを、知らないと言いやがったやつ。校庭で決闘したことも、千蛇が沼で会ったことも、小夜子と三人で見た花の森も何一つ思いださなかった。

(お前が忘れたままだから)

あれは全部ありもしない夢だったんじゃないかと、何度もぐらついた。

色んなことにむしゃくしゃしていた。親にも、親の金で生きていることにも。とりわけ小夜子のことを忘れたという羽矢と、小夜子の存在が少しずつ不確かになっていく自分に。しつけだと殴る父親を木刀で滅多打ちにやり返してから、かろうじてあった箍《たが》が外れた気がする。

何をしても飽き足らなかった飢餓に似た感情は、もうない。

小夜子と二人で過ごした三日間の夏休みは、数馬の髪の先まで満たしていた。庭で花火をするだけの、なんの変哲もない時間の一つ一つに胸がしめつけられる。今も。

聞こえてきた音色も、数馬は夢だと思った。

「数馬さん」

窓明かりで小夜子がバイオリンを奏でている。鬼気迫る表情で。大丈夫と囁く声だけが優しく、数馬は何度も何度もそれを聞いたと思った。暗闇の中で。

「大丈夫ですよ、数馬さん。今度山の捧げものになったのは、庸介という中学生のほう。すず花さんと数馬さんは必ず山から帰します。もうすぐ——」

窓で、永遠のような光の夏がゆらめく。

魚の泳いでそうな空と、やかましいくらい鳴く羽矢家の蟬。縁側にしょんぼり座る小夜子と、麦わら帽子。向日葵の観察日記。バイオリンのメロディ。夕日と豆腐売りのラッパ。羽矢と葉越とでとりあったアイスとゲームコントローラと漫画のつづき。花火セットとかき氷。どこにでもありそうな夏休み。小学校六年間で数馬の夏の思い出はこれだけだ。それで充分だった。

唇をあけても、小夜子の名は音にならなかった。聞こえぬ声がこぼれた。

小夜子と羽矢と過ごしたあの夏があったから、数馬は庸介にならずにすんだ。

(でも、あなたは)

一心不乱にバイオリンを弾く小夜子の影が床に落ちる。数馬は血と泥で汚れた手をのばし、影法師にふれた。シルエットからのびる三日月のような二本の角《つの》の影までも優しげだった。

一九九三年の神隠し。何があったか数馬は知っていた。けれど誰も数馬の言葉を信じなかった。聞いてくれたのは羽矢のおばさんだけ。

（俺のせいだ）

小夜子は違うといったけれど、あの事件はそもそも数馬のせいだった。

「大丈夫ですよ、数馬さん」小夜子が囁く。「もうすぐです……」


「――渡会」

数馬は目を開けた。目を開けたと思ったのに、真っ暗だった。何も見えない。暑い。窓の外は真夏らしい。羽矢の手が冷水に感じる。「窓？ 秋だ。いいか、てめーがなんと言おうが今度は病院に叩きこむかんな」羽矢の声に安堵《あんど》した自分に、腹が立つ。

「帰るぞ」

永遠の光の夏を、あとに。

うわごとで何かもらしたのかもしれない。

意識が途絶える間際、羽矢が言った。

「違う。渡会、お前のせいじゃない」

第九章

一九九三年、朝顔の写真

小気味いい音とともにシャッターが切られ、一枚の写真が撮られる。


写真には、十六歳になったサヤと、六歳になった拓人と、花蓮がいる。

朝顔の鉢のそばに拓人と花蓮が立ち、縁側にサヤが座って、三人で写っている。

小さな写真屋の店先で、拓人は現像された写真を前にむっつりした。「良く撮れてるだろ?」

鷹一郎はご満悦であるが、拓人は自分だけ子供っぽく見えて気に入らない。

花蓮が取材のフィルムを現像に出そうとして一枚残ってるのに気づき、三人で撮ることにしたのであった。鷹一郎は自分も写りたかったとぼやいている。

「あのさ、よういちろー」写真の中のサヤを見ながら、拓人はぼそっときいた。「サヤのがっこうの『なつやすみ』って、いつまで?」

間《ま》があった。「……高校の夏休みなら、普通、八月三十一日だろうね」

今日は八がつ十六にち……。

扇谷の山に、雲の影がぽかんと落ちている。電柱や柵で見つける赤トンボやオニヤンマが増えた。夏の光も前よりくすむよう。夏が過ぎていく。

拓人はまだサヤにきけていないことがある。

†

山桜の散るあの春から、サヤは夕方のバスに乗って時折くるようになった。

サヤがいつ訪れるかはわからない。春や秋のこともあれば、山がしんしんと雪化粧をした寒い夕暮れだったこともある。乗ってくるのは決まって五時二十四分の最終バス。

「なつやすみ」は必ず会える。風が光をはらみ、麦畑が海になりかける夏の朝、家の電話が鳴って、「拓人」と母に呼ばれると、もう拓人にはわかる。

電話がない日もサヤはバスに乗ってくるかもしれないと、拓人はしょっちゅう神社に行った。すず花に「どこにいくの?」と訊かれても、これだけは黙っている。夕暮れのバスを待ちながらブランコをこぎ、山で木登りし、鳥や蛇や虫を追いかけ、つくしやドングリを拾う。神社もバス停も、いつもひっそりとしていた。

夕方になり、神社の蟬がいっせいに鳴きやむと、影の世界にさ迷いこむ。

木々の海音のなか、世界から少しずつ色が消えてゆき、影法師がのびていく。

夏の夕焼けに染まると、弱い自分が焼け落ちる気がした。夕日を吸いこむと、サヤを抱きしめた時の匂いがした。

あの日も、拓人は石段の上で、真っ赤な夕日がゆらめいて山の端に沈んでゆくのを見ていた。じっとり暑い夕方だった。サヤからの電話は、今年はまだ無かった。

ガタゴトと、おんぼろバスが珍しく停まった。と思ったら、サヤがバスから降りてきたのだった。いつバスが遠ざかったのか、拓人は覚えていない。

サヤは石段の上の拓人を見上げ、何かを言った。

「――」

長い葉擦れがかき消して聞こえなかった。


それが今年のサヤとの「なつやすみ」の始まり。

夜明けのカーテンがすうっと空にとけて、外が白みはじめると、拓人は目を覚ます。

朝顔みたいに早起きだとサヤは感心するけれど、サヤがいない時はそんなことはない（花蓮は徹夜明けで起きてることはあっても早起きはしない）。薄暗くしんとした朝の気配や、時計のチクタクが、いつもと違うよそゆきなこと、サヤが家にいて隣で眠ってるのを確かめる。それから一人で起きだして、縁側にでる。ミルク皿に牛乳をいれ、朝顔に水をやる。空気は薄青く、とくとく脈打つ心臓がくっきり聞こえる。サヤがきてからずっと轟いている。サヤが起きるのを待つうちに、朝顔の蕾《つぼみ》が二つ三つほろほろと咲いている。

斑のノラネコはもういない。七月はじめ、皿の餌がいつまでも減らないと思っていたら、月夜の晩、床下からでてきた。傷だらけで、全身血と土で汚れていた。月のさす縁側で考えごとをしていた拓人の足を、いつかのように尻尾で軽く叩き、どこかへ歩み去った。それきり姿を見ていない。かわりに床下には生まれたての真っ白な仔猫が一匹弱々しく鳴いていた。

今はサヤと二人でミルクをやっている。でもシロネコはなかなか元気にならない。

(サヤ、みたいだ)

サヤの様子が気になった。

障子が朝の光をぼんやり透かす中、サヤは半分暗がりにたゆたっていた。拓人はサヤの額に手を当てた。熱はさがった、気がする。『不思議な沼』から戻ってから、サヤは熱をだしていた。汗ばんで甘くこもったにおいは、サヤの内から何かが流れでていくようでもあった。あのさびしげな青い影はずっと消えない。サヤの髪をかきのけて耳の下の痣をなでたら、サヤが気づいて目を開けた。「おはようございます、拓人さん」囁く声は昨日より元気そうだった。枕元の吸い飲みをとってサヤの口もとによせると、なかのポカリが半分へった。

「……拓人さん、お祭りにいけなくて、ごめんなさい。昨日だったんですよね」

「いいよ」

本当はサヤといきたかった。いちどでいいから。

おとなは「来年いこう」とかんたんにいう。拓人には、らいねんはすごくとおい。

拓人がお祭りのことをいったとき、サヤは縁日で売ってる飲み物の話をした。駄菓子屋のお菓子じゃなくて、暑い夏に飲むととびきりおいしいというジュースのラムネ……。

サヤが枕元の浴衣の包みに目をやった。名残惜しそうに。サヤは他のおとなみたいに来年のことを口にしなかった。

浴衣の脇に、一冊の本がある。

「サヤちゃん、このほん、なに？」

サヤは布団から身を起こした。

今年のサヤがもってきたのはバイオリンと、この小さな本だけ。

「……人に……貸してもらった大事な本で……」

サヤの心がここでないどこかへ飛んでいく。不思議な泉のほとりで眠っていたときの、幸福そうな微笑みが浮かびあがる。

「……本当に偶然会ったんです。一学期の終業式の後、町の図書館で。その人とはもう何年も会ってなくて、部活の合宿で町にきてるっていってました。合宿が終わる前の、一日自由時間だったのですって。私が図書館で、学校を休んでた間の勉強をしていたら……名を呼ばれて。その人も本棚の奥にいて本を読んでいたみたいです。小さな、少し薄暗い、古い本のにおいが沈むばかりの、人のいない図書館でした。閉館時間までずっとそばで勉強を教えてくれました。帰り際、この本を貸してくれて……それから……」

サヤがふっつり黙った。

その本が、怖いことのいっぱいある世界のお守りみたいに、見つめる。

「サヤちゃん」

サヤは小さくびくっとした。

『拓人、あのね、これからずっとサヤとあんたと三人で暮らそうと思ってる。サヤにはまだ訊いてないの』

ずっとききたくて、でもきけなかったこと。

「帰るの」

サヤの顔にあの青ざめた影が戻ってくる。白い額に、長い睫毛《まつげ》に、指先に、微かにひらいた口もとに。目は拓人と合わせなかった。

朝日はまだ座敷の奥までは届かず、薄暗い中、サヤの表情はおぼろだった。

「きたとき、サヤは泣いてたのに」

暑い夕方だった。落日がサヤの全身を暗い赤に染めていた。

石段を降りた拓人に駆け寄り、すがりついて、サヤは泣いた。もっていたのはバイオリンケース一つ。泣きはらした顔をし、手足には殴られた痕があった。制服は血の染みで汚れ、袖は破れ、靴下もなく、靴も片っぽだけ。

薄暮の光が山に吸いこまれて、色の消えた世界で。

六つの拓人が抱きしめられるくらいサヤは小さかった。

「帰らないと」サヤは呟いた。青ざめながらも、はっきり。

「どうして」

「…………」

あれからずっと拓人の手にはサヤの震えが残っているのに。

(なのにどうして帰る?)

弱っていく一方なのにシロネコが床下からでてこないみたいに。あのまっくらい場所に何度もサヤは帰っていく。拓人にはひきとめておける力もないのだった。

サヤは拓人を見ようとしない。拓人の目から悔し涙があふれてきた。

(俺が)

前に、怖いやつを、追い払えなかったから。

拓人はオズオズふれたサヤの手を振り払い、部屋を出て行った。


拓人はサヤを避けるようになった。一人で遊びにでかけ、なるべく遅く帰った。家でサヤにお帰りなさいといわれても口をきかなかった。何日も何日も。花蓮にいい加減にしなさいと怒られても、拓人はだんまりを通した。鷹一郎に訊かれたときだけ、答えた。

「サヤちゃん、さみしそうだよ。理由はわかってるね? 君がそうする理由はなに?」

「……俺が泣いても、笑っても、サヤは帰るんだろ。あいつのとこに」

鷹一郎が言葉をのむ。

「きたとき、サヤの服は破れて、血だらけだった。ぼろぼろ泣いてた。そこに帰るってわかってて、それでもニコニコ遊んでバイバイっていえっていうの。俺にはできない」

拓人は二階の子供部屋に布団をもっていって一人で眠った。一階からは時折、バイオリンが聞こえた。前のサヤは一日中でも奏でていたけれど、喧嘩をして以来ほとんど弾かなくなった。聞こえてくることがあるといつも同じ曲。モーツァルトのソナタ。

それがよけい拓人の気に障った。機嫌をとってほしいわけじゃない。

日はじりじり過ぎていった。

空は青いクレヨンでべったり塞がれたようで、拓人は胸がつかえて、苛々して、どこにも出口のない迷路に閉じこめられているようだった。のろくさとなつやすみが終わっていく。なつやすみにも出口がなければいいと思った。八月の出口をクレヨンでぬりつぶせればいい。日めくりカレンダーはめくられていく。

——八月二十八日……。

八月二十八日——羽矢家の縁側

暑い午後だった。

縁側に打ち水をしようとしたら、如雨露の水を入れるのを失念していた。小夜子は麦わら帽子をとって、縁側でつくねんとした。家には誰もいない。花蓮と鷹一郎は朝早く東京行きの電車に飛び乗った。拓人のスニーカーはいつのまにか玄関からなくなっていた。拓人に何も言われなくなってから、逆に小夜子は麦わら帽子を忘れなくなった。

家の中は寂《せき》としていた。日は世界を静かに焼きつくしていた。風はなく、つくつく法師の声は緩慢で、草木の影は地面に凍りついていた。

バイオリンに触れる気にもなれない。昔はずっと一人で弾いていて、平気だったのに。小夜子は首筋をひっかいた。黒い痣が前より広がっている気がする。

汗が滴っても、小夜子は動こうとしなかった。足もとで仔猫の声がするまで。

小夜子は冷蔵庫からサンドイッチと牛乳パックをだし、ノラネコの皿にミルクをそそいだ。自分も縁側に座り、サンドイッチを食べた。味はよくわからない。一口ごとに胸につかえるようで、半分も食べられなかった。

床下から、ふわっとした白いものがのぞき、ミルクをなめた。小夜子のふくらはぎもなめた。拓人は今も、なんとかしてシロネコをだそうと奮闘している。動物病院につれていけば助かるかもしれないといって。でもシロネコはでてこない。

小夜子はシロネコをそっとひっぱりだして、膝でなでた。生後一ヶ月ちょいで、まだちっちゃく、じっとしている。拓人がくると逃げてしまうが、拓人がいないと不安そうにでてくるのだった。弱っていくばかりなのに、どうしてシロネコが床下からでてこないのか、小夜子にはわかる気がする。同類だから、小夜子には近寄ってくるのかもしれない。

膝のあたたかでやわらかな重みは、初めて拓人と会った三年前を思いださせた。

暗闇に閉じこめられていた小夜子を見つけて、助けだしてくれたちっちゃな男の子。

『あのとき、サヤちゃんの「たすけて」って声も聞こえてきたよ』

サヤちゃん、と小夜子はもう何日も呼ばれていない。

小夜子はうなだれた。

『サヤちゃん、帰るの。どうして』

「…………」

小夜子は煤けていない空を、赤トンボの飛ぶ風景を、仰いだ。神様が絵の具で描いたような、白い雲。夏の花は落ち、まばゆい光も前より老いて褪せたよう。蟬は鬱屈《うっくつ》したように鳴いていた。世界が陽炎めいてたわむ。残暑のせいか、それとも自分の心もちのせいか。

ここでは「サヤ」は濁った沼の生き物にならずにすむ。汚れた窓の星を見て永遠のような夜を生きずにすむ。朝は日向のにおいのする男の子の指が小夜子にふれ、痣をそっと撫でる感触で目覚める。バイオリンを弾けばがらんどうでなくなった音がでる。いつからそうなったのかは覚えていない。先生の「大丈夫」という言葉の意味を理解する。いく日すぎようとどろとろと幸福な、長い夏休み……。

夕暮れのバス停で抱きしめてくれた男の子の小さくて力強い腕と、火のような眼差しが不意に蘇り、心がぐらついた。呟いた。「大丈夫」自分に言い聞かせるために。

小夜子の膝から、シロネコが逃げた。

高温でぐんなりたわんだ庭に、黒っぽい人影が立っていた。

八月二十八日——駄菓子屋のベンチ

駄菓子屋のおばさんに「飲むラムネ」があるかきいたら、「あんたにゃまだ早い。小学三年生になったらだね。それに炭酸は骨がとけるよ。アイスにしな」と鼻であしらわれた。

(ソーダ飲んでるっての)

拓人は憤慨した。回れ右して店をでて、店先のベンチに勢いよく腰掛けた。

ベンチも熱い。尻がヤケドしそうだ。よけいカッカとくる。

ポカリを入れた水筒(まほうのびんであり、拓人は青でサヤは白、花蓮はオレンジだ)と、ラップに包まれたサンドイッチをリュックからとりだす。バターと玉子とベーコンとトマトとキュウリとチーズとレタスと、レモンの輪切りと粒マスタードの、特製サンドイッチ。食べる前からうまいと知ってる。

(ラムネがなんだよ。もういっしょう飲まねーぞ)

小学三年生だと? 来年の来年のそのまたらいねんじゃねーか。小学校だって半分おわってるじゃんか。……そのまえに『なつやすみ』がおわる。みっかごに。

サヤと並んで座ったベンチで、一人でサヤの手作りサンドイッチをのみこむ。

毎日歩き回ってても、行きたいところも、したいこともない。去年も一昨年も、サヤのいない夏を長く過ごしたはずなのに、思いだせない。こんなに苦しかったかな。

祠のお地蔵様がこっちを見ている(気がする)。拓人はサンドイッチをむしゃむしゃ食べた。食べながら、涙がでた。胸を塞ぐ重苦しい気持ちは、十日以上経っても少しも減らない。苦しくて仕方なかった。

涙をぬぐった。雑木林がさわさわ鳴る……。拓人はベンチでうつむき、じっとしていた。汗がアスファルトに染みをつくる。日が拓人を灼いた。果てしない時間のあとに残ったのは、サヤのサンドイッチの味と、胸の奥で脈打つあの音——拓人の両手のなかですすり泣くサヤの鼓動だった。

サヤが座っていた場所に顔を向ける。制服のサヤがにっこりして、かき消えた。

拓人は八月の終わりの中に立った。相変わらず空はクレヨンでぬったくった色で、拓人はサヤに腹を立ててる。でも拓人に嘘はつけない。サヤにも、自分自身にも。

このベンチでサヤに約束したことを、拓人は忘れてない。

(家に戻って、サヤに帰らないでって、頼もう)

何度でも。サヤが頷いてくれるまで。もう少ししたら、拓人もラムネを飲めるくらい大きくなるから。大きくなっても、約束したことを忘れたりしないから。

花蓮とサヤと自分と、シロネコ一匹で、一緒に暮らそう。ずっと……。

その時、二見トンネルの方から車が一台やってきた。国道には他に車はなかったものの、危険なくらい飛ばしてくる。車が土埃を立てて拓人の前を通過した瞬間、運転席の真っ黒く顔のぬりつぶされた男が目に飛びこんできた。ぞわりと総毛立った。

——フラッシュバック。玄関にきたけいさつ。黒い顔。サヤをなぐって連れていった男。遠ざかる車。皮膚がぴりついた。——あの男。あの車。

車は市中の方面ではなく、拓人の家に向かう橋をまっすぐ渡った。

花蓮は鷹一郎と一緒に今朝東京に出かけた。家には誰もいない。

（サヤしかいない）

帰らないと、というサヤの声が、頭蓋で反響する。

太陽に炙られた午後、風がやみ、影は凍りついて、蟬時雨がたわんだ。

calling

家へたどりついたときには心臓は破れる寸前だった。

玄関は鍵がかかり、縁側のカーテンがしまっていた。不安がふくらんでいく。「サヤ」声がうわずる。家の中は静まりかえり、柱時計がぼーんと二時を知らせた。キッチンには空の牛乳パックと、サンドイッチの皿。冷蔵庫のホワイトボードには電車の絵のマグネットと『かれん、よる10時にかえる』（月と十時の時計の絵つき）。拓人が外で遊ぶ印の公園のマグネットをくっつけて書いた『たくと、ちゃいむ4じ』（四時のちゃいむでかえるということだ）。サヤの書き置きはない。制服も、バイオリンも消えている。

いかないでと、拓人はまだいってない。

拓人は玄関から飛びだした。

サヤの影を追ってひた駆けた。刈りとられた麦畑をつっきって、コスモスの群れ咲く畦道を、転んでは起きて走った。最後に転んだ時、帽子を拾うのをやめた。

残暑はじっとり地面にうずくまり、風は沈黙して通り過ぎる拓人を虚ろに見送った。

「サヤ」

なだらかなアスファルトの山道に、長い八月に疲れたような、低い蟬時雨が落ちる。

石垣の上から、神社の木々が鬱蒼と梢を鳴らす。

赤錆びたバス停の標識。自販機と、街灯と、庇《ひさし》つきの古ぼけた木のベンチ。

汗が目に入って、ベンチがぼやけた。サヤはいない。どこにも。あの車が連れて行ったのか。

また。俺が追い払うと約束したのに。

「サヤちゃん」

よろめきよろめき、峠道をのぼりはじめる。海へつづく道。バスが何度もサヤを乗せて去ったほうへ。道端にまたコスモスの花。どこを見ても誰もおらず、車の音もない。コスモスがゆうらり揺れる。くすんだ日と、葉擦れと蟬時雨の中に、永遠に閉じこめられたよう。

「どこ？　いっちゃわないで。サヤ」

そのとき、「拓人さん」とサヤの声がした。

振り向くと、神社へ続く苔むした長い石段が、木漏れ日のさざ波でゆらめき光っている。

風がわき立ち、神社の木々がいっせいに葉音を降らす。いつまでも、いつまでも。

——拓人さん。

声は石段の上から呼んでいる。

「サヤ」

海の底のような葉の波音のなか、拓人は呼び返した。それは彼方の谺《こだま》になった。

「そこにいたの」

拓人は踵を返し、さざ波の石段をのぼっていった。一度も振り返ることなく。

小夜子とカズマ

夕焼け小焼けのチャイムが鳴った。

バイオリンを弾いていた小夜子は、もうそんな時間かと驚いた。カズマも児童公園の時計を見上げた。カズマはまだ時計が読めない。

公園といっても、林の奥にすべり台とブランコと鉄棒が点々と置かれてる他は、水飲み場つきの時計と木のベンチ、切り株の椅子がいくらかあるきり。林は小川と田んぼと農道に囲まれており、ここに遊び場があると知ってる若い親子がそもそもいないらしく、小夜子とカズマが遊具で遊んでいる間、誰もこなかった。小夜子も拓人に教えてもらうまで、羽矢家の裏道をちょっといった林の中にこんな遊び場があるとはちっとも気づかなかった。

切り株に座っておとなしくバイオリンを聞いていたカズマは、うつむいた。

「もう、かえらないといけない時間？」

「そうですね」

『たくと、ちゃいむ4じ』とホワイトボードにあった。小夜子はバイオリンをケースにしまうと、水飲み場でカズマと手を洗い、白い水筒のポカリをカズマにすっかりあげた。カズマは水筒を両手で包みながら、謝った。

「ごめんなさい、僕、うそついたの」

庭先にカズマが立っていたときは、驚いた。どうやってか、一人で歩いて訪ねあてたという。千蛇が沼で別れてから、二週間が経っていた。小夜子から近づくと、カズマは大きな瞳を揺らし、ややあってサヤの制服におずおずとふれた。「ゆめじゃなかった」ともらしたカズマの気持ちは痛いほどわかった。小夜子には。

赤い山桜の散る中、メモの通り〝扇ガ谷ノ下〟停留所が本当にあったと知っても、バスから降車しても、あの家の出来事は夢で、存在しないかもしれないと怖れていた。ぼうしの男の子が石段からサヤ、と呼ぶまで。

カズマはちっちゃな手にサヤの制服のスカーフを握りしめていた。

「これ、かえしにきたんだ」スカーフをさしだしたカズマの腕にも、顔にも、いとけない身体に不釣りあいな生傷がある。小夜子は黙ってカズマを抱きしめた。破けた空と、黒い電線のぶらさがる黄昏の町でそうしているように思えた。炎天下、カズマはどれだけ歩いたのか、小さな身体はほてっていた。帽子もなく……。

カズマは小夜子のひんやりした制服に顔を埋《うず》めて、やっと地上にきたように息をした。

小夜子はカズマに冷たい水を飲ませ、傷の手当てをし、サンドイッチの残りを食べさせた。

拓人はお出かけしてると小夜子が話すと、しばらくしてカズマがこう言った。

「あのね、たくとに、サヤちゃん呼んできてってたのまれた」

「拓人さんが?」小夜子は嬉しくなった。「どこです?」

「えーと、公園にいるって」

「裏の林の?」

「……そう。うらの。バイオリンもってきて、だって」

小夜子はいそいそと戸締まりをして、バイオリンと水筒とおやつを用意し、カズマに帽子をかぶせて家をでた。拓人が呼んでいるというので、特に書き置きもしなかった。――が。

カズマは林とは頓珍漢な方向に歩きだすし、林の公園は無人であった。

「もうすぐくると思う。あいつ山でしばかりしてるから」カズマはしかつめらしい面持ちでつづけた。「それまで二人で遊びたい」

「拓人さん、いま、柴刈りですか」

小夜子は吹きだした。

「じゃ、拓人さんが柴刈りから帰ってくるまで、何をしますか」

カズマはぽつりと言った。「バイオリン、きかせてもらっても、いいですか」

小夜子は久しぶりに、すごくバイオリンを弾きたくなった。「はい」

バイオリンを構えて弓を置く。楽器と触れるところから音が小夜子の中に入ってくる。小夜子の全身で響き、冴していく。カズマのリクエストは『小雀に捧げる歌』。花蓮みたいな曲だと思っていたから、カズマに「サヤちゃんみたいで、好き」と告白されたのにはびっくりした。

（私が？）

それから遊具で遊んだり、小川で魚を見たり、ちびバッタやトンボを追ったりした。お陰で、落ちこんでいた小夜子の気持ちも、ずっと軽くなった。

「拓人さん、柴刈りから帰ってきませんね」すべり台で小夜子がとぼけると「ぶんぶく茶釜で茶をたててるんだよ」などと返ってくる。拓人は山で柴刈りし、おじいさんの瘤《こぶ》とりをし、ぶんぶく茶釜と旅をし、キビ団子を二つ食べちゃったのでお供はサルしかついてこない「劣勢《レッセイ》」で鬼退治に向かってるらしい（ぶんぶく茶釜は鬼退治はいやだと断り「袂《タモト》をわかった」とか）。

切り株で三時のおやつの塩豆大福をわけあったとき、カズマは傷の理由をいい、もう痛くはないんだと強がり、小夜子は拓人と喧嘩をしたのだと打ち明けた。

四時を過ぎた時計の下で、カズマは正直に小夜子に「たくとはこないんだ」と言った。

「サヤちゃんと遊びたかったから、あいつが呼んでるって、うそついたの」

「私もカズマさんと遊べて、楽しかったですよ」

「ほんと？」

「はい」

「もう、おわかれ？」

小夜子はためらった。ご近所の村井義森さんにカズマのことを話して、カズマの家をさがしてもらえるかどうか考えてはいた。純真な眼差しに別れのさびしさが浮かんではいても、カズマが家に帰ることもわかっていた。誰よりよくわかっていた。カズマが痛くないとやせ我慢する傷の本当の痛みも。

「いいえ」気づけばはっきり口をついていた。

花蓮や拓人もまたこうだったのかもしれないと思った。

「一緒に帰りましょう」

カズマからさびしさがぬぐわれ、はにかむ。けなげで、悲しくなって、カズマを抱きしめた。

「大丈夫」まやかしでもそれしか言えなかった。まやかしが本当になるように祈った。

小夜子はバイオリンケースを肩からさげて、二人でもときた道を戻った。涼しい林から出ると、ひどい蒸し暑さと埃っぽさが戻った。相変わらず日は世界をじっとり焼いていた。

「サヤちゃんがたくとと仲直りしたいなら、なんとかしてもいいよ」

「どうやって？」

「たくとに別の彼女をあっせんする。そしたら気をよくする。男はそういうもんだよ」

「…………」

今の彼女（小夜子のことか）と具合が悪いなら、新しい彼女を、ということらしい。

（それって「仲直り」なのかしら。縁切りというのではないのかしら……）

小夜子の黙考をどうとったのか、カズマは「ぼくはたくとと違うよ」と主張した。

林から羽矢家はすぐ。拓人がどこにお出かけしてるにせよ、拓人より先に家につくだろう。

カズマは「サヤちゃんがくるまにひかれると危ないから」と手を繋いでくれた。道端のコスモスを小夜子のために摘んでくれもした。小夜子は道沿いの垣根に白い花を見つけた。不思議な泉の花と感じが似ていた。木槿《むくげ》の花だと、拓人がいった。

去年までは拓人も小夜子と手を繋いでくれたけど、今年は断られる。でも二度、手を繋いでくれた。千蛇が沼を見ていた時と、小夜子が電話もかけずに〝扇ガ谷ノ下〟停留所でバスを降りた七月の夕方……。

夕日が暗く燃えていた。まるで小夜子を待っていたような拓人に、自分でも思いもしなかった言葉を口走っていた。小夜子はなんとかしてあの言葉を取り戻したいように思う。拓人に渡してしまった言葉を。――たすけて。

羽矢家の門が見えてきた。庭に入ると、急に日がくすんだ。小夜子の胸の底を冷たい風が吹いた。二階のカーテンの隙間から、誰かの目がのぞいていた。

冷たい場所

二階のカーテンの隙間にあった目はひとまばたきの間に消えていた。隙間はただの隙間で、ぶあつい遮光《しやこう》カーテンはそよとも動かない。動悸《どうき》が小夜子の喉元までせりあげた。……閉めていったはずの玄関が開いている。庭のひぐらしもぜんぶ息をひそめている。

縁側から茶の間が見えた。簞笥の抽斗はすべて開けられ、荒らされていた。土足であがりこんだらしく、侵入者の靴跡が畳にくっきりついている。大人の男のものだ。

「サヤちゃん?」

カズマもまた家から漂う異様な緊張を感じたらしく、怖々《こわごわ》と小夜子に身を寄せた。小夜子はカズマにかがみこみ、小声でいくつかのことを言い含めた。カズマは言われた通り、庭の奥の垣根に這っていった。カズマの姿が茂みで隠れたのを確かめたあと、小夜子は足音を忍ばせて玄関に向かった。

玄関に拓人のスニーカーがあるか、小夜子はそれだけ確かめようとした。水無瀬家に駆けこんで警察を呼ぶ前に。

拓人が四時前にとうに帰っていて、家の裏手に停まる不審な車に気づかず、小夜子をさがしに飛びだしていったことも、それを垣根越しに見ていた侵入者が、開けっぱなしの玄関からゆうゆうと入ったことも、小夜子は知るよしもない。

小夜子がドアの隙間から中をうかがったとき、廊下の電話が鳴った。

二階から、足音が聞こえてきた。とん、とん……。誰かが階段を下りてくる。電話はうるさく鳴りつづける。小夜子はベルに釘付けにされたように動けない。廊下の白濁《はくだく》した日に、影法師が黒くのびる。蛭男《ひるおとこ》は盗《と》った貴金属や札を無造作にポケットへつっこみながら、片手で電話の受話器をとり、電話線ごとむしりとって捨てた。

電話がやんだ。

蛭男が小夜子のほうを向いた。顔は影法師みたいに墨で塗りつぶされている。蛭男はあの腐った畳と電灯のない部屋にわだかまる闇そのものになっていた。

庭の蟬も、木々も、沈黙している。濁った沼の底にのみこまれたみたいに。

小夜子は助手席に放りこまれた。腹部にバイオリンケースがまともにぶつかった。夏日に焼かれた車内は燃えるようで、小夜子の眼前も真っ赤に燃え上がった。蛭男はアクセルを踏んだ。ウィンドウで頭を打った。痛みは感じなかった。——もう四時半をすぎている。拓人は怒っていても、約束は破らない。

「——拓人さんは」

三歳の拓人がこの人でなしに蹴られた光景を、小夜子は今も悪夢に見る。

「拓人さんはどこです！　帰ってきたでしょう！」

「ガキならどこかに行った。お前の名前を呼んでたな」

「いつ」

「知るか。お前が逃げこむならあの家だと思ったわ。またぞろ警察《サツ》が嗅ぎ回りはじめやがったからこのままトンズラする。全然金なかったわ、あの家。お前途中で客とって逃亡資金つくれや。そういえばこないだの闇屋のじじい、そのぽんこつバイオリン妙に気にしてたな——」

狭い道をスピードを上げて飛ばしていく。時速八〇からさらに上がる。ウィンドウ越しに田畑や電柱が飛ぶように通り過ぎていく。前方に月ヶ瀬川の橋が見えた。

小夜子は身を起こし、脇からハンドルにとりついて、思い切り回した。

蛭男が醜悪な動物みたいにほえた。

車は橋の街灯に激突して、横転しながら川に転落した。川幅は広くなく、落ちたのも浅い場所だったが、流れは急で、橋から水面までかなりの高さがあった。

激しい衝撃がおさまるや、小夜子はすぐにひしゃげたドアをこじあけた。車はほぼ逆さまに転落していた。車内が浸水しはじめる。小夜子は車から這い出し、急流に足をつっこんだ。車内にひっぱられた。蛭男が小夜子のバイオリンケースの吊り紐をつかみ、血まみれで、何か言っている。エアバッグのない安い改造車で、男はフロントガラスに頭からつっこみ、顔はトマトが腐ってつぶれたみたいになっていた。首も手足もズタズタで変な方向にひしゃげている。助けてくれ、救急車呼んでくれ、悪かった、許さん覚えてろとぶつぶつ呪う男を、おそらく小夜子のほうが女怪《じょかい》みたいな目つきで眺めおろしたのだろう。男は黙りこみ、カチカチ歯がみした。車内の水嵩が増していく。腐ったような水の臭いだった。

小夜子は男から吊り紐を奪い返すと、バイオリンを川の深みへ投げ捨てた。小夜子のようにこの男につかまらない場所へ。構わない、オモチャのバイオリンだって拓人さんは「じょうず」といってくれるだろう。バイオリンは沈んで、浮かんでこなかった。

小夜子はそれきり、男に見向きもしなかった。

ずぶぬれで岸へ上がった小夜子は、太陽の方角を確かめた。西に落ちはじめている。いつ拓人はいなくなったのだろう。家に自分がいないと知って、追いかけてくれたのだろうか。サヤちゃん、と名前を呼びながら？

首筋の黒い痣にふれる。前より侵蝕している気がする。小夜子に染みついたそれは蛭男のものと同じ闇だった。それももう気にならなかった。濡れた手から鎖骨、胸もとへ雫がつうっと伝う。あるいは血が。拓人さん、と口のなかで呟いた。

風のない、暑い夕方だった。畦道をくる者は誰もいない。空は破けて、山の夕日は真っ赤に畦道と小夜子を燃やしはじめていた。山麓《さんろく》の家の灯が一つ二つ灯る。

小夜子は拓人をさがしに、濡れそぼつ制服と靴のまま、ふらりと歩み去った。

しばらくして、通りがかった住人がひしゃげた街灯と川に転落している車を見つけた。車から死体が発見された時には、小夜子の濡れた足跡は蒸発して、跡形もなく消え去っていた。

一九九九年——？・？・？

(バイオリンが鳴ってる)

すず花は誰かにおんぶされている。ゆらゆらと心地いい。目は重くて開かなかった。ちょっとつんつんした誰かの髪が頬にあたってる。どこかでバイオリンの旋律が鳴っている。遠い日、聞いたことがあると思った。

(昔、『たっくん』のうちから、すごく綺麗なバイオリンが聞こえてた頃があったたな)

三歳の時、羽矢のうちでパトカー騒ぎがあった。門から出て行く車を走って追いかけようとした『たっくん』をすず花は覚えている。羽矢が泣くのを、すず花はあのとき初めて見た。近所の人が『見なれない少女がいる』と警察に通報して、『少女が保護された』と大人たちが話していた。あの日から、バイオリンはやんだ。

それから、遊びに行っても羽矢はいないことが多くなった。行き先も教えてくれない。

桃の花がお庭にひらひら散っていたから、あれは春だったのだろう、またバイオリンが聞こえるようになった。音色に惹かれて行ってみたら、長い髪のおねえちゃんが茶の間でお昼寝をしていた。バイオリンがひとりでに音色を奏でているように見えた。たっくんもいた。たっくんは眠るおねえちゃんのすんなりした首や、指や、頭を撫でていた。それだけだったけど、たっくんあそぼと声をかけたときの顔で、すず花は羽矢の秘密をのぞいたのだと気がついた。

バイオリンはある時を境に二度と聞こえなくなった。

羽矢が失踪した時、近所の人は『またあの家』と眉をひそめ合った。嫌な囁き。すず花があの日、もう一人の男の子と（近所の男の子じゃなかった。誰だったんだろう）『おねえちゃんが男に車で連れ去られたのを見た』と訴えても、大人はとりあってくれなかった。信じてくれたのは花蓮おばさんと、家族だけ。おねえちゃんが見つからないのは自分のせいに思えて、苦しくて忘れようとした。すず花は涙を流した。あのおねえちゃんはどこに行ってしまったんだろう。あたしがもっとちゃんと言っていればよかった。何もできなかった。

背中ごしに、羽矢が答える。

「そんなことねーよ。あのとき、お前とお前んちの家族だけが、俺の母さんを心配していろいろ助けてくれたって鷹一郎から聞いた」

　八月の終わりに消えてしまった羽矢は、秋に帰ってきた。すごいほど月の輝く晩だった。長く寝ついていた曾祖母が目を覚まして、障子と縁側をおあけと言ったので、すず花はそうした。狂ったように山から紅葉が散り落ちて庭を舞うのを、曾祖母はじっと見ていた。それから、「帰ったね」と呟いた。曾祖母は暮れに亡くなる前、拓人を呼んだ。拓人に瞳を据え、「深山《みやま》のしるしがついておる。欠落してしまったね。向こうに置いてきてしまったのだね」と言った。羽矢の記憶の欠如をいったのではないと、すず花にはわかった。

　神隠しから帰ってきた羽矢は、確かにそれまでの羽矢と違っていたのだ。

（自分の心を、お山に残してきてしまったみたいだった）

　羽矢の大事な一部を、異界に奪われてしまったかのように。

　小学校の入学式でも、羽矢の心はそこになかった。山桜の花に誘《いざな》われるように校庭をさまよい、遙か扇谷を見上げた。すず花の知らない男の子の顔で。

（何をさがしてるの？）

　何を追いかけているの。

「俺にもわからなかった」

　暗闇の中、羽矢が返事をする。すごく近い。フクロウが笑う、ホウホウ。鬱蒼とざわめく梢、下草を踏みしだく音。冷たい風が片っぽ靴のない足を撫であげ、すず花の目をあけさせた。暗闇にちらつく懐中電灯の光が、涙でぼやける。羽矢の髪や、服越しのあたたかさが、懐かしくて、すごく安心して、また涙があふれた。

助けにきてと、何度願っただろう。本当に羽矢はきてくれた。

歯の根が鳴った。寒くて、心細くて、少しだけと思って、ぎゅっと羽矢に抱きついた。

「熱だして悪寒がしてんだよ。待ってろ。もうすぐ神社だから」

渡会が死んじゃうよ、とべそをかいたら、揺るぎない口ぶりで打ち消す。「渡会が簡単に死ぬたまかよ。彰が肩貸して歩いてる。半分気絶してるけどな……」

「拓人、お前重くねーの？」葉越の声。かなり息があがってる。

「重い」

「……俺もだ。けど気ぃ失ってる人間って一人じゃ運べないはずだぞ。俺もお前もゼーハーいってて千鳥足でもなんとか歩けてんのはなんでなの？　火事場の馬鹿力なの？　神社の加護？」

「なんの慰めにもならねぇ。まじで超足にきてんぞ……」

冗談でもないようで、よろよろしながら、おんぶし直された。

「泣くなよ、すず花」

──すず花。

子供の時分と違い、舌っ足らずさが消えて、はっきりと男の子っぽい呼び方。胸が熱くなる。月が後を追ってくる。フクロウがホウホウ、夏祭りの夜を呼び覚ます。

「すず花。誰も俺に話しかけなかったのに、お前だけは変わらずに近寄ってきた。渡会のアホととっくみあいの喧嘩して元気なくして一人で下校するときも、お前はよく月ヶ瀬橋で待ってて、二人で帰った。お前のこと、何とも思ってないなんてこと、ない。大事だ」

なんであたしが速攻ふられてすず花が保留なのよ、幼馴染みが何よ、あたしが六年間好きだったことってそんなんでチャラにされるの、と激怒した綾香の気持ちは正直わかる。わかってて、嬉しいと思った。それを綾香に察知されたのも、気がついた。『羽矢君が待ってるってさ。二見トンネルの近く』なんて綾香のみえみえの罠だってわかってても、もしかしたらと思った。

（橋で羽矢を待ってた小一の時からあたし全然進歩ない）

下駄がカラコロ、月が後を追ってくる。暗闇に流れる月ヶ瀬川の、月のしぶき。

夏祭りで待ち合わせた羽矢は、幼馴染みの男の子とは違って見えた。そばにいるだけでドキドキして、声は上擦って、顔もまともに合わせられなかった。ずっと羽矢の押す自転車の音を聞いていたかった。近すぎないよう互いに気を遣う距離を自分から埋めて、もっとそばに行きたいと思った。こぼれそうなこの好きという気持ちは、二人で帰るだけで胸がいっぱいになる想いは、大人になったら忘れてしまうものなのかな。

　羽矢が買ってくれたブレスレットが視界に入って、いっそう涙があふれた。いつかこれができなくなって、向日葵のピンと一緒に箱にしまう日がきても、鳴らしてくれた三度のベルと、「考える」といってくれた真剣な返事を、きっとくりかえし思いだすだろう。おばあちゃんになっても。

「お前と祭りを見て歩いたのも、久しぶりに並んで帰ったのも、楽しかった。お前の気持ちも、嫌じゃなかった。あのときの返事だけど」

すず花は羽矢の背中で目を瞑って、つづきは聞こえないふりをした。

もうわかってるから、せめて。

(もう少しだけ片思いでいさせて)

心をどこかに置いてきてしまった羽矢。

小学校の六年間、さがしていた何か。

(何をさがしてるの？　何を追いかけているの)

「なくしたもの」

思いだしたの、ときいたら、ああ、と短く返事があった。

(大事なものだったの？)

「うん」

(見つかった？)

「見つける」

――そう、とすず花は、少し笑った。羽矢ならきっと大丈夫。

瞼をあげる力が弱くなっていく。すず花を包むバイオリンの旋律が小さくなる。

たとえどんなに微かな音でも、羽矢なら手の中にたぐりよせるだろう。一寸先が闇だとしても、羽矢なら弾き手と絶対会える。

(赤い糸みたいにさ)

すず花は拓人の髪に顔を埋めて、意識を手放した。

火の目

すず花を背負いながら、拓人は耳に神経を集中させた。

（近い）

数馬とすず花をさがして霧の山中を進みながら、もう幾日も彰とこうしているように思えた頃、それまで何度か耳にしては遠くへ消えていった川の音が、急に間近で聞こえた。

霧が切れた。ひとすじの谷川が流れる崖道に出た。道沿いには青い竹林がつづき、谷の向こうに山景色が広がる。相変わらず太陽はないが、辺りは明るかった。崖道は九十九折りに山の上へのびていた。その先の瑠璃瓦の小さなお堂に数馬とすず花が横たわっていた。

出がけにリュックへ救急キットを詰めることを彰が言わなかったら、数馬の手当ても、すず花に解熱剤を飲ませることもできなかった。数馬は壁にもたれ、眠るような姿で血に浸かっていた。不思議に見た目ほど傷はひどくなさそうだと彰がいうまで、拓人が数馬を引き受けるつもりでいた。背で死体になっても数馬をかついで山を下りる、見た瞬間そう決めた。

彰と二人で、すず花と数馬を抱えてお堂を出た。

拓人は戸口で振り返り、小さな観音様と緑の帽子に目をくれた。掛け軸みたいな窓には、錦《きん》秋《しゅう》の紅葉が降りしきっていた。二度は振り返らなかった。

竹林からまたうすうすと霧が出て崖道を隠しつつあった。背がすず花でふさがったので拓人はリュックを腕に通した。彰のほうから「歩く」「鎮痛剤が効くまでは気絶してろ」という会話が聞こえた。不意に彰がハッとした。「拓人、笛の音が聞こえる」

「うん」拓人は耳を澄ました。「神楽笛だ。鷹一郎の」

むせび泣くような音色だった。あの前夜祭よりもずっとずっと胸を揺すぶる。

「泣くなよ」拓人は呟いた。鷹一郎に。

彰の眼差しを感じた。「帰ろう」と告げる彰の青く深く透明な声。危うさの失われた彰の声は、青い宝石のようだった。

——それからどれだけ山道をくだったたか。

太陽のない場所は、また夜になり、月がのぼった。

笛の音が近くなる。すず花と数馬は何度か覚醒しては気を失い、しばらく前から起きなくなった。だしぬけに、拓人の懐中電灯が山百合と撫子を照らした。

「拓人、サイレンが聞こえる。篝火がある。……鵄鳥神社の屋根だ」

パチパチと薪の爆《は》ぜる音がした。木の間の闇の向こうに、白幣のある大杉が月で静かに輝いている。祠のそばで鷹一郎が笛を吹いている。篝火が照らすその姿は、潔斎《けっさい》したみたいな純白の浄衣《じょうえ》。鷹一郎の笛が途切れた。

すず花と数馬を負ぶってそこにいる拓人と彰を認めた刹那の、鷹一郎のもろい顔つきで、二度と帰ってこないと半ば以上絶望していたのを知った。子供は絶望しない。大人は、絶望しても生きていかなくてはならないのだと思った。

「よかった」

それはこの先も決して忘れられないような、鷹一郎の涙声だった。

「鷹一郎」拓人は謝った。「ごめん」

誰がその意味に気づけたろう。彰をのぞいて。

篝火の炎が激しくなる。


境内ですず花を背からおろした時も、鷹一郎に抱きすくめられた時も、開襟《かいきん》シャツにスラックス姿の橘宮司が拓人と彰のもとへ駆け寄ってきた時も、拓人は耳を澄ましていた。

境内にも奉納用のような篝火が赤々と燃えていた。古池の水面や木々や鈴の上を、火影が流れては消える。一切が音の抜かれた影絵めいていた。鷹一郎と橘宮司が数馬とすず花を横たえて何か話している。パトカーや救急車のサイレン、やってくる大勢の人影や靴音も、拓人には別の世界のことのようだった。どうして鷹一郎はサヤのことを何も訊かない？

拓人は耳をそばだてる。鷹一郎の笛に重なりながら、御堂から杉の祠まで鳴りつづけたサヤのモーツァルトは、もう聞こえない。

（何をさがしてるの？　何を追いかけているの）

——思いだしたの？

石段の下から明かりが連なってやってくる。拓人が神隠しから戻った夜のよう。雑木林にいた六歳の拓人に、懐中電灯の光が押し寄せた。拓人はわめいて、山へ走って帰ろうとした。のびてきた大人達の何本もの腕が止めた。異界に行っておかしくなったと囁き交わされた。

六年前の神隠し。あの二ヶ月間のこと。

『なぜ君と弓月が失踪したのか、……なぜ「君だけ」が帰ってきたのか』

なぜ春も夏も秋も冬も、この神社に通いつづけたのか。

——なぜ。

サヤが帰らなかったのか。

赤々とした火が拓人の双眸《そうぼう》に宿る。

(渡会のせいじゃない)

救急隊員のライトが交錯して影絵を切り裂く。担架で慌ただしくすず花と数馬が運ばれていくのを境内の隅で見届けると、拓人は身を翻《ひるがえ》した。

腕をつかまれた。「行くな」

こめられた彰の力は本気だった。彰の「帰ろう」という言葉に拓人は返事をしなかった。彰は俺より俺のことを知ってる。

「彰」引き止める彰の腕を外した。「ごめん」

踵を返して、走った。彰を振り切って。

霧深い山の彼方から。自分の心の奥底から。冴がする。戻らないとならない。

彰の声が、願いが、最後に聞こえた。

「――帰ってこい」

太陽ののぼらない山。青い川と、舞い散る木槿《むくげ》の花と、バイオリンの鳴る深山の奥。

俺がサヤをあの山に置き去りにしたのだ。

第十章

幽世《かくりよ》後刻

——そこにいたの。

神社の石段は長くつづいた。木漏れ日の中をのぼりきった時には、拓人の息が切れた。

境内には誰もいなかった。古池もしんとしている。耳を澄ますと、さわさわ通る風の中に、拓人さん、とサヤの呼ぶ声がした。

社のそばに、見たこともない小道ができていた。拓人と同じ背丈ほどの、今までなかった白い花の茂みが植わり、そこから小道が山奥へのびている。声はその奥から聞こえてくる。拓人は小道を進んだ。道沿いに、山百合と撫子の花が点々とつづいている。

「サヤ、どこ?」

サラサラと、葉擦れだけが返事をする。サヤはあの男から逃れて、この鬱蒼とした山に隠れたのかもしれない。サヤも山をさまよいながら拓人をさがし歩いているのかもしれない。

サヤの声の谺は、山のあちらこちらから聞こえてきた。いつしか、呼び声は途切れた。うすうすと霧が出ていた。竹林の中の切り株に腰掛けて一休みすると（ちっとも夕方にならないな、と不思議がりながら）、篠笹がこすれあって、青い、少しさみしい音を立てた。いつも境内で聞いていた山の音。春はあたたかな雨だれ、秋はどこかでほとほとドングリの落ちる音。冬は風雪で梢の凍りついていくのを聞きながら、山が眠る音だと思った。拓人はいつもサヤを待っていた。でも、サヤはそれほど一緒にいたいとは思っていないのかもしれない……。

うなだれた時、胸が鳴った。サヤの旋律が響きはじめる。

暗い部屋でサヤを見つけた日以来、一度も聞こえてこなかった拓人を呼ぶ声。

拓人は駆けだした。竹林を抜ける。露草と桔梗《ききょう》の群れ咲く川原を行き、水面に顔をだしている岩伝いに向こう岸へ渡り、白樺の長い林を走った。ひとすじの音色を追って。リフレイン。風を追い越して駆ける。彼方で、コーンと樵《きこり》の音がする。ラストフレーズ。

カーテンのない汚れた窓の星、闇のわだかまる部屋で横たわる、山桜の散る石段の上にいた帽子の拓人、指や首筋にそうっとふれてくる感触で目覚める時の嬉しい気持ち、ピアノのラ、拓人の知らないどこかの町のバス停で何度も扇谷行きのバスを見送る……それはサヤの音色だった。

谷間を見下ろす場所にでた。谷川へときれこんでいく斜面へ飛び降りた。そのまますべりおりる。最後は山肌から放り出されて、川べりにつもった落ち葉の上にすてんと転がり落ちた。お陰で気に入りのノースリーブのパーカーと半ズボンは台無しになった。買ってもらったばかりのスニーカーは大丈夫だった。

おきようとしたら、すごく切ない匂いに包まれた。夏の夕日の匂い。制服越しにサヤの鼓動を感じた。その音とサヤのぬくもりが、拓人の十日間の苦しさをとかしていった。サヤに怒っていたことも、塞ぎこんでいた気持ちも忘れた。

「サヤ」

小刻みに震えるサヤを両手で抱き返した。

月の海で

サヤは拓人が落とした緑の帽子をもっていた。鵜鳥神社の石垣のそばにあったという。拓人もどろんこだったが、サヤも負けじとみすぼらしい姿だ。制服は汚れてかぎ裂きができ、髪やスカートからぽたぽた水が垂れている。バイオリンケースもびしょ濡れ。川に落っこちたのかときいたらば、サヤは変てこな顔をした。

「……確かに思い切り川に落としたんですが……」

サヤもまた白い靄の漂う山中であてもなく拓人をさがしていたら、不意にこの谷底に出たのだった。岩場をひとすじの渓流が流れていた。と、沈めたはずのバイオリンケースが上流から「桃太郎の桃みたいに」どんぶらこと流れてきた。中はそっくり無事で、バイオリンも弓も、内ポケットに入れていた文庫本も濡れていなかった。防水仕様でもないはずだが。

その川は不思議と青く、底の岩肌まで透きとおっていた。

水音のほかは谷間は静かだった。拓人はサヤと向かい合った。サヤに車と、黒い顔の男を見たことを打ち明けた。サヤの冷たい両手をつかんで、頼んだ。

「帰らないで。車がきても」

「……あの車には、もう乗りません」

「ほんとう?」

サヤは微笑んだ。ふくんだ憂いに気づくほど、拓人は大人ではなかった。

「はい。山を下りる道を見つけて、帰りましょう。花蓮さんのところに」

「お母さんが、サヤと三人で暮らそうって。なつやすみがおわっても」これじゃお母さんがそうしたいみたいだ。「俺は、いいよってもういったから。本なら、俺が返しにいってあげるし」

「うふふ」

それから二人は水辺を離れ、下山できる道をさがした。拓人は道など覚えてもいない。サヤのほうは一応目印をつけながらきたものの、すぐにその目印がどこにも見つからないのを知った。明るいのに太陽がのぼらず、木々の落とす影の向きもてんでバラバラ。霧のせいで、どこから歩いてきたのかもわからなくなった。時が止まっているようにも思えた。お腹はあまり減らず、青い川の水をさがして飲めば空腹も、疲れも不思議にとれた。サヤは、拓人といると「嫌な感じのもの」がまったく近寄ってこないことに気がついた。いつも、何か暗い、冷たい影にひたひた跡を追われていたのに、今は何の不安もない。こんな風に安心しきっていられるのは、生まれて初めてだった。

『サヤが悪いものに追いかけられてるなら、俺がおいはらうよ』

竹林で一度人（？）に出くわした。日本昔話にでてきそうな老爺《ろうや》で、脚絆《きゃはん》に草履、背には柴をしょっている。老爺は拓人とサヤを見てびっくりした顔をしつつ、一緒に連れていってくれた。「色んなところに落とし穴があって、その穴に落ちると、向こうからこっちにくる」のだという。サヤのバイオリンも川底の落とし穴からこっちの川にきたのかもしれないと、二人で言い合った。竹林を抜けると、崖のふちに沿って古道がのびていた。

老爺は古道の上を指さして、休みたければ道をのぼっていくといいと教えてくれた。サヤは山を下りる道をきいた。老爺は「捧げ物をすれば、帰れるかもしれん」とおかしな返事をして、去っていった。柴刈りの帰りだという老爺は霧の中へ消えてしまった。

拓人とサヤは古道をのぼってみた。枇杷《びわ》の木と、白い花の咲き乱れる茂みに囲まれるようにして、小さな、無人のお堂があった。柱や壁にお札が貼られており、開け閉めのできる窓が一つ。奥で小さな観音様がにっこりしていた。

二人で茂みの花を手折って観音様にあげた。花はいつかの、白無垢で一重の木槿《むくげ》。どれだけ歩いても昼だと思っていたら、いつのまにか夜になった（夕方はなかった）。枇杷をもいで食べ、お堂で身を寄せ合って眠った。細長い窓に、綺麗な半月がのぼっていた。

それからは、観音堂で起き、眠った。

食べられそうな実をさがし、青い川で服を洗濯し、沐浴《もくよく》する。木槿の花びらは揉むと石鹸になった。毎日二人で古道沿いを少しずつ探索し、下山できる道をさがす。拾い物をすることもある。拓人はあるとき竹藪《たけやぶ》で真新しい新聞紙の束を見つけた。新聞の年号は『明治参拾九年《さんじゆうく》』。サヤは「落とし穴から落ちてきたのかも」と首をひねった（拓人は読めなかった）。新聞紙はお布団になった。サヤのバイオリンが空谷に響く。曲は必ず『小雀に捧げる歌』。花蓮のために。きっと心配してるだろうから。

掛け軸みたいな窓は、あけるたび季節が移ろう。

雨で出かけられない日がつづくと、戸口に干し魚が置かれるので二人で不思議がっていたら、ある雨の朝、拓人は斑のネコが走り去っていくのを目撃した。月夜の晩に消えて帰ってこなかったノラネコにそっくりだった。死んでしまったかもしれないと、拓人は本当は思っていたのだけれど、この山で元気に暮らしていると知って、安心した。その話をサヤにもすると、サヤは喜び、それからちっちゃなシロネコのことを心配した。

窓の外をほたほた雪の降りつむ寒い日、拓人は自分の帽子を観音様にあげた。

お堂で過ごす時、サヤがたまに文庫本を読み聞かせてくれる。話の中身はわからず、サヤの声だけが拓人の中に染みこむ、繰り返し。暑い日や寒い日は、サヤが熱をださないか心配になる。窓をしめれば観音堂はあたたかかったが、文目《あやめ》もわかぬ闇になる。拓人は時々起きて手探りでサヤの指や髪にふれ、首筋の痣を撫でた。サヤが微笑む気配がひそやかに返ってくる。日の光のもとでも、サヤは雪か薄霞みたいに儚く見える。一度、サヤが眠っている時、拓人は痣に口でふれた。日ごとに、サヤの影の、耳の上あたりに、細い角が二本のびていく。サヤは悲しそうにしたけど、拓人は気にしない。豆まきはもうしないことにする。

ある晩、窓の隙間から月の光が細くさしこんで拓人を起こした。

窓の外に、狂ったように月の輝く海と、木槿の花の森が広がっていた。

サヤを揺り起こし、二人でお堂を出た。いつもは谷底の川へ通じる道が、今夜は砂浜と海に繋がっていた。そびえていた山は別の場所に移動していた。

浜辺におりると貝殻が月で光っていて、銀の波が寄せるごとに新しい貝殻を置いていく。

海に白と青の花びらがあとからあとから降りしきる。

海、とサヤは呟いた。

サヤに見せたかった海だった。本当は自転車で連れて行きたかったけど。

海の鼓動が響き渡る。サヤはあの本にも海が出てきて、男の人と女の人が出会うのだと言った。拓人はふうんと返した。それからサヤと離れて波打ち際を歩いた。引き返したとき、サヤは拓人に眼差しをそそいでいた。拓人は最初からサヤを見ていた。サヤは月の光に染まっていた。起こしたらかわいそうだろう、と白蛇が言った。拓人はサヤの前で足を止め、サヤの両手をとった。サヤは黙っている。起こされたことをサヤが悲しまないようにしたかったけれど、想いをひと言でも胸から漏らせば嘘になりそうで、拓人もまた黙りこくった。

月の射す海に、花が散っては沖にさらわれていく。

帽子のない男の子の影法師と、角のある少女の影法師は、並んで御堂に戻っていった。

不思議な空谷で、淡い夢に暮らすように日が過ぎ去る。

拓人は帰り道をさがしながらも、もう少しこうしていたいと思いもした。帰れば、きっと

「なつやすみ」は終わってる。
でもサヤはまだ「いいよ」と答えてない。

その日は観音堂を包みこむ金木犀《きんもくせい》の香りで目覚めた。窓は金色したたる秋。黄や紅に染む山の葉を、見えないこびとがブランコみたいにこいで、地面にはらはら着地する。香りに誘われ、二人で外に出た。

空寂に、鳥のはばたきが聞こえた。秋の川はいよいよ澄んで青かった。

そのまま帰り道をさがしに二人で出かけることにした。

水は緑陰を映して青に緑に色を変えながら流れ、秋の花や紅葉が水面《みなも》に落ちて文目《あやめ》をつづれ織に織りだしてゆく。珍しく霧がなく、川べりに秋の山景色が広がっていた。二人は岸辺で休憩していくことにした。サヤがおやつに食べられるものがあるか近くをさがしてきます、と出かけ、拓人は青くて甘い水をすくって飲んだ。

ふと、見上げるほど大きな黒い石に、白い蛇が休んでいた。

でも見間違いだった。黒い石にいたのは女の人だった。サヤよりも長い黒髪に櫛や簪をさし、錦秋を縫いとったような裲襠《うちかけ》に裳裾《もすそ》を霞のようにひいて、ふっさりした朱色の房《ふさ》のついた大きなクッションに身を預けている。つやつやした黒い下駄を脱いで、白い足袋でくつろいでいる。下駄の片方が岩からころりと落ちたので、拓人が拾って返した。返すとき、お香の匂いがした。綺麗な女の人はたおやかな手で受けとりつ、拓人を見知っている顔で微笑んだ。

「神社によくくる童《わらべ》、また会うたの。こんなところで、なにをしておいでか」

「帰り道をさがしてる、んです」

「また山に迷いこんだの。わからずに？」

「ううん」拓人は正直に答えた。「今度は自分から入った。サヤをさがして」

お姫様みたいなその人は、拓人の答えを気に入ったようだった。山の紅葉や花、秋の七草がはらりはらりと吹き落ち、美女を飾るためにかしずいていく。

「帰り道を知ってたら、教えて。どうしたら山を下りられる？」

ややあって美女は面白そうに打ち笑んだ。

「うん。捧げ物をすれば、山から帰してあげる」

古道で会った老爺も同じことを言っていた。

「捧げ物って？」

「いつもは、いちばん大切なものを置いていかせるのだけれども、いとけない童から、いちばん大切なものをとるのも大人げない。こたびは『二番目に大切なもの』をもらうことにしよう。お前がそれを置いていくというなら、家に帰してあげる」

「『二番目に大切なもの』？　俺の？」

「そう。お前の」

急流がサヤの靴音をかき消していた。

「大丈夫、捧げ物をしたら、置いていったことも忘れてしまうから」

拓人は考えこんだ。俺の二番目に大切なもの？

（なんだそりゃ？）

一番はわかる。二番目……。

（あ、わかった）

これだ、スニーカー。

これを買ってもらうまで、どれだけ苦労しただろう。さんざんお母さんにごねてごねて「もう絶対なんもねだらないこれだけだ一生のお願い」を百ぺんも言って、やっと買ってもらった。かっこよくて軽くて、鳥のように駆けていけて、この山でもこれなしじゃやばかったと思う。

未練《ミレン》は山々だけども、スニーカーを置いていったことも忘れる、というし。

「いいよ。あげる」

家に帰ってお母さんとサヤとシロネコと暮らせるなら、他に何もいらない。

美女は膝にあった扇をすくった。

「では、もらおう。男の子《おのこ》はお帰り」

風が山の木の葉をいっせいに散らした。

紅葉の川にさざ波が立つ。

拓人はサヤをさがした。ほんの何歩かのところに、おやつの葡萄と木イチゴを抱いて立っている。

「サヤ」

紅葉と秋の花草が散り落ちる。金木犀、女郎花《おみなえし》、撫子、桔梗、萩《はぎ》、葛《かずら》、薄《すすき》に秋桜《コスモス》……。拓人は秋草の雨を手ではらった。

「サヤ、帰ろう」

サヤのそばに行こうとしたのに、地面と足を縫い合わせたように一歩も歩けない。

拓人は首をひねった。

サヤは何かの符合が合ったようにハッとし、それから。

秋草の香りのたちこめる中で微笑んだ。

何か怖ろしいことが起こっている。拓人はゾッとした。どうして足が動かない？

「サヤ」

竹の葉、吾亦紅《われもこう》、忘れな草、楓《かえで》……サヤとの間を隔《へだ》てていく。

サヤの姿、微笑み、眼差しが、花と落葉に隠れては現れ、隠れるほうが多くなる。

必死でサヤに手をのばした。

サヤはその手にふれたそうにした。サヤの腕から葡萄と木イチゴが落ちていった。指がふれ合う寸前、サヤは指をひき、拓人の手をとらなかった。

……キャンプにきた夫婦に懐中電灯の光を当てられて、拓人は呆然と雑木林を見回した。

拓人は光から逃れ、わめいて、山へ走って帰ろうとした。何か大事なものをおいてきてしまったのだ。山に戻らないとならない。のびてきた大人達の何本もの腕を振り払って暴れた。可哀想に山で頭が変になったと、誰かが言った。月に紅葉が舞っていた。さやのばいおりんが聞こえない。——のばいおりんがきこえない。——がきこえない。

視界が真っ暗になる。

——サヤちゃん、帰るの、と訊かれたとき、小夜子は本当の気持ちを言いそうになった。一緒に暮らしたい。花蓮と拓人と三人で。

「帰らないと」と拓人に答えるのに、ありったけの勇気をかき集めないとならなかった。必ず帰るというのが蛭男の条件だった。それを破れば何をするかわからない悪党だった。ずっと、どこか遠いところに行きたかった。それがどこかもうわかっていたけれど、小夜子には願えなかった。小夜子はあの男と同じ沼の底の住人だった。〝扇ガ谷ノ下〟停留所行きのバスに揺られる自分は、汚れた沼の底で見る、きれいな、泡沫《うたかた》の夢。

なのにいつのまにか心がもろくなった。もう戻りたくはなかった。本の書生のように永遠に終わらない夏休みの中にいたかった。

（拓人さんはあのとき、どんな願いがあったのでしょう）

八月が終わったら、あの緑の底なし沼にひとり沈むことを考えていた小夜子に、小学六年生になったら自転車に乗せて海に連れて行ってあげると、いってくれた。

（小学六年生になったあなたと、こんな風に過ごせるなんて思っていなかった）

黒い顔の男を殺し、後悔もしてないので角が生えた小夜子でも、拓人は変わらずそうっと大事にふれてくれた。

身を寄せ合い、あわあわとゆきすぎた山での二ヶ月。一重の木槿の花。月の海。山でもたまにしかくれなかった拓人の「じょうず」（十二歳になった彼は「調子いいな」）。雪の日に観音様に自分のぼうしをあげた優しい男の子。

拓人の「二番目に大切なもの」が何かわかったとき、小夜子は信じられない気持ちだった。

（ずっと、寂しいことが多かったから）

自分が誰かの――拓人の「二番目に大切な」ものだと、考えたこともなかった。

十六年で、あれほど嬉しかったことはない。

夢の果て

夢を見ていた。六年前の夢だった。

夢の終わりに、拓人はサヤの声を聞いた。声だけを。

「拓人さん」

あたりは暗闇で、何も見えない。戸をしめた観音堂の中にいるのかと、拓人はサヤをさがして手をのばした。虚空しかない。

指先には何もふれない。あたたかな声だけ。

「拓人さん、いいんですよ、さがさなくて。さがさないでください。わかってるはず。六年経って、私が生きているはずがないって。本当の私は、深山の誰も行けない場所で、落ち葉の下に朽《く》ちて埋《う》もれてる。バイオリンと一緒に」

そんなはずはない。

「あのとき、私はとても嬉しかった。自分のせいだと、どうか思わないで。あの言葉を後悔してると、どうか言わないで。拓人さんの二番目に大切なものでなくなってしまいます」

耳をいくら澄ましても声のありかがわからない。

「一度だけというお約束で、花蓮さんと拓人さんのそばで過ごすことができました。十二歳になったあなたと会えて、自転車に乗せてもらえて、どんなにか幸福だったでしょう。でも、夕暮れのバスに、もう私が乗っていることはありません」

とろとろとすぎた、小六の夏休み。薄暮の境内でサヤと会った時の、やるせないほど切ない夏の匂いがした。それも遠くかすんでいく。

「サヤ」

夜の泉

玲司は茂みをかきわけた。気ままに飛んでいた蛍が逃げていく。こんこんと湧く美しい泉のそば、大きな木槿の根方に寄りかかって、羽矢拓人が倒れていた。

月の光で、しらしら輝く。泉も、拓人も、心配そうに寄り添って座る小夜子も。

小夜子は待っていたように玲司へ顔を向けた。

玲司は自分がどうやってここへライトもたずたどりついたのかわからない。宿泊所で、小学生の女の子が一人行方不明になっているらしいと聞いたあと、いつのまにか山に入っていた。

小夜子に呼ばれたこと、これが最後ということだけが、言葉を交わさずともわかった。

「九条君」

小夜子は拓人のそばから立ち上がった。白い夏物のワンピースの胸に、丸めた手を当てる。言葉を胸から拾おうとするように。

この町の小夜子は、玲司の知る小夜子とはまるで違った。身体のどこにも傷はなく、以前の小夜子が浮かべえなかった曇りない微笑みを浮かべ、目の奥には幸福だけがあった。

「……六年前の夏、会いに行けなくて、ごめんなさい」

高校二年の七月、玲司は部活の合宿で、ある町にいた。

自由行動の日、町の小さな図書館に出かけて本を読んでいたら、知らない制服の弓月小夜子が隅で教科書を広げていたのだった。弓月、と声をかけた。

昔と同じに一目であまり幸せそうでないことが知れた。でも、小六の時とは違って弓月は玲司から逃げずに話をする女の子になっていた。

時々バスに揺られて遠くのある家にゆくようになったこと、そこには花蓮という女性と小さな男の子がいること。男の子はいつも自分のソーダを小夜子に譲ってくれること……。

――九条君、その町の森のどこかに、願いが叶うって言い伝えのある、不思議な沼があるんですって。願いが叶うなら、今度行ったら、さがしてみようかな……。

玲司はそのとき、弓月の言葉のかすかな響きや、瞳にさした陰りの深さに、弓月が遠いどこかに去るような感じを受けたのだった。

小学校から弓月に絶えずついて回った陰はささやかな幸福だけではぬぐえず、もっと遠くに逃げなくてはならないものになっているように思えた。弓月のもつ陰は薄幸ゆえというより、自分が間違ってこの世界に生まれてきてしまい、居場所をさがすような儚さだった。

――九条君、夏休みは、長すぎるね……。

「図書館を出たとき、本を貸してくれて、『明日の夕方四時の電車で帰る。三時にこの図書館の前で待ってる。そのとき返せ』って言ってくれたのに、私、行けなかった」

「俺は十時の終電まで図書館の前で待ってたんだぞ。帰りのバスすっぽかして、高校の制服で」

「……嘘」

「本当」

弓月は泣き笑いのような表情をした。

羽矢花蓮に話を聞くまで、玲司はあの日、弓月に何があったかわからずにいた。弓月は翌日の玲司との待ち合わせまで、待つことができなかった。図書館で別れたあの夜のうちにバス代とバイオリンだけを持って、山を越えた隣町まで、一晩中歩き通し、破れた制服姿のまま、扇谷行きの最終バスに揺られた。

玲司はあのあと、弓月の制服から高校を調べて学校に電話してみたものの、弓月は一学期の終業式で高校を辞めていて、連絡先も不明になっていた。

それっきり、六年が過ぎた。

本当は、あの待ち合わせの日、玲司は弓月を連れて行けるだけの金をおろして図書館の前で待っていたのだったが、口にはしなかった。

「私をさがしにこの町にきてくれて、ありがとう。信じられない気持ちだった」

小六の時も、高二の時も、玲司は間に合わなかった。

「あの日、図書館で勉強を教えてくれて、嬉しかった。九条君が貸してくれたあの本が、私のお守りでした」

「それと、そいつだろ」

「はい。拓人さんをお願いします」

弓月は愛しさと切なさの混じった眼差しを少年へ投げかけ、身を引いた。

玲司は木槿の茂みにもたれて気を失っている拓人のそばに行き、跪《ひざまず》いた。服も靴も汚れて、あちこち擦り傷や切り傷だらけ、髪には葉や木の枝がからまっている。疲れ果てた顔つきは、まるで何日も何日も山をさまよったように見える。微かにひそめた眉は、休んでいるのが不本意とでもいうようだった。何か、夢を見ているようにも思えた。

廃工場からバイオリンが聞こえたあの日、弓月は町から消えた。何かあったのだとわかった。あのときの悔しさももどかしさも、怒りも無力さも、胸に焼きついている。十二歳だった玲司は弓月を追いかけられなかった。羽矢拓人のようには。

玲司は弓月と向かい合った。幸福だけがある瞳だった。

赤目が淵で再会したとき、弓月の姿は高校二年生の、あの夏の日に別れたままだと気がついた。玲司は二十三歳になった。十二でも十七でもなく、おそらく玲司が弓月をさがすことはもうない。この町に再びくることも。

「お前は、いつも夏休みに消える」

月の光も、木槿の花も、木々の輪郭も、夏の夜にとけだす。弓月の輪郭もおぼろになる。何もかも泉に映った影であったように。玲司に聞かせてくれた最初で最後のバイオリンも、二人で見て歩いた夏祭りも。一九九九年の小夜子の記憶がゆらめいて、とけていく。

羽矢拓人が玲司のもとに一人でやってきて、夏祭りにサヤを誘えばと言った時の顔を、弓月に見せてやりたかった。

星の下、小夜子はまっすぐ玲司を見つめた。

「あなたが好きでした」

その一瞬、玲司も小夜子も小六の夏に立ちかえっていた。
玲司が手を伸ばしてつかまえようとしたのは、小六の夏か、小夜子だったか。
のばした手は空《くう》を切り、小夜子の姿はかき消えていた。

それから、玲司は拓人を背に負ぶい、月と蛍を灯火に、夜の山を下りていった。

第十一章

小雀に捧げる歌

目を覚ましても、拓人はあの暗闇にいる気がした。

八月二十七日。

すず花と数馬をさがしに鵄鳥神社に向かった日から、九日が経っていた。

†

ふれてくる手が拓人のものだとわかったので、花蓮は目を開けて、イヤホンを外した。

拓人がすぐそばにいた。息子は珍しく帽子なしで、パジャマの上にパーカーをひっかけただけ。鷹一郎は慌てすぎてる。病室の電灯の光がやけに無機質で目に滲みた。外は夜のようだった。雨音がした。

「拓人、起きたの。熱、下がった?」

「うん」

返事と裏腹に拓人の手は熱っぽく、解熱剤で無理に熱を下げているような面もち。平気そうにしているものの本調子でないのは見てとれたが、安心もした。山から戻った後、拓人は何日も高熱を出して意識を失っていたと聞いていたから。起きてすぐ、ここへきたらしかった。

「すず花ちゃんのご両親があたしにお礼言いにきたわよ。あんただけ山で二日間行方不明になったって聞いて、またかと思ったけど」

「ごめん。でも、行方不明になるつもりで行ったんじゃないから」

なんとなく、花蓮の勘が働いた。

「……拓人、もしかして、思いだした？」

「思いだした。ぜんぶ」

「やっぱりね。あんたがサヤを忘れたままでいるわけがないって、思ってた」

拓人がサヤを置いて、一人で山を下りてくるわけがない。

——サヤは、息子と引きかえになったのだと、直感した。

（あの日、東京なんて行かなけりゃよかった）

鷹一郎と東京の弁護士に会いに行くなんて後回しにして、夏休みは一緒にいればよかった。

バイオリンケースに花蓮が忍ばせた紙幣とメモを頼りに、春、サヤが一人で扇谷へきた時から、花蓮は三人で暮らそうと心の中で決めて準備をしていた。

あの日東京の弁護士事務所で、あの男にはサヤをひきとる何の権利もないこと、あの男はまもなく警察につかまるとわかり、すぐ家に電話をした。庭に隠れていた数馬くんはそのベルを聞いていた。不自然に切れて不通になった電話も、浮ついていた花蓮はたいして気にしなかった。サヤが男に家から引きずり出されていた頃、花蓮は拓人とサヤへの東京土産を何にしよう、三人で外国に住んだっていいなんて、のんきなことを考えていたのだった。

（あのふた月、毎晩不思議に『小雀に捧げる歌』が聞こえてきたっけ）

夜になるとどこからか響いてくるサヤのバイオリンのお陰で、花蓮は気が変にならずにいられたのだ。サヤと拓人はきっと一緒にいる。無事でいる。大丈夫――。

どうしてかサヤだけが欠落してしまった拓人の記憶。

「……サヤを忘れてしまっても、春も夏も秋も冬も神社で待ってるあんたを見て、サヤは生きてる、必ず帰ってくるって、あたしも六年ずっと信じていられたんだよ」

サヤの思い出は、たった一枚の写真きり。

病室の暗い窓を雨が打つ。拓人はいつも以上に黙っている。どんな灼熱の太陽でも少しもかせなそうな顔をしていた。花蓮の胸が痛んだ。アスファルトのうしろに、小学校の六年間と、母親をおいていかなきゃならないのだと、知った顔をしていた。

鷹一郎は検査結果がでてから異様に挙動不審だった。やけに入院が長引くことや、夏ばてと思っていた不調が一向すぐれないこと。早くて余命三週間、秋までもつかわかりませんと、若い医者の方が苦しそうに伝えた時、花蓮は腑に落ちた。どうして今年サヤがきたのか。

（私と、拓人が、心配で、心配で、いてもたってもいられなくて）

夕暮れのバスに飛び乗ってきてくれたのだ。

拓人が林間学校から帰る日、目を覚ますと、サヤが枕元にいた。花蓮があげた白いワンピースに、両手でバイオリンケースをさげて。別れがたい眼差しをしていた。

サヤを見つけたのは、暑い日だった。花蓮は木造アパートの窓から、サヤを担いで出た。錆《さ》びた階段が一段ごとにきぃと悲鳴をあげた。工場地帯の黒煙が青い空を必死で汚していた。澱《よど》んだどぶでは動物の死骸が浮いていた。どこかのテレビでテレフォンショッピングが流れてる。女の子が監禁されてることにも気づかず、あるいは気づいていても知らぬ顔で。ごみごみして薄暗い路地裏のポリバケツは、それぞれ何に蓋しているのかもわからない。バイオリンと女の子の靴をもって勇ましく、「逃げよう」という息子だけが、この世界で唯一まともに見えた。まともなものが一つもない世界より、なんて素晴らしいんだろうと思った。

　女の子を背負って路地裏を抜け、路駐した車に戻った。日本はバブルが弾ける寸前で、ついた車のラジオで最新ヒットチャートと女子高生コンクリート詰め殺人事件のことを一緒にやっていた。花蓮は手錠をかけられた女の子を後部座席に横たえて、聞こえてきたパトカーの音から、アクセル全開で離れた。警察じゃこの女の子を助けられない。こんな女の子は日本中にいるけど、警察には「もっと大事な事件がある」らしい。花蓮は拓人と見つけたこの女の子をなんとしても助け出したかった。あのアパートの暗い一室から、永遠に。

　できなかった。

「いいえ」サヤに目尻にキスをされて、花蓮は自分が泣いていることに気がついた。「いいえ」サヤの怒った顔は初めて。「また会える?」と訊いたら、サヤは三度目、いいえと答えた。

「私がいる場所に、花蓮さんはこれません。……でも、果てしないほどの時が流れたら、花蓮さんと拓人さんの行く場所に、私もまた行けるかもしれません」

拓人さんたちは必ず無事に帰します、と言い置いたのがサヤを見た最後だった。

拓人はまた一人で帰ってきた。

拓人は怒った顔で（怒ったサヤそっくり）、サヤのことは一つもふれなかった。

「……先生が、県央の病院に転院したらどうかって」

「うん、聞いた。でもここにいるよ」

外は雨。イヤホンから曲が微かに流れる。外は暗い雨。いつか、拓人が雨でかすむ世界を前に、「いきる音と、しんでく音がする」と言った。街灯にも、石垣にも、森の蝉の死骸にも、雨が流れていた。「うん」と答えた花蓮と息子と、サヤの上にも。

イヤホンの音漏れはB'zの『いつかのメリークリスマス』サヤアレンジ。花蓮は息子に微笑みかける。花蓮が『人を愛するということに気がついた』、二人目の相手へ。

「県央に転院したら、あんた気楽にあたしに会いにこれないでしょ。それに昔、サヤが帰るまで『絶対引っ越さない』って約束したじゃん。あんたが破る気？」

息子は長い長い間、黙っていた。

それから、拓人は頷いた。

†

ざわりざわりと、木々が鳴る。

夜の参道に梔子《くちなし》の花が散り落ちている。ボンヤリした夜で、花も社も、輪郭が曖昧にとけている。拓人はいつもの場所に座った。横にはならず、賽銭箱にもたれ、片膝を抱くようにして。帽子はない。いつからないのか、よく覚えていない。

白い月がのぼっていた。星が緩慢に移動していく。たまに風が梢と囁き交わして通り過ぎる。草むらで白い蛇がとぐろをまいて、身じろぎもせずにいる拓人を見ていたのだったが。

拓人がまだ小さい頃、いつも花蓮が迎えにきた。少し心配そうな、急ぎ足の靴音で。

——見つけた、拓人。やっぱりここかあ。お母さんも一緒にいるよ。

思えば、二ヶ月行方不明になった後も息子がたびたび帰ってこないのだから、花蓮は毎度胸がつぶれる思いをしたかもしれない。そんなこともやっと今——今ごろ——気がつく。

それでも母は、神社へ行くなとは一度も言わなかった。

春も夏も秋も冬も、拓人と一緒に賽銭箱の隣に座ってくれた。

長い長い時が流れた。拓人はじっとしていた。夜が拓人の黒髪にとける。

と、石段を誰かがあがってきた。

拓人は顔を向けた。

鷹一郎の姿を認めたとき、拓人はどんな表情を浮かべたのか。ややあって、拓人は簀の子を降りた。参道を引き返し、鷹一郎のそばに戻った。花蓮と同じ顔をしていたから。

石段の上から、遠く遠く、町の灯が見えた。

夏の闇に、幻のような、切ない、寂しい匂いをかいだ。

拓人は暗闇の石段を下りて、家に帰っていった。

†

花蓮が逝ったのは、十月の初め。

その日、花蓮はいつになく頭がすっきり晴れたいい気分で、目を覚ました。手が温かいと思ったら、鷹一郎が花蓮の右手をつかんでうたた寝してる。窓の外は秋に織りだされて十重《とえ》二十《はた》重《え》に染まった扇谷。拓人はパイプ椅子で学校のプリントをしている。

「拓人」と呼ぶと、息子はプリントから顔を上げた。ここずっと、いつでも息子と鷹一郎がそばにいたように思った。自信はない。「サヤはどうして今日こないの？」と拓人に訊いた時も、何かおかしなことを言ったかしらと不安になった。看護婦さんの奇妙な目つきを感じて。日ごと頭に靄がかかるようで、自分がなぜ病院で寝ているのかすぐに思いだせないことも増えた。イヤホンをはめてラジオをつける。東海村のＪＣＯ臨界事故の続報が流れてきた。三人が大量被曝……。

「卵焼き、食べる？　鷹一郎がつくったやつ。大根おろしつき」

「食べる」

大根おろしをのせた卵焼きを、息子が食べさせてくれる（箸をもつ握力がなかったのだ）。

花蓮はゆっくりゆっくり食べた。枕元の木彫りの、バイオリンをもつヒヨコをちょっと撫でる。

「サヤ、まだ帰ってこないね」

「うん」

『サヤ』が誰のことなのか、息子をのぞいてみんな忘れてしまった。花蓮がウトウトしていた時に「空想の話を辛抱強く聞いてあげて偉いね」と看護婦さんが息子をねぎらっていた。

息子の瞳には、あの山の端に吸いこまれていく金色の光、世界のすべての光があった。

「……見つけるつもりなのね？」

「約束があるだろ。俺と、母さんとで、決めたやつ」

花蓮はふふっと笑う。「うん」

すうすうという鷹一郎の寝息。静かな秋の日だった。

拓人が神隠しから一人だけ帰ってきたのも、こんな黄金の十月だった。

「拓人、お母さん、しばらく、あんたと一緒にサヤを迎えに行けないかも」

「大丈夫」

昔、拓人とサヤが一晩行方不明になった時（千蛇が沼で迷ったとかいう）、二人で手を繋いで戻ってきた。ひどく汚れて、泥だらけの恰好をして。サヤが拓人の手を引いて帰ってきたようにも、その逆のようにも見えた。どっちもなのだと、花蓮は思う。

昔々の花蓮が、拓人と二人で生きるんだって心に決めたみたいに。拓人も決めたのだ。

「がんばれ。お母さん、これからはずっとあんたのそばにいるからさ」

拓人の双眸がゆれる。微かに頷く。花蓮の手を引っ張る。ひきとめるように。愛しくて懐かしいぬくもりだった。誰も降りないバスを何度も拓人と見送り、二人で手を繋いでしょんぼり帰った夕暮れ。いや、しょげてたのは自分だけ。息子を迎えに行きながら、ぐずぐず帰りたがらない花蓮を連れ帰るのは拓人だった。こんな風に手を引いて。

鷹一郎、と拓人がささやく。花蓮が聞いたことのないかすれ声で。

鷹一郎が起きた。青ざめていくその顔を撫でてあげたかった。六年前、拓人とサヤが行方知れずだった二ヶ月、鷹一郎がずっとそばにいてくれた。鷹一郎に伝えたいことが、いっぱいあった。言えなかったことも、いっぱいあった。どう言葉で伝えていいかわからずに。

またあなたに会いたい。

拓人に、サヤに、鷹一郎に。

どこからか、サヤの『小雀に捧げる歌』が聞こえてきた。

花蓮さん、と鷹一郎に呼ばれるのが好きだったけれど、それも伝えることはできなかった。

花蓮の葬儀の日は、秋晴れ。金魚がいそうな空だった。

拓人は母の棺に、林間学校でつくった木彫りと、バイオリンを象《かたど》った松脂ケースを入れた。かわりに、母の手帳と、一枚の写真をもらった。松脂ケースは煙になった。

その日、へらないノラネコのミルク皿をとりかえたあと、拓人は一通の郵便を受けとった。

九条玲司からの葉書だった。


九条と最後に会ったのは、八月二十八日。九条が家に拓人を訪ねてきたのだった。

「あんた、弁護士だったんだってな」

九条玲司が山から拓人を連れ帰ったことは鷹一郎から聞いていた。でもそんな話をするためにきたのでないのはわかっていた。お互いに。

その日も暑くて、ミーンミンミンと蟬の声が庭に響いていた。九条は縁側に腰掛けたが、拓人は立ったままでいた。九条は今回も具合はどうだとか、いらないことは訊かなかった。

「羽矢、今日は八月二十八日だ。六年前にお前と弓月が消えた日だ」

失踪して何年も経つと、失踪宣告ができるようになる。そうと知った花蓮は、失踪宣告の詳細と、どんな場合に成立するのか訊くために、今年の春、東京の弁護士と連絡を取った。その際、応対したのが九条玲司だったという。

九条はそれで、弓月小夜子が六年前から失踪していたことを知ったといった。

長く生死不明の場合、失踪者の最後の目撃情報があった日から丸七年が経過すると、公的には死亡と見なされる。弓月小夜子の場合は、来年の八月二十八日。けれど拓人が神隠しの二ヶ月——十月十五日に雑木林で発見されるまで弓月小夜子と一緒にいたと証言すれば、その日まで死亡認定は延長される。

でも九条が「仕事」のためにきたとは拓人は信じていない。九条が知りたかったのは拓人の証言で失踪宣告がのびるかどうか、ではなかったはずだ。

九条が七月頭にこの町を訪れ、扇谷にわけいっていたことを、鷹一郎から聞いた。九条の部屋には、何冊もの黒い調査資料ファイルや、山の装備があった。今の拓人には九条と同じことはできない。十一年後だって、やれるかどうかわからない。

「……大人が、二ヶ月仕事休むのって、タイヘンなんだろ」

「六年さがしつづけるほどじゃない。……弓月とは一時期、一緒の施設にいたことがある。弓月は最後まで思いださなかったけどな」

九条はそれ以上は話さなかった。九条がサヤをどう思っていたのか、拓人に知るすべはない。

サヤが逃げてきた時、抱いていたのはバイオリンと、一冊の小さな本。

「高校二年の夏、サヤに図書館で勉強教えて本貸したのって、あんただろ?」

「ああ。お前のことをあれこれ聞かされた。帰るなってしくしく泣いて抱きついてくる可愛い男の子だとよ」

「喧嘩売ってんなら買うぞコラ。今日東京帰るんだろ。とっとと帰りやがれ」

「お前、二度も命を救った恩人に少しは礼を言え。礼を言う気になったら、いつでも連絡しろ。……お母さんに関することでも構わない」

九条は胸ポケットから名刺をだして、拓人に投げた。拓人はもらっておいた。

蝉が鳴きやんだ。庭先の空が青かった。お魚が跳ねてそうね、と防空頭巾の女の子が言った。八月の光る夏も、彼方に行ったものも、日の中にとけて残るのだろうか？　あの夜ソファでサヤを抱きしめたさびしい感触が拓人の手に今も残っているように。光は褪せても。

九条が見ているのも、拓人とは別の八月の空なのかもしれなかった。通り過ぎたいつかの、どこかの町の、遠い空を。

羽矢、と九条は呟いた。

「俺はこの町にくるまで、弓月は自殺したんだと思ってた。けど、お前と一緒にいる弓月を見て、違うとわかった。幸福そうだった。お前に校門で声をかけたあと、何度かこの家まできたんだ。……けど、弓月とお前を見てたら、いつも何も言えなくなった」

「……あんた、覚えてるのか、サヤのこと」

「忘れかけてる」

その囁きも、八月の光にとけていく。

「……弓月と、どこかに出かけたように思う。夕暮れで、弓月は浴衣で、いつもと違う髪型で、俺は弓月に何か飲み物を買っていって渡した気がする……。けどそれは、全部夢だったかもしれない。お前を山のどこで見つけたのかも、俺はもう覚えてない。でも七月のあの暑い日……お前を助けてほしいって、弓月が赤目が淵にいた俺の目の前に現れたとき……、弓月は生きてたんだと思った……あの気持ちだけは、忘れたくない。俺はこの町で、一九九九年の夏に、確かに弓月と会ったんだ」

庭で、ゆうらりとコスモスが揺れていた。

拓人は九条からの葉書に目を落とした。葉書には花蓮の悔やみと、鷹一郎と拓人の依頼通り、葬儀以後の法律関連の処理をすべて引き受ける旨が記されていた。礼儀正しい文面からは、あの日、忘れたくないと言った一九九九年のサヤのことを覚えているのかどうかは、読みとれなかった。全部夢だったかもしれないといった時、九条はおぼろな表情をしていた。

柱時計がチクタク三時をさしていた。

拓人は葉書をちゃぶ台に置くと、離れに向かった。

離れは前より埃っぽくて、秋の薄日に塵が舞っていた。

拓人は電気をつけなかった。相変わらず散らかったソファに腰を下ろし、ウォークマンのイヤホンをつけた。中は拓人が録音したサヤのテープ。

テープが回転していく。録音されていたのは、蟬や風鈴の音と、拓人の下手くそなピアノ伴奏だけ。

カセットテープを婦長さんから返された時、お母さんがこれを……誰かのバイオリンなのって繰り返し聴いてたのは病の進行による譫妄《せんもう》だから、気にしないでね、と慰められた。

何も聞こえない一二〇分テープがラストまで回りきって、停止する。

カーテンの隙間から夕日が射しこむ。

拓人はイヤホンを外し、アップライトピアノの椅子に座った。

ずっと調律していない。夏祭りの夜、綺麗な正しい音に直す気分でなくて、乱れたままにした。あの夏のままのピアノ。

『今度は私がいるときに聞かせてください。サティの「Je te veux《ジュ・トゥ・ヴ》」』

『約束ですよ』

『……約束はしねーぞ……気が向いたらな……』

鍵盤に両手を置いた。

お前が欲しい《ジュ・トゥ・ヴ》。

――サヤが悪いものに追いかけられてるなら、俺がおいはらうよ。

――サヤ、いかないで。

――大きくなりましたね、拓人さん。

――夕暮れのバスに、もう私が乗っていることはありません。

――音程の狂ったピアノの音が指先からこぼれる。

神社前の〝扇ガ谷ノ下〟停留所にバスがくるはずがない、四年前に廃線になったんだと、彰が言った。とろとろとした夢にいるようだった夏休み。

停留所のベンチで、賽銭箱の隣で、石段で、いつも母さんと見送った夕方五時二十四分のバスも、薄闇の田んぼ道を拓人をさがしにやってきたサヤの、心配そうな顔も、真夜中、サヤが拓人のために弾きつづけてくれたバイオリンの旋律も、彼方へ消えていく。どこかでなくした拓人の帽子も同じところに流れ着いて光ってるんだろう。帽子がないことにも拓人は慣れた。

ピアノを弾き終える。

「サヤ」

夕日だけが部屋に静かに打ち寄せている。誰の影もない。

──サヤ、まだ帰ってこないね……。

小学校の六年間、ずっと何かをさがしていた。

(何をさがしてるの？　何を追いかけているの)

「なくしたもの」

(見つかった？)

「見つける」

溺れそうな秋の夕日のわたつみの底で、暑いな、と拓人は呟いた。

十三夜

月に、紅葉が舞い散る。

今日は山から紅葉が多く吹き散る、と鷹一郎は庭を見た。十三夜だった。

鷹一郎は花蓮の葬儀が終わったあとも、拓人のそばに残った。

拓人は学校へ行かず、一日の大半を神社で過ごす。雨の日も、冷えこみの厳しい日も。具合の悪い日すら。遅くなっても帰らない時は、鷹一郎が迎えに行く。止めても拓人はパーカーを羽織って家を出ていく。鷹一郎にできるのは、お弁当をつくって押しつけることくらい。弁当箱はいつも空で戻ってくる。

拓人は体調を崩すことが多くなった。

近所はひっそりし、外出する拓人を誰も見ぬふりをする。彰くんと、折口先生と、水無瀬家と村井家だけが拓人を心配し、学校のプリントや総菜を詰めたパックを届けにきてくれる。

賽銭箱から顔を上げて鷹一郎に目をくれる時の、拓人の一瞬の表情にいつも胸をつかれる。

鷹一郎は『春昼・春昼後刻』の女のセリフを口ずさんだ。

「『貴下《あなた》、真個《ほんとう》に未来というものはありますものでございましょうか知ら』……」

――もしあるものと極《きま》りますなら、地獄でも極楽でも構いません。逢いたい人が其処《そこ》にいるんなら。さっさと其処へ行《ゆ》けば宜しいんですけれども、きっとそうと極《きま》りませんから、もしか、死んでそれっきりになっては情《なさけ》ないんですもの。そのくらいなら、生きていて思い悩んで、煩《わず》らって、段々消えて行きます方が、いくらか増《まし》だと思います。忘れないで、何時《いつ》までも、何時までも、……

忘れないで……。

逢えない苦しさにゆるゆると弱っていっても、女は書生を追わない。死んで恋しい人と逢える証がないのならば、恋しい人が残してくれた寂しさを抱いて生きていく方を選ぶ。

一度、鷹一郎は拓人に訊いた。

「花蓮さんと同じようにサヤちゃんはもうこの世にいないと、思えないかね？　サヤちゃんをいないいないものには、できない？」

台風の日、びしょ濡れになって帰ってきた拓人は、鷹一郎に答えた。ただ一言。

「しない」

逢えなくても逢いたい。苦しさに身を焼かれても、拓人もまた痛みを捨てはしないのだった。それが小夜子のいた証であったから。

六年前の神隠しの時に何があったか、鷹一郎は知るよしもなく、拓人も話すことはない。山から二度帰ったことを拓人が後悔しているそぶりは全然なく、それだけは鷹一郎の救いだった。

(そうか、今日は……十五日か。だから胸が騒ぐのかな)

拓人が神隠しから戻ってきたのは、ちょうど六年前の今日。

……山野辺の雲行きが妖しくなった。

月に、紅葉が舞い散る。

月明かりの下、拓人は簀の子に座って算数のプリントをしていた。花蓮がいたときは病室でやっていたけれど、今はもっぱらここだ。彰かすず花が毎日学校帰りに宿題を届けにくる。ついでに数馬は九月半ば、退院と同時に親に東京の私立の小学校へ転校させられた。

数馬は一度花蓮の病室にきた。拓人が院内売店へジュースを買いにいき、戻ると数馬がいて何か母と話をしていた。久しぶりに会う包帯男はクロムハーツと松葉杖を身につけており、髪は黒に戻っていた（単に入院のせいで）。

数馬は拓人に気づくと、お前の家に連れてけといった。

九月の庭で、蟬が数匹取り残されて鳴いていた。夏日だったが、日は秋の、少し憂鬱そうな光になっていた。数馬はもの寂しい初秋の庭を、赤い風鈴の消えた縁側を、がらんとした家の中を松葉杖をつきながら見てまわり、それから、一人足りねーな、といった。

ああ、と拓人は答えた。

数馬は拓人でなく、光のアイシングをまぶしたような夏の面影、またいなくなってしまった人へ、別れの挨拶を告げにきたのだった。

数馬も、彰も、サヤのことを覚えているふしがあった。口にはしない。秘密というのはそういうものだ。あの夏に、それぞれの、自分だけの秘密がある。

あれきり数馬から連絡はない。

庸介は今も行方知れず。遊び半分に同級生を底なし沼に沈めたことを不良仲間が警察に白状した。当の庸介がもはや誰も探せないところに連れ去られたのを知っているのは、拓人と彰だけだ。コイケ先生は銀杏の木から消えたままで、相変わらず拓人は霊感ゼロ。

神社の裏山を何度さがしても、白幣のかかった杉の木も祠も、茂みの小道も見つからない。

夕方五時二十四分におんぼろバスがくることもなくなった。今までありもしない最終バスの音を聞いていたのだとしたら、神隠しで頭が変になったといわれても仕方がない。

黒い山紅葉が境内や簀の子にはらりはらり散り落ちる。闇に金木犀が香る。桔梗に女郎花《おみなえし》、撫子、吾亦紅《われもこう》が、草むらで影絵のように揺れる。

鉛筆を片手に、拓人はプリントを真面目に片付けた。学校にこなくてもいい、けど宿題は俺が見るからな、と言いはる彰が浮かんで、ちょっと笑う。それから、顔をしかめた。

（最近、なんだか頭がすげーズキズキする……）

鎮痛剤を飲んでも、一向に効かない。鷹一郎には言ってない。それでなくても心配させてる。

プリントのつづきをしようとしたら、目がかすんで問題文が読めなくなった。手が震えて、鉛筆をとりおとす。鉛筆は簀の子から落ちた。頭が割れるようだった。身体に力が入らず、賽銭箱にもたれた。月がやたらくっきり輝いている。

風がでてきたのか、山から木の葉が降ってくる。

花の影が夜空に舞いあがる。帽子のない拓人の髪も舞う。

頭痛がだんだんやわらいでいく。鷹一郎が迎えにくるまで眠ろうと思った。少しだけ。

こつ…と静かな月夜に靴音がした。

拓人は瞑《つむ》りかけた目をあけた。誰かが、石段をのぼってくる。

あとからあとから紅葉と秋草が散り落ちる。

石段のてっぺんに、影が現れる。小さなシロネコ。いつまでたってもどうしてか大きくならず——いつからだった？——羽矢家の軒下を宿にして、月夜の晩は屋根をカラカラ歩いた。

シロネコは紅葉の参道を歩いてくるうち、サヤになった。白いワンピースの上に、ゆったりした羽織り物を重ねている。どこかの学校指定のカーディガンみたいなやつ。

サヤはすごく怒った顔をしているが、怒っているのは拓人の方だ。八月からずっと腹を立てている。でも、今はさほどでもない。

「火葬の火で燃やしたものはあちら側に届くって、鷹一郎が言ってた。……松脂、切れてたろ」

サヤは立ち止まった。夜を領する月が二人の足もとに影をひく。

「俺の幻聴じゃなけりゃ、母さんの棺に松脂入れた日から、ちゃんと弓に松脂塗って弾いてるように聞こえた」

葉音がいつまでも鳴りやまない。

拓人は賽銭箱から身を起こし、簀の子から降りた。身体がふらついた。サヤは手をさしのべたいのをこらえるように、自らの胸に手をひきよせ、顔をうつむけた。拓人は自分がどんな目をしているのか気づかなかったし、それがサヤの胸をどうしようもなく鳴らすことも知らない。

「母さんが、サヤに昔、約束しただろ。三人で暮らそうって。母さんはもういないけど、約束は俺が守る」

サヤが動かないので（まるであと一歩でも踏みだしたら何か取り返しのつかないことがあるように）、拓人のほうから近寄っていった。降りしきる秋草の雨の向こうへ。

二本の角《つの》がある影法師が後ずさる。決して拓人を見ない。

「サヤ」と呼びかけたら、足を止めた。サヤが苦しげにする。心ならずもそうしたことにか、あるいは心に従った足にか。楓に桔梗、萩、女郎花……二人の間に舞い散る。

六年前、不思議な山奥で、月の浜辺を二人で歩いたとき、サヤは何かを願ったんだろうか。

拓人はあのとき、自分に約束した。

（何をさがしてるの？　何を追いかけているの）

小学校の六年間、ずっとさがしていたもの。

帽子はなくてもなんとかなるけど、そうはいかないものもある。

（見つかった？）

「サヤ」

サヤの正面に立った。サヤはしょんぼりして、うだなれている。でもまだ返事をしない。

さびしい匂いがした。サヤと、拓人の。

いつか、山桜の散る遠い昔、サヤに同じ言葉を告げた。

「迎えにきた」

サヤがうつむけた顔を上げる前に、腕の中につかまえた。

終章　卒業

――翌年三月……。

がらんとした家を、拓人は最後に見て回った。

鷹一郎は呆れたことにずっと居座り、卒業式まで出た。お陰で卒業するまで扇谷小に通うことができたし、母と過ごしたこの家に住みつづけることができたのだったが。折口先生や村井のご隠居も、校長や教育委員会やらに掛け合ってくれたらしい。

鷹一郎が仕事で遠方に行くときは、すず花のおばさんが世話を焼いてくれた。他の保護者らは、拓人に絶対近寄らず、話しかけず、子供にもそうするよう言い含めたようである。拓人の「頭のおかしい子」説は数年を経て華々しく復活した。もっとも拓人と六年間付き合った仲間は、そんな親の意向などどこ吹く風だったけども。

拓人は今日これから京都に向かい、宇治の鷹一郎の家で暮らす。

京都の中学校へ入学手続きもした。どうして鷹一郎（二十年やもめ暮らし）に扶養許可がおりたのか、拓人にははなはだ疑問であるが、鷹一郎は飄々《ひょうひょう》ととぼけている。「京都でも、この半年とたいして違わないよ。同じ、同じ」と言うが。

（……庭池に橋がかかってて巨大な錦鯉が泳いでて、庭師がゾロゾロ弟子ひきつれて四季折々庭木にこもをかぶせたり剪定したりしてんのに、全然同じじゃねぇ）

彰は夏期講習をうっちゃらかして夏中拓人と遊びほうけ、以後も拓人にかまけていたくせに、第一志望の難関国立中にあっさり合格した。今年の春から寮暮らし。彰は拓人より一足先に家を出て、扇谷を去った。

すず花は県内の中学へ。渡会数馬なんぞと二人で「失踪」したせいで噂にいろんな尾ひれがつき、すこぶる憤慨していた。綾香は泣いて謝ってきたという。彰の話曰《いわ》く「拉致られたあげく山で渡会と遭難して、帰ってきて幼馴染みにふられるって、あんたあたしより哀れじゃない」という謝り方だったため、すず花と綾香は大喧嘩になり、その後は謎に仲良くなったという。

バイバイ羽矢、と、卒業式ですず花は笑って拓人に手を振った。

拓人も、彰も、数馬も、すず花も、別々の道を進む。


荷物を鷹一郎の車に積みこみ、戸締まりを確認して玄関に行ったら、鷹一郎のほうが拓人より未練がましい顔つきをして、へこんでいた。拓人は去年の夏から十センチ近く背が伸びたが、鷹一郎のほうがまだ高い。鷹一郎は一七五センチ。拓人はぼそりときいてみた。

「……あのさあ、俺の親父、鷹一郎ってこと、ある？」

果てしない沈黙ののち、ぼそりと返事があった。

「何度問いただしても花蓮さんは『断じて、あなたの子じゃない』って言い張ったんだ」

もう拓人は何も訊く気になれなかった。

「でも拓人君、僕はただ君が大事だから、一緒に宇治に行こうっていったんだよ」

「知ってる」拓人は玄関の鍵を締めた。「俺が頷いたのも、鷹一郎だから」

十三夜の日、神社で人事不省で倒れていた拓人を鷹一郎が見つけて夜間救急に運びこんだ。

多分そのときだ。病院の機械の音が暗闇にブーンとうなっていたように思うから。

——どうして、サヤのこと、鷹一郎はなんにもいわなかったの？

闇から鷹一郎が答えた。——あんまりにも幸せそうだったから。

あんまりにも花蓮さんも、サヤちゃんも、拓人君たちも幸福そうで、それを壊すどんな理由も僕は思い浮かばなかった。六年前の、不安と背中合わせのもろい幸せでなくて、今度こそ何も怖がる必要のない、まったき幸福に見えたよ。サヤちゃんの、幸福だけでできた笑顔を、僕は初めてみた。六年前に花蓮さんが見たがったものだった。

意識を取り戻したあとも、拓人はその会話に触れていない。

鷹一郎がサヤの名を口にしたのは、いないものにはできないのかと問うたときと、あのときの、二度だけ。鷹一郎が一九九九年のサヤを覚えているのかはわからない。そんな気もするのだが。けど、あの日、鷹一郎がくれた言葉を覚えていればいいことだった。

庭には今年も桃の花が散り敷いていた。花絨毯に真っ白いネコが一匹座ってる。

「サヤ」

寄ってきたシロネコを拓人が腕に抱きとり、片手でミルク皿を拾うのを、鷹一郎が見守る。背の伸びた拓人の後ろ姿と、初めて会った制服姿の花蓮が、重なった。

逃げて、逃げて、逃げてきたのだと、それきりしか花蓮は自分のことを話さなかった。迷いなく小夜子を車に乗せて逃げた花蓮の気持ちが、鷹一郎にはわかる気がする。痛いほど。

拓人の腕の中で、シロネコが鷹一郎にお辞儀をした（ように見えた）。

十三夜の晩、猫の鳴き声で鷹一郎は目を覚ました。疲れが出てつい茶の間で寝入ってしまったのだった。柱時計が零時を打った。拓人はまだ帰っていなかった。いつのまにか外は激しい雨になっていた。嫌な予感がして鷹一郎が神社へ車を飛ばすと、拓人が境内で倒れていた。病院に運ぶのがあと少し遅かったら、手遅れだったかもしれないと医者が言った。

以来、名をつけずにいたノラネコを、拓人は「サヤ」と呼ぶようになった。

鴟鳥神社へ通うこともなくなった。「普通に登校するようになって憑きものが落ちたみたい」とすず花ちゃんのお母さんが喜んでいたので、鷹一郎は異論を唱えずにいる。鷹一郎には逆に見える、とは。鷹一郎はふいに松脂ケースを棺に入れた拓人のことを考える。……本の中で少年に「男への手紙」を託した人妻と、あのときの拓人の横顔は似ていたかもしれない。

——あなたとまた逢えるという証があったなら、四方《よも》の海の底へ潜《もぐ》って逢いに行くのに。

……どんな証があったのだろう？

バイオリンなどないのに拓人が楽器屋で弦を買ったり、「弓の毛替えに行ってくる」などと言うことがあっても、鷹一郎は気にしない。宇治に行く条件としてシロネコも連れて行っていいかと訊かれたときも、すぐ同意した。そんな鷹一郎のほうが、拓人にはよっぽど変人に見えるらしい。鷹一郎にとってはたいしたことじゃない。

逢えなくても逢いたい。再びその人とふれあえるなら、鷹一郎も望むだろう。

鷹一郎も話していないことがある。拓人が救命医療を受けている間、ずっとバイオリンが響いていたように思うのだ。拓人が九死に一生を得たのはあのバイオリンのご利益かもしれない。それ以来、家の中でバイオリンが聞こえることも、拓人には黙っている。

拓人はたまにピアノでサティを弾く。こっそり離れをのぞいたら、自分から弾きだしたくせに、ものすごく恥ずかしいといった顔つきで鳴らしていた。でも拓人は聞かせたい相手がいないと一曲弾き通す根性などない。拓人の足もとにはシロネコが寄り添っていて、目を瞑って機嫌がよさそうに聞いている。ど下手くそなピアノだろうがシロネコに不満はないらしい。そんな一人と一匹を眺めた鷹一郎は、やっぱり次の演目は、

(『春昼・春昼後刻』にしよう)

と思ったのだった。

宇治でも、夜中に下手くそなサティと、不思議なバイオリンが響くのだろう。

鷹一郎の車に乗る前、拓人は小さな家と、霞がかった春の峰を見渡した。

光る風と、淡く色づく扇谷だけが見送ってくれた。

拓人はサヤを腕に抱いて、アスファルトのうしろに町を置き去っていった。

二〇一九年、八月

山の風に散らされてきたものか、不意に一つ二つ、花がそばを流れ過ぎた。

拓人はひらひらと行き違った花を肩越しに見送った。山の梢が海のように波打ち、音を立てて寄せてくる。さざ波は拓人をものみこんだ。

懐かしい、夏の波音だった。

夏だな、と思った。

拓人は山をのぼっていった。花束と線香、それに水桶をさげて。七月までは冷夏だったのが、八月に入るなり日本列島は猛暑日が続いて、灼熱の暑さだった。

花蓮の墓は神社の森林区画の中にあった。林にはもう墓参する者もない古代の石積みがあちらこちらにあって、静かに眠ってる。それも、拓人は気に入っていた。

墓につくと、花と線香があがっていた。

（……数馬のやつじゃ、絶対ねーな。彰がもうきてんのか。あいつ、仕事大丈夫なんか？）

彰と会うのは一年ぶりだ。もっとも何年会わなかろうが、会えばあっというまに昔に逆戻りだ。でも、そんな相手は滅多にいないのだと、拓人もわかる歳になった。今の彰は毎度原稿の〆切から逃げ回っており、拓人のスマホにまで編集者が泣きを入れてくる始末。子供のころは児童会長をやってた優等生だったのに、不良作家になりはてた。

拓人は袖をまくり、簡単に墓掃除をした。

日射しがむきだしの腕につきささる。昔より色のない、無機質な光線に思えた。

山に雲の影がぽかっと落ちているのも、緑が今にもしたたりだすようなのも、昔と変わらない。けど市中は様変わりして、昔の面影はない。木の電信柱は全部コンクリートに、大きな鳩鳥神社の前の駄菓子屋は、とっくにコンビニになった。

花挿しに水を入れて、線香に火をつける。脇からすっとサヤの白い手がのびて、山百合と鬼灯《ほおずき》を花挿しに足した。どこにあったときいたら、林の中で摘んできたという。

拓人が頼むより早く、サヤがケースからバイオリンをとりだした。すでに拓人が調弦ずみ。

「『小雀に捧げる歌』でしょう。調子は、調律師次第ですかね」

「なにぃ？　今や若手調律師としてピアニストに地球の裏までしょっぴかれるこの俺に。いっとくけどそのバイオリン、すげー性格悪いぞ。E線すら断固としてアジャスターつけさせねぇし。この俺以外じゃ、絶対サヤにぴったり合わせられないからな」

「拓人さん、そろそろ松脂がなくなりそう」

「梅雨《つゆ》前の毛替えついでに買っとけばよかったな」

「……。拓人さん、あれっきり、二度とつくってくれませんよね」

「木陰で弾けよ。暑いから」

拓人はそばの木に背を預けた。

バイオリンのメロディが、サヤと彰と数馬と過ごした小六の夏をつむぎだす。

ソーダ色の風と、吹きなびいてゆく麦畑の航跡。金平糖が降るような夏の光。神社の森の波濤と、八月の蟬時雨。ノストラダムスの大予言を信じて、七月には死ぬんだと思っていたこと。どうせ死ぬなら彰と一緒にいられたらいいと思いながら、言えなかった。すず花と行った夏祭り。夕闇に染まる田んぼ道を歩いてくるサヤを見た時、鼓動を打った自分の心。

木槿《むくげ》の花、と答えたサヤの声。

(昔、大人になっても忘れたくないって、思ってたこと、いっぱいあったな)

自分はちゃんと忘れずに、やれてるだろうか。わからない。

三十で死んだ花蓮。拓人は今年三十二で、母の年をとっくに越した。

なのに自分ときたら、十二の時と中身はたいして変わってない気がする。

(一七七センチになって、靴もマイキーから本物のナイキ買えるようになったけど)

あれから9・11があって、3・11があって、携帯は勝手にしゃべり、元号はかわった。

ノストラダムスの予言は外れたが、顔の消えた人間は増え、変な世界にいると今も思う。その世界で拓人はサヤのバイオリンを聞きながら、時々くすむ日の下を一緒に歩いている。

最後の旋律が風の彼方に消える時、拓人は遠ざかるバスの音を聞いたように思った。

感想を言う前に、しばらく黙った。

「調子、良いんじゃないの?」

待ちかねていたようにサヤは会心の笑みを浮かべた。

それから折口先生のお墓参りをした。ここにも彰が先に線香をあげていた。

「サヤ」

拓人はそれを口にするのに、今さら照れた。

「……明後日の祭り……家に昔の浴衣あったと思うし……。行かない？」

サヤから変なお願いがあった。鷹一郎の浴衣もあるはずだから、拓人も着てほしいという。

まあ、別に、いいけど、と返したら、サヤは妙に嬉しげである。

一番大事なことを言い忘れた。慌てて付け加えた。数馬と彰がくっついてきたら困る。

「俺と二人で行こう」

それは子供の頃、ずっと叶わなかったことだった。

サヤは微笑んで、頷いた。

山道を下りて、停めていたホンダのバイクに歩み寄る。これも昔とは変わったものの一つ。

昔は自転車、今はバイク。ついでに数馬は車、彰は原チャリ。何気なく訊いた。

「サヤ、バイクで、どっか行くか？」

サヤは顔を赤らめて、呟いた。「……海、は？」

「うん」拓人は少し間を空けて、つづけた。「やっと言ったな」

「え？」

「昔は『いいんですよ』ばっかだった」

小六の夏、拓人は自転車でサヤを海に連れて行ってあげられなかった。

「じゃ、海、行くか。これから」

「これから？」

「これから。じゃないと明後日の祭りまでに帰ってこられない。あと、ほら、これ、あげる……」

拓人はバイクのシートの中から花をとりだして、サヤに渡した。一重の、白無垢と青紫の二輪の木槿の花。受けとるサヤの表情を見て、子供の頃にあげたソーダと同じくらい特別なものをやっと渡せたかもしれない、と思う。

空には入道雲。石垣の上から蟬時雨が降りそそぐ。

サヤをバイクの後ろに乗っけて、神社の前の古道を通って、昔の旅人が歩いた峠道をいくつも越えたら、日本海に出るという。その景色は、もしかしたらあの狂ったように月の輝く海に似ているかもしれない。


ヘルメットをかぶってシートにまたがると、たおやかな腕が片方、拓人のお腹にまわされた。

もう片方の手には白と青の花。

アクセルを回す。

懐かしい長い石段の前を通るとき、拓人は軽く手を振った。神社へ。

それから、初めて行く峠へとバイクを走らせていった。サヤを乗せて。

主な参考文献

『春昼・春昼後刻』　泉鏡花　岩波文庫
『調律師からの贈物　グランドピアノの基礎知識』　斎藤義孝　ムジカノーヴァ
『調律師、至高の音をつくる　知られざるピアノの世界』　高木裕　朝日新聞出版
『これ一冊ですべて分かる　弦楽器のしくみとメンテナンス　マイスターのQ＆A』　佐々木朗　音楽之友社
『これ一冊でもっと分かる　弦楽器のしくみとメンテナンス〈2〉　マイスターのQ＆A　使いこなし篇』　佐々木朗　音楽之友社

この他、多くの書籍、Ｗｅｂサイトなどを参考にいたしました。

また、楽器や曲についてsources《ソーシズ》の加賀谷綾太郎さん（Vn）、日高隼人さん（Vn）、野津永恒さん（Pf）に取材にご協力いただきました。皆さまにこの場を借りて篤く御礼を申し上げます。ありがとうございました。

日本音楽著作権協会（出）許諾第二二〇四四一六－二〇一号

解説

三村美衣

夏休みの冒険を描いた少年文学は総じて好きだが、そんな中でも十二歳の夏は格別だ。たとえばスティーヴン・キング『スタンド・バイ・ミー』や、レイ・ブラッドベリ『たんぽぽのお酒』、湯《ゆ》本香《もとか》樹実《ずみ》『夏の庭―The Friends―』。物語の少年たちは森を旅し、麦畑を渡る風の匂いや、スイカを割る感触を確かめながら、小学校生活最後の夏を全力で駆け抜ける。はじまりの頃は永遠に続くと思っていたのに、いつの間にか彼らの足は夏を追い越して九月へとたどりつく。それは避けようがない。冒険の終わりは、子ども時代の終わりでもあり、その時少年ははじめて長い道の先で待つ己の死を意識する。

謎めいた少女との出会いと、その少女を守るための闘いを幻想味豊かに描きあげた『永遠の夏をあとに』もまた、鮮烈な十二歳の少年の物語だ。

物語に登場するのは、同じ小学校に通う三人の少年だ。主人公の拓人《たくと》、優等生の彰《あきら》、不良グループのリーダーである数馬《かずま》。三人とも自分の力では解決できない問題を抱えている。拓人は不良ではないが、学校の規則を守る気もない一匹狼だ。彼は婚外子であるという理由で、旧弊な田舎町《いなかまち》の人々から見えない者のように扱われてきた。さらに六歳のときに神隠しに遭って行方不明になり、二ヶ月後に山で発見されたという超弩級《ちょうどきゅう》の過去が加わり、その異質ぶりにも拍車がかかっている。拓人の親友である彰は小学生には珍しく洗練された子どもだ。成績優秀な本好き、統率力もあり、面倒見の良い児童会長だ。そんな彼もかつて学校で、苛《いじ》めや暴力を受けていたのだが、母親は息子の成績にしか興味がないためにそのことに気がつきもしない。田舎町のヒエラルキーにどっぷり浸かった彼女は、拓人への差別意識を隠そうともしない。彰はそんな母親を許すことができず、隣の県にある全寮制の難関中学への受験を考えている。拓人を目の敵《かたき》にし、ことあるごとに暴力を振るう数馬だが、彼もまた父親や中学生の不良グループからの暴力にさらされている。裕福な名士の家に生まれながら、父には愛人がおり、母は精神を病んで病院に監禁されていると噂《うわさ》されている。三者三様だが、いずれも大人からすると扱い難い子どもだろう。悪意の交じる憶測や噂話がひとり歩きする狭い地域社会の檻《おり》の中で、窒息しないように息を潜める彼らは、無邪気なままではいられず、さりとて大人にもなれず、どこか刹那《せつな》的な陰を孕《はら》んでいる。

一九九九年の夏、世界が終わるはずだった七月。

夏の午後、山際の小さな神社に、バイオリンのケースを下げたひとりの少女が着地したことにより、三人の運命は一気に動きはじめる。

拓人は神隠しに遭う前に、母とその少女〈サヤ〉の三人で暮らしていたというが、何ひとつ思い出すことができない。一九九三年。拓人が発見された扇谷《おうぎだに》の山でいったい何があったのか。物語は、神隠しの起きた一九九三年と一九九九年を行き来し、絡まった糸をほぐしながら夏の終わりへと向かって突き進んでいく。

本書の読解に重要な役割を担っているのが、サヤがバイオリンケースに入れて持ち歩いている『春昼《しゅんちゅう》・春昼後刻《ごこく》』だ。泉鏡花《いずみきょうか》が一九〇六年に〈新小説〉に二ヶ月連続で発表した連作で、文庫本にして百五十頁《ページ》足らず。物語の展開は作中で語られる通りで、死によって結ばれた男女の愛を描いた怪奇幻想譚《たん》だ。彼岸《ひがん》と此岸《しがん》の境が曖昧《あいまい》な世界の濃密な情景描写と、ユーモラスな会話、謎めいた展開は泉鏡花の真骨頂であり、鏡花ファンを集めての総選挙なら神セブン入り間違いなしの一冊だ。鏡花に興味を持たれた方は、ぜひ「竜潭譚《りゅうたんだん》」という短編も併せてお読みいただきたい。神隠しを題材とした作品で、躑躅《つつじ》の咲き乱れる隠れ里の描写は、拓人たちが迷い込んだ木槿《むくげ》の花の森を連想させる。

『春昼・春昼後刻』が二部構成をとり、男の死体が海にあがる「春昼」と、女がその跡を追う「春昼後刻」に分かれるように、本書もまた、世界が終わらなかった八月にはいると幻想の世界へと大きく舵を切る。

雪乃紗衣《ゆきのさい》の文体も鏡花同様に中毒性がある。もちろん文語まじりの鏡花文体とは異なるが、単語ひとつひとつから色や気配や音が溢れ、擬音が独特のリズムを刻む。慣れるまでは少し苦戦するかもしれないが、一度しっくりくると五感に馴染《なじ》み、異界の入り口を開く。気がつけば、古い屋敷には昔の住人の気配が満ち、麦畑を白い波濤《はとう》が覆い、山には木槿の花が咲き乱れる。

雪乃紗衣は少女小説の世界においては押しも押されぬベストセラー作家であるが、ジャンルの垣根はなかなかに越え難いものがある。本文庫初登場でもあるので、些《いささ》か蛇足気味ながら、経歴を簡単に紹介しておこう。

雪乃紗衣は二〇〇二年に、第一回角川ビーンズ小説賞の奨励賞・読者賞を『彩雲国綺譚《さいうんこくきたん》』で受賞、翌二〇〇三年に受賞作を改稿した『彩雲国物語　はじまりの風は紅《あか》く』でデビューした。《彩雲国物語》は、古代中国の架空王朝を舞台に、初の女性官吏となった少女の半生を描いた歴史小説だ。魅力溢れる男性登場人物が次々に登場し、ヒロインを手助けする逆ハーレム展開の気持ちよさもさることながら、その環境に甘えることなく、世界を変えるという理想に向かって成果を積みあげて行くヒロインの実直な行動力が絶大な支持を集めた。十代に留まらず幅広い読者を獲得し、二〇一一年までに本編十八冊と外伝四冊、翌年にスピンオフ『彩雲国秘抄《ひしょう》　骸骨《がいこつ》を乞う』と、都合二十三冊が刊行された。二〇〇五年には表紙・イラストを担当した由《ゆ》羅《ら》カイリによるコミカライズ、翌年にはＮＨＫ衛星アニメ劇場でのアニメ化がスタート。現在は外伝的短編を各巻の巻末に配した角川文庫版の刊行が進んでいる。アニメは二〇〇八年まで二期続き、七十八話構成で原作の十二巻までの内容が放映された。《彩雲国物語》を完結させた著者は、その後、二〇一四年に新潮文庫 nex の創刊から異世界ファンタジー《レアリア》シリーズを開幕。西の帝国と東の王朝。長きにわたる二国の争いを背景に、運命に抗う少女の戦いを描いた異世界ファンタジーで、現在四巻までが刊行されている。二〇一九年には講談社からゲノム編集ができるようになった未来社会を舞台にしたＳＦ長編『エンド オブ スカイ』を上梓《じょうし》している。それぞれテイストは異なるが、いずれの作品もボーイ・ミーツ・ガールの要素は必ず盛り込まれている。

　本書の単行本刊行時に、〈web東京創元社マガジン〉に掲載されたインタビューの中で著者は、拓人とサヤの誕生は十年ほど前であること、誕生時のサヤは、著者の分身で三十歳のバイオリニストだったと明かしている。エッセイ「少年少女だけが知る秘密」（『文藝別冊　恩田陸《おんだりく》白の劇場』河出書房新社、二〇二一年所収）によると、その後、高校生に姿を変えたサヤは、恩田陸『六番目の小夜子《さよこ》』からの連想で小夜子という名前を得た。しかし、実はサヤには、三十歳ではないが別のバージョンも存在する。二〇一六年にKADOKAWAの児童向けのホラーアンソロジー『笑い猫の5分間怪談⑤恐怖の化け猫遊園地』のために書き下ろされた「願いがかなう狐狗狸《こっくり》さん」、翌二〇一七年の同シリーズ『笑い猫の5分間怪談⑪失恋小説家と猫ゾンビ』に掲載された「人形家族」に登場する拓人とサヤ。さらに、二〇一八年に東京創元社の雑誌〈ミステリーズ！ vol.87〉に掲載された「Mystic―ミスティック―」にも二人は登場する。「Mystic―ミスティック―」の拓人は小学五年生、「人形家族」「願いがかなう狐狗狸さん」の二作では六年生だが、小学生がスマホを持つような現代を舞台にしており、本書の拓人と同一人物ではない。サヤの方はやや大人っぽい印象も受けるが、なんといっても小学生男子目線なので年齢はいまひとつはっきりしない。バイオリンを弾くこと、白いワンピース姿は共通しているが、春先には上に赤いカーディガンを羽織って現れたりもする。しかし五時二十四分の最終バスや、拓人の神隠しなど共通する部分も多く、すべての作品に親友の彰も登場する（「Mystic―ミスティック―」の彰は苗字が本編とは異なる）。シリーズというわけではないが、同一の主題によるバリエーションのように響き合う部分があるので、ぜひこれらの作品も手にとっていただきたい。

本書は、二〇二〇年に小社より刊行された作品の文庫化です。

著者紹介　2002年、『彩雲国綺譚』で第1回ビーンズ小説賞の読者賞と奨励賞を受賞。翌年に同作を改題・改稿した『彩雲国物語　はじまりの風は紅く』でデビュー。同シリーズはアニメ化され、累計650万部を超える大ヒットとなる。他の著書に《レアリア》シリーズ、『エンド オブ　スカイ』がある。

永遠の夏をあとに

2022年7月22日　初版

著者　雪《ゆき》乃《の》紗《さ》衣《い》

発行所（株）東京創元社
代表者　渋谷健太郎

162-0814/東京都新宿区新小川町1-5
電　話　03・3268・8231-営業部
03・3268・8204-編集部
URL　http://www.tsogen.co.jp
DTP　キャップス
暁印刷・本間製本

ISBN978-4-488-80304-9　C0193